ELIZABETH IN MASK

戴面具的
伊丽莎白

莎士比亚戏剧中的真历史

傅光明 著

中国青年出版社

图书在版编目（CIP）数据

戴面具的伊丽莎白：莎士比亚戏剧中的真历史 / 傅光明著. —北京：中国青年出版社，2023.2

ISBN 978-7-5153-6815-3

Ⅰ.①戴… Ⅱ.①傅… Ⅲ.①莎士比亚（Shakespeare, William 1564-1616）-戏剧文学-文学研究 Ⅳ.①I561.073

中国版本图书馆CIP数据核字（2022）第201246号

戴面具的伊丽莎白：莎士比亚戏剧中的真历史

作　　者：傅光明
责任编辑：侯群雄　岳超
书籍设计：张帆
出版发行：中国青年出版社
社　　址：北京市东城区东四十二条21号
网　　址：www.cyp.com.cn
编辑中心：010-57350401
营销中心：010-57350370
经　　销：新华书店
印　　刷：北京中科印刷有限公司
规　　格：710×1000mm　1/16
印　　张：15.75
字　　数：170千字
版　　次：2023年2月北京第1版
印　　次：2023年2月北京第1次印刷
定　　价：39.00元

本图书如有印装质量问题，请凭购书发票与质检部联系调换。联系电话：010-57350337

代序：如何读懂莎士比亚

傅光明

在一般读者心目中，我们距已辞世四百多年的莎士比亚并不遥远，我们对他的许多戏，尤其是四大悲剧（《哈姆雷特》《奥赛罗》《李尔王》《麦克白》）、四大喜剧（《仲夏夜之梦》《威尼斯商人》《皆大欢喜》《第十二夜》），外加《罗密欧与朱丽叶》《暴风雨》等，似乎耳熟能详。莎剧中的人物，像夏洛克、伊阿古、福斯塔夫、哈姆雷特、李尔王及一些活色生香的女性人物，如赫米娅、波西娅、奥利维亚、薇奥拉等，仿佛就活在我们身边，并未因时代而褪色。但当你觉得离他很近的时候，他又那么遥远。他离我们有多远？换言之，我们真懂他和他的那些戏剧吗？

1. 莎士比亚的青少年时代

莎士比亚的故乡斯特拉福德镇的圣三一教堂，因埋葬莎士比亚成为英国最热门的教堂之一。

每年有25万游客来这里，拜谒这位"埃文河畔的吟游诗人"。教堂记事簿是记录莎士比亚受洗和埋葬的唯一文献证据，受洗记录用拉丁文：1564年4月26日，约翰尼斯·莎士比亚之子。埋葬记录用英文：1616年4月25日，威尔·莎士比亚先生。由此可见，诗人出生时，拉丁文还是英格兰的通用语言。到诗人去世，大不列颠已是英语的世界。

按照英格兰宗教习俗，婴儿出生后三到五天，要到教堂接受洗礼。换言之，莎士比亚的受洗日期是"4月26日"，他的生日可能是21日、22日或23日。

为什么非要把诗人的生日定在"4月23日"呢？不外乎这三个因素：第一，这一天是英格兰守护神圣乔治的纪念日；第二，按当地传说，这一天是一年中夜莺第一次在斯特拉福德歌唱的日子；第三，诗人在这一天去世。

如此，莎士比亚不仅生死同日，而且他的诗歌由此得以与国家结缘。从仅有的材料获知，莎士比亚的父亲老约翰·莎士比亚是一位手套制造商，约于1557年与天主教姑娘玛丽·阿登结婚，育有八个孩子，只有四个男孩和一个女孩活了下来，并长大成人。莎士比亚排行第三，是四个儿子中的老大。

这是莎士比亚人生第一个、也是最大的幸运！

莎士比亚的父亲，亨利街上的手套制造商，文化水平仅限于会在账本上记生意经。手套在中世纪已成为女性的流行商品和装饰品，经营手套，是稳赚不赔的买卖。

莎士比亚是在自家手套作坊里长大的，从小熟悉手套的制作流程，手套如岩石上的牡蛎一般在他脑海里留下印记，以至于成年后写戏，随手就能拿手套打比方，其中最有名、最妙趣的一个例子，当数《罗密欧与朱丽叶》第二幕第二场：罗密欧在凯普莱特家后花园见朱丽叶在窗口出现，便由衷赞美她是"东方的太阳"！随后一大段诗意独白，接着便以诗句抒发感慨："她的眼睛把一片天空照得如此明亮，/安睡的鸟儿以为黑夜已过开始歌唱；/看呐，她倾斜着身子用手托着面颊！/啊，我只愿只愿化作她的一只手套。"

什么意思？尽管戏文中没写明朱丽叶戴着手套，但显然，从罗密欧这句台词可以断定，朱丽叶戴着手套"托着面颊"。罗密欧正是看到伏在窗前的这一幕，才只要"化作她的一只手套"，"那样我便可以抚摸她的面颊"。

这是多么诗意迷人的浪漫！

关于莎士比亚到底是否在斯特拉福德镇文法学校学过八年拉丁文一事，社会上有两种说法。一说，莎士比亚在这所文法学校学习了包括语法、逻辑、修辞，以及普劳图斯、特伦斯和维吉尔等古罗马诗人、剧作家的诗歌、戏剧，尤其以奥维德的《变形记》为少年莎士比亚之最爱。他在伦敦正式开始写戏以后，还常把《变形记》拉丁文原著与比他年长些的翻译家亚瑟·戈尔丁的《变形记》英译本，作对照阅读。因此，这部《变形记》自然成为《仲夏夜之梦》和《罗密欧与朱丽叶》等早期莎剧重要的原型故事和灵感来源。

另一说，认为莎士比亚压根儿没受过正规教育。假如他真学过八年拉丁文，其拉丁文根底应该十分厚实。但在他死后七年的1623年，他的朋友，为他编辑出版"第一对开本"《莎士比亚戏剧集》的剧作家本·琼森说："莎士比亚拉丁文懂得不多，希腊文会得更少。"

不管怎么说，莎士比亚的文学想象力最早源于拉丁文诗歌，从他早期悲剧《泰特斯·安德洛尼克斯》里能找到奥维德、塞内加和罗马史学家们的影子；从《哈姆雷特》《奥赛罗》《李尔王》《麦克白》这四大悲剧每一部无一例外的"流血"结尾，都能看出塞内加擅长的"流血悲剧"对莎士比亚的影响。

1587年，23岁的莎士比亚只身"北漂"，闯荡帝都伦敦。

依《图识莎士比亚》一书的作者尼克·格鲁姆所写："一开始，莎士比亚很可能只是一名受雇的演员，什么小角色都不拒绝。"因此，在一个演出季，因每天各种剧目循环上演，他"要学会演大约100个小角色"。

显然，演员经历对莎士比亚写戏太重要了，这让他懂得舞台，哪怕在他后来成为"内务大臣剧团"的头牌编剧和大股东之后，只要有机会，或兴之所至，他便会登台客串个什么角色过过瘾。他演的最著名的一个角色，是《哈姆雷特》中的幽灵。

格鲁姆援引最新的计算机分析数据说，莎士比亚在自己的戏里，"可能还演过《哈姆雷特》'戏中戏'里的演员甲、《仲夏夜之梦》里的提休斯公爵、《泰特斯·安德洛尼克斯》里的黑人亚伦、《第十二夜》里的安东尼奥，甚至《特洛伊罗斯与克瑞西达》里的尤利西斯，还有各种各样的国王、老人以及合唱队成员，比如他演过《罗密欧与朱丽叶》里的劳伦斯修道士和合唱队成员，还出演过《理查二世》里冈特的老约翰和园丁"。

按文学史家约翰·奥布里的说法，他"演得极为出色"。

2. 为舞台演出而写戏

莎士比亚时代英国的戏剧情形是（今天也未必不是），对于为舞台写作的诗人（今天的编剧大多已不是诗人），没有比通过舞台把握住观众的思想更重要的事，他不能浪费时间搞无谓的试验，因为早有一批观众等着看他们想看的，那时的观众和他们期待的东西非常多。

莎士比亚亦不例外，当他刚从外省乡下的斯特拉福德小镇"漂"到帝都伦敦搞"文创"时，那儿的舞台早已经开始轮流上演大量不同年代、不同作家的剧本手稿。众口难调，有的观众每周想听一段《特洛伊传奇》；有的观众则对《恺撒大将之死》百听不厌；根据古希腊传记作家普鲁塔克《希腊罗马名人传》改编的故事总能吸引住观众；还有观众对从传说中的亚瑟王直到亨利王室而演绎出的大量历史剧十分着迷。总之，连伦敦的学徒都能对许多惨绝的悲剧、欢快的意大利传奇，以及惊险的西班牙航海记，津津乐道。所有这些历史剧和传奇剧，上演之前都或多或少经过剧作家的改编、加工，等剧本手稿到了舞台提词人的手里，往往已是又脏又破。时至今日，已经没人说得出谁是这些历史剧和传奇剧的第一作者。长期以来，它们都属于剧院的财产。不仅如此，许多后起之秀又会进行增删、修改，或二度编剧，时而插进一段话，植入一首歌，或干脆添加一整场戏，因而对这种多人合作的剧本，任何人都无法提出版权要求。好在谁也不想提，因为谁都不想把版权归属个人，毕竟读剧本的人少之又少，观众和听众则不计其数。何况剧作家的收入来源于剧院演出的卖座率及股份分红。就这样，无数剧本躺在剧院里无人问津。

莎士比亚及其同行们，十分重视这些丢弃一旁并可随拿随用的老剧本。如此众多现成的东西，自然有助于精力充沛的年轻戏剧诗人们，在此之上进行大胆的艺术想象。

无疑，莎士比亚的受惠面十分广泛，他擅于、精于利用一切已有的素材、资料，从他编写的历史剧《亨利六世》即可见一斑。在这上中下三部共计6043诗行中，有1771行出自之前某位佚名作家之手，2373行是在前人基础上改写的，只有1899行属于货真价实的原创。

这一事实不过更证明了莎士比亚并非一个原创型的戏剧诗人，而是一个天才编剧。但不得不承认，且必须表示由衷钦佩的是，莎士比亚是一位实属罕见的顺手擒"借"的奇才。干脆说，他简直是一个既擅、又能、还特别会由"借"而编出"原创剧"的天才。不论什么样的人物原型、故事原型，只要经他的艺术巧手灵妙一"借"，笔补神功，结果几乎无一不是使一个又一个的"原型"销声匿迹无处寻，莎剧人物却神奇一"借"化不朽。哈姆雷特、奥赛罗、李尔王、麦克白，无不如此。因而，对于莎翁读者、观众，尤其学者而言，不论阅读欣赏，还是专业研究，都仿佛是在莎士比亚浩瀚无垠的戏剧海洋里艺海拾贝。无疑，捡拾的莎海艺贝越多，越能走近、走进他丰饶、广袤的戏剧世界。

不光莎士比亚，生活在那一时代的戏剧诗人或编剧们，大都如此"创作"。因为在那个时代，人们对作品的原创性兴致不高，兴趣不大。换言之，为千百万人独创的文学，那时并不存在。无论光从什么地方射出，伟大的诗人都会把它吸收进来。他的任务就是把每颗智慧的珍珠，把每一朵感情的鲜花带给人们。因此，他把记忆和创造看得同等重要。他漠不关心原料从何而来，因为不论它来自翻译作品还是古老传说，来自遥远的旅行还是迸发的灵感，观众们都毫不挑剔、热烈欢迎。早期的英国诗人们，从被誉为"英国文学之父"的乔叟那里受惠良多，而乔叟也从别人那里吸收、借用了大量东西。

这是莎士比亚的又一大幸运，即他从别人那儿"借"了许多东西，结果，到今天，人们只记住了他的戏剧，却几乎把他那些"债主们"忘了个精光。

然而，莎士比亚写戏并非一帆风顺。当他刚在伦敦崭露头角时，遭到"牛、剑"出身的"大学才子派"的鄙视，他们从骨子里瞧不起他，罗伯特·格林甚至在《小智慧》一书中，毫不客气地指桑骂槐："我们的羽毛美化了一只自命不凡的乌鸦，他以'一个戏子的心包起一颗老虎的心'，自以为能像你们中的佼佼者一样,浮夸出一行无韵诗;一个在剧场里什么活儿都干的杂役,居然狂妄地把自己当成国内唯一'摇撼舞台之人'。"

这话骂得够狠!套用尼克·格鲁姆的话说,"格林暗指莎士比亚是一个恶毒的剽窃者和乡巴佬",因为他写戏常从才子们的剧作中"借"灵感一用。比如,"一个女人皮囊里裹着一颗老虎心"就出自莎剧《亨利六世》(下篇)第一幕第四场第138行。显然,"摇撼舞台之人"(Shake-scene)更是格林对莎士比亚这个"挥舞长矛之人"(Shake-speare)的直接羞辱,因为莎士比亚(Shakespeare)的英文名恰好由"挥舞"(Shake)、"长矛"(speare)组成。"shake"有"挥舞""摇动""震撼""撼动"等多重意涵。

不过,对莎士比亚之于马洛,尼克·格鲁姆说得十分精到:"莎士比亚深受马洛影响(他甚至在《皆大欢喜》中引用过马洛的诗作《希罗和利安德》),这种影响渗透进莎士比亚的多部作品,它们与马洛的剧作对话:模仿、戏仿、改写,并最终超越马洛——这种情形一直延续到莎士比亚写作生涯结束。但跟马洛相比,莎士比亚有两大优势。一个优势是,他是个演员,因此对角色的感觉更丰富,而马洛没有这样的经历。这一优势能使莎士比亚摆脱马洛的影响,创造出像福斯塔夫那样性格丰富的人物。另一个优势是,那时候,马洛已不在人世。"

3. 剖析人物:以夏洛克为例

不论何时,每当人们提及或想起莎士比亚的名剧《威尼斯商人》,最先浮现脑海的,一定是那个鲜活的夏洛克。

在我记忆里挥之不去的夏洛克,最早来自中学课本里节选的"对簿公堂"那场大戏。回想当年,语文老师按照教学大纲形象生动地分析夏洛克,说他是一个大奸商、大恶棍,残忍嗜血、贪财如命，同莫里哀《悭吝人》中的阿巴贡、巴尔扎克《欧也妮与葛朗台》中的葛朗台、果戈理《死魂灵》中的泼留希金一起，并列为世界文学画廊"四大吝啬鬼"。

近半个世纪后的今天，语文老师仍如此一成不变地剖析着夏洛克，一代又一代学生也这样循环往复地接受着知识。几乎没有人想过，比起另外三个吝啬鬼，夏洛克明显被简单化了。

2005年，美国好莱坞电影公司最新改编的电影《威尼斯商人》在全球放映。正片开始前，以片花儿的形式播出演员表，其中不时闪现一些镜头，意在将"戏剧冲突"的"伏线"预示出来，最具特色的一个镜头是，当头戴红帽子的夏洛克在人头攒动的交易所看到安东尼奥的身影时，面带微笑，主动上前打招呼，安东尼奥却对他怒目而视，充满鄙夷地把一口痰吐到他颇为讲究的犹太礼服上。

电影导演的良苦用心可见一斑，其要旨在于揭示夏洛克最后之所以非要报复安东尼奥，是因为他签约立据的欠债逾期，夏洛克非要诉诸法律，履行契约，从他身上割下一磅肉不可，于是自然有夏洛克作为一个犹太人，要借此极端方式找回做人尊严、力图讨个公道的初衷。当然，夏洛克最后被由波西亚"易装"扮成的律师一顿痛扁，落得"自取其辱"的下场，实在出乎他只想着"一磅肉"却忘了"一滴血"的精明算计之外。他的命运开始逆转，他没料到，他竟会因拒绝"仁慈"把自己逼上绝境。正因如此，曾几何时，人们便顺理成章地以为他最后陷入绝境是咎由自取，丝毫不值得同情。"夏洛克"这个名字，也因此成为"冷酷无情的高利贷者"和"不择手段的守财奴"的代名词。

毋庸讳言，好莱坞电影的商业元素，使《威尼斯商人》戏文里的精致、细腻、幽微减色许多，这也是文学作为心灵艺术和电影作为视觉艺术的重要区别之一。但显然，这部电影把一些与《威尼斯商人》相关的历史常识、知识，以及对夏洛克的新解读、新研究，注入了电影当中。事实上，电影正片开始时，屏幕上交代历史大背景的一段字幕，便为解读文本和人物提供了新线索和新视角："……16世纪，在欧洲最强大、最自由的威尼斯，对犹太人的偏见、压迫随处可见。法律规定，犹太人只能居住在叫'Geto'的旧城里。日落，城门被锁（the gate was locked），由基督徒把守。白天，任何离开旧城的犹太人都必须戴上红色的帽子，以表明其犹太人身份。犹太人被禁止拥有财产，所以他们从事放贷的生意，借钱给别人并收取利息，有违基督教的法律。"

在人类历史的长河中，犹太人的命运始终像一幅异常独特、复杂，极为丰富、精彩，又难道其详、言说不尽的画卷。放贷取息在人类的商业活动中，也是古已有之的主要行为之一。虽然古希腊哲学家亚里士多德不赞成高利贷的借款方式，认为借钱赚利息是"不自然的"。然而，即便在古罗马时代，严厉的《罗马法》规定放贷取息并不违法，只是限定最高年息不得超过12%。但在漫长的中世纪，放贷取息，尤其放高利贷，不仅违法，而且成为罗马教会谴责和惩罚的对象。单凭这一点，已经把《威尼斯商人》中借钱给别人并从不收利息的基督徒商人安东尼奥，与放高利贷谋取利钱的犹太商人夏洛克之间的天然对立，昭示出来。

还有不容忽视的一点：按犹太教《圣经》，犹太人借钱给外族人时可获取利息。换言之，夏洛克放贷取息不仅合乎传统犹太人放贷给"外族人"的情理，而且符合"摩西律法"。

在此，只要赏读夏洛克在第三幕第一场的那一大段酣畅淋漓的独白，对这个人物的理解便豁然开朗。——当萨拉里奥听说安东尼奥有商船在海上遇难时，担心他不能如期还钱，便试图说情。

他对夏洛克说："即便他到期没还你钱，你也不会要他的肉。拿他一块肉能干什么？"夏洛克断然拒绝："可以做鱼饵。即使什么饵都做不了，我也能拿它解恨。他曾羞辱我，害得我少赚了几十万块钱；他讥笑我的亏损，嘲讽我的盈利，贬损我的民族，阻挠我的生意，离间我的朋友，激怒我的仇人。他的理由是什么？我是一个犹太人！犹太人就不长眼睛吗？犹太人就没有双手，没有五脏六腑，没有身体各个部位，没有知觉感官，没有兴趣爱好，没有七情六欲吗？犹太人不是跟基督徒一样，吃着同样的食物，同样的武器会伤害他；身患同样的疾病，同样的医药能救治他；不是一样要经受严冬的寒冷和盛夏的酷热吗？你若刺破了我们，我们不一样流血吗？你若挠了我们的痒痒肉，我们不也一样发笑吗？你若给我们下毒，我们能不死吗？而你若欺侮了我们，我们能不报复吗？既然别的地方跟你们没有不同，这一点跟你们也是一样的。假如一个犹太人欺侮了一个基督徒，他会以怎样的仁慈来回应呢？复仇！假如一个基督徒欺侮了一个犹太人，那犹太人又该怎样以基督徒为榜样去忍耐呢？没说的，复仇！你们教了我邪恶，我就得用。假如我不能用得比基督徒更为出色，那将是我巨大的不幸。"

是的，这是一个胸怀民族感、对基督徒充满鄙夷的夏洛克！夏洛克意在表明，他除了是一个犹太人，更是一个人，一个跟基督徒一样的人！而且，基督徒也有邪恶，也要复仇！这是要把心底的"shy"（害羞、畏缩、胆怯）"lock"（锁住），充满了受侮辱与被损害的犹太民族强烈自尊，并时刻渴望复仇的夏洛克（Shylock）！

这才是莎士比亚的夏洛克。

本书意在呈现，身为生活在英格兰王国伊丽莎白时代和詹姆斯一世时代的天才编剧，莎士比亚如何通过"戏说"历史，来编写历史剧。这是个好玩儿的话题，内容十分有趣。简言之，莎士比亚只为拿历史说事儿，他对舞台的兴趣远在历史之上。因此，若想从莎剧中寻觅英国历史真实的踪影，只会被莎士比亚领入歧途。莎士比亚的历史剧是戏，不是历史！

　　天长地久，莎翁不朽！

2020 年 11 月 12 日

目 录

1. 约翰王：历史上的"无地王"与莎剧中的国王 / 001
2. 理查二世：英格兰历史上第一位遭废黜的国王 / 021
3. 亨利四世：英格兰历史上第一位篡位之君 / 039
4. 亨利五世：中世纪英格兰最伟大的国王战士 / 053
5. 亨利六世：戏台上的"原型故事"所从何来 / 071
6. 理查三世：血腥暴君"驼背理查"的真历史 / 087
7. 亨利八世：真实历史与剧中时空错乱的戏说 / 109
8. 李尔王：莎剧中的李尔"原型"何其多 / 135
9. 麦克白："三女巫"与"麦克白故事" / 147
10. 恺撒：从普鲁塔克的"故事"到莎士比亚戏剧 / 161

附录　傅光明：还原一个俗气十足的"原味儿莎" / 219

约翰王：历史上的"无地王"与莎剧中的国王

1. 莎剧《约翰王》的原型故事

现已认定，可能出自乔治·皮尔（George Peele，1556—1596）之手的旧戏《骚乱不断的英格兰国王约翰王朝》（以下简称《约翰王朝》）是莎剧《约翰王》的重要原型故事。其实，关于《约翰王朝》到底出自谁手，一直存疑。有人认为作者不详，有人推测作者可能是剑桥、牛津出身的"大学才子"作家克里斯多夫·马洛（Christopher Marlowe，1564—1593）、罗伯特·格林（Robert Greene，1558—1592）或托马斯·洛奇（Thomas Lodge，1558—1625）中的哪一位。

《约翰王朝》共两部，于1591年分开印行，第一部标题页如下：

> 骚乱不断的英格兰约翰王朝，及狮心王理查的私生子（俗称"私生子福康布里奇"）；另有约翰王在斯温斯特德修道院（Swinstead Abbey）之死。该剧曾由女王陛下剧团（于各种时间）在荣耀的伦敦城公演。由桑普森·克拉克

戴面具的伊丽莎白——莎士比亚戏剧中的真历史

（Sampson Clarke）出版，并在其位于伦敦交易所后身的书店出售。伦敦，1591年。

第二部标题页如下：

骚乱不断的英格兰约翰王朝，包括亚瑟·普朗塔热内之死，路易登陆，以及约翰王在斯温斯特德修道院中毒而亡。该剧曾由女王陛下剧团（于各种时间）在荣耀的伦敦城公演。由桑普森·克拉克出版，并在其位于伦敦交易所后身的书店出售。伦敦，1591年。

"普朗塔热内"（Plantaginet），即后人熟知的"金雀花（王朝）"（Plantagenet，1154—1485）之音译。

此后，这部篇幅比莎剧《约翰王》长约300诗行的《约翰王朝》再版过两次：1611年，两部合二为一，由约翰·赫尔姆（John Helme）出版，标题页印有"Written by W. Sh."字样，W. Sh.是威廉·莎士比亚（William Shakespeare）的首字母缩写；1622年，三版由托马斯·迪维斯（Thomas Dewes）出版，标题页印明"Written by W. Shakespeare."（W. 莎士比亚著）。不用说，出版商这么干，意在盗用莎士比亚的大名大赚其钱。不过，这却曾一度造成有后辈学者误以为这部《约翰王朝》真的出自莎士比亚之手。

关于《约翰王朝》对莎剧《约翰王》有何影响，或说莎士比亚如何改编这部旧戏，梁实秋在其《约翰王·译序》中说："这部旧戏虽然不是什么天才之作，但是主要的故事穿插以及几个重要的人物都已具备，莎士比亚加以删汰改写，大体的面目都被保存，甚至旧戏中的错误，亦依样葫芦。不过，旧戏的重点在于反天主教,莎士比亚的重点在于人物描写。例如私生子那个角色,好像是为了某一个演员(可能是理查·博比奇)而特写的一般,大肆渲染,除第三幕外,每幕结尾处均是私生子的台词。莎士比亚删掉了旧剧的四景,没有增加新景,比旧戏共少300行,但是给予我们一个更充实有力的印象。这是研究莎士比亚如何改编旧戏之最好的一个实例。"[1]

由梁实秋所言,对两剧之异同稍作比对:

第一,两剧均以约翰王1199年加冕英格兰国王到1216年去世的统治时期为剧情背景,剧中涉及的人物、事件相同。

第二,莎剧《约翰王》第五幕第四场第42行台词与《约翰王朝》一模一样,即法国贵族梅伦临死前向索尔斯伯里伯爵透露:"他(休伯特)是我好友,另外还有一层考虑,我祖父是个英国人。"

第三,两剧均未涉及约翰王在封爵贵族的强大压力下,于1215年6月15日在温莎附近的兰尼米德(Runnymede)签署的以拉丁文书写的63项条款,旨在限制王权的《自由大宪章》(*Magna Carta Libertatum*, i.e. *Magna Carta*),英文为"Great Charter of Liberties"。

在后人眼里,约翰王与《自由大宪章》密不可分。为何两剧均不提这件令约翰王受辱蒙羞之事?对旧戏《约翰王朝》或只能这样推测:女王伊丽莎白一世1558年继位后,王权极不稳固,整个王国内忧外患。于内,贵族中一直有人阴谋废黜女王;于外,须不时提防信奉天主教的法兰西和西班牙两大强敌。尽管1588年

---

[1] [英]莎士比亚:《莎士比亚全集》(第四卷),梁实秋译,中国广播电视出版社1995年版,第7—8页。

戴面具的伊丽莎白——莎士比亚戏剧中的真历史

女王的海军打败了西班牙无敌舰队，但1591年便在《约翰王朝》中把贵族们逼迫约翰王签署《自由大宪章》的情景再现，恐刺激女王。对莎剧《约翰王》来说，或可由其戏剧结构之混乱，这样推测：莎士比亚对该剧兴趣不大，只为赶紧照葫芦画瓢，把《约翰王朝》的爱国主义及反天主教宣传淡化掉，匆忙编一部"下锅之作"（a piece of hack work），[1]把快钱挣到手。

第四，《约翰王朝》有强烈的反罗马天主教色彩，莎剧《约翰王》将其所有反天主教的剧情，包括一些对戏剧力有强化作用的细节全部删汰。比如，《约翰王朝》中，意图毒死约翰王的那位斯温斯特德修道院修士在一段独白中表明，自己之所以谋害国王，只为他洗劫修道院罪不容诛，要让他受到应有的惩罚。而且，剧中有修道士投毒、约翰王饮酒一场戏，在戏里，约翰王从假扮宫中"试吃者"（Taster）的修士手里接过酒杯，喝下毒酒。毒性发作，约翰王在极度痛苦中死去。

另外，《约翰王朝》中还有一处喜剧性桥段：当私生子彻查一座修道院时，竟搜出一位藏身于此的修女。莎士比亚将此抹去，只在第三幕第四场借潘杜尔夫主教之口一语带过："私生子福康布里奇，此时正在英格兰洗劫教会，冒犯基督徒的爱心。"

说实话，被莎士比亚删汰的这几处，都不无戏剧表现力。

2. 历史上的"无地王"与莎剧中的约翰王

约翰·普朗塔热内（John Plantagenet, 1166—1216），即约翰·金雀花，简称约翰王，是英格兰王国"金雀花王朝"（the House of

---

1.参见［英］莎士比亚：《约翰王》，L. A. 博尔莱恩编，剑桥大学出版社2012年版，第1页。

Plantagenet）的第三任国王（1199年至1216年在位），因在位期间将其父（亨利二世）、兄（理查一世）赢得的在欧洲大陆的诺曼底公国（Duchy of Normandy，1066—1204）及英格兰王权所属大部分领土，都输给了法兰西国王腓力二世（Phillip Ⅱ，1165—1223），导致安哲文帝国（Angevin Empire，1154—1216）消亡，造成法兰西卡佩王朝（Capetian Dynasty）于13世纪崛起，使王国在欧洲大陆的领地丧失殆尽，获得"无地王"之诨名。

安哲文帝国指英格兰的安哲文国王（Angevin Kings of England）在12—13世纪所拥有的英格兰和法兰西的领地，是早期复合君主制（Composite Monarchy）的一个典型例子。第一位君主是诺曼底公爵亨利二世（Henry Ⅱ，1133—1189），他从母亲那儿继承了英格兰王位和诺曼底公国，从父亲那儿继承了欧洲大陆的安茹伯爵领地，又因娶了法兰克国王（King of the Franks）路易七世（Louis Ⅶ，1120—1180）的前妻"阿基坦的埃莉诺公爵夫人"（Duchess Eleanor of Aquitaine，1124—1204），遂又获得其在欧洲大陆的公国领地。第二任君主是"狮心王"理查一世（Richard Ⅰ，1157—1199）。安哲文帝国鼎盛时期，所拥有的布列塔尼（Brittany）、安茹（Anjou）、阿基坦（Aquitaine）和诺曼底（Normandy）领地的总面积，超过东面的法兰西王国（France）。到约翰王去世，这些领地全都被腓力二世收入囊中。遥想约翰少年时，亨利二世在尚未给他继承任何一块欧洲大陆领地时，曾开玩笑地称他为"无地约翰"（John Lackland），竟一下子注定了约翰未来将"无地"的终极命运。

约翰是亨利二世与路易七世的前妻"阿基坦的埃莉诺公爵夫人"所生五个儿子中的幼子，最初并无继承大量土地之寄望。随着几个哥哥在1173—1174年发动的叛乱失败，约翰独为父王宠信。

1177年，被任命为爱尔兰勋爵（Lord of Ireland），拥有部分不列颠岛及在欧洲大陆的一些领地。

大哥威廉（William，1153—1156）三岁夭折，二哥亨利（Henry，1155—1183）、四哥杰弗里（Geoffrey，1158—1186）都在年轻时过世。1186年，杰弗里在一次比武竞赛中死于非命，留下一个遗腹子"布列塔尼的亚瑟"（Arthur of Brittany，1187—1203）。杰弗里之死使约翰离王位更近了一步。因此，当约翰唯一在世的三哥"狮心王"理查于1189年加冕国王时，身为小弟，他成了一个潜在的继承人。尽管约翰在哥哥理查参与第三次"十字军东征"（1189—1192）被囚禁神圣罗马帝国期间，曾受腓力二世唆使，起兵谋反，试图夺取王权。但获释后返回英格兰重获王权的理查，宽恕了弟弟，并最终在临死前一年指定他为王位继承人。

1199年4月6日，三哥"狮心王"亡故，随后，约翰与四哥杰弗里之子"布列塔尼的年轻亚瑟"（即莎剧《约翰王》中约翰王的侄子"年轻的亚瑟"）围绕安茹帝国王位继承权，爆发冲突。虽说理查生前指定约翰为英格兰王位继承人，却并未同时确认约翰继承安茹帝国王位。

在多数英国人和诺曼底贵族的支持下，且依靠母后埃莉诺，1199年5月25日，约翰在威斯敏斯特教堂由坎特伯雷大主教休伯特·沃尔特（Hubert Walter，1160—1205）加冕，成为国王约翰。

此时，亚瑟在布列塔尼（Brittany）、缅因（Maine）和安茹（Anjou）贵族的支持下起兵，沿卢瓦尔河谷向昂热（Angers）进兵，为配合亚瑟，腓力二世的军队沿河谷挥师图尔（Tours），"金雀花王朝"在欧洲大陆的领地面临一分为二的危险。加冕两周之后，约翰王前往欧洲大陆。此时，诺曼底公国战事吃紧，安茹、缅因、都兰（Touraine）都遭到法兰西和布列塔尼联军的进攻，诺曼底公国与阿基坦公国相连地区危在旦夕。后来，战局逆转，迫使亚瑟和母亲康丝坦斯向约翰王投降。但这对母子担心约翰王加害，趁着夜色投奔腓力二世。

1200年，得到神圣罗马皇帝奥托四世（Otto Ⅳ von Braunschweig，1175—1218）和教皇英诺森三世支持的约翰王，与支持"布列塔尼的亚瑟"的腓力二世，达成《勒古莱条约》（*Treaty of Le Goulet*），缔结和平。表面看，腓力二世承认约翰对欧洲大陆的安茹帝国、诺曼底公国和阿基坦公国拥有统治权，但条约明显对法兰西有利，因为它奠定了英格兰国王对法兰西国王的依附关系。除此之外，约翰王还将许多用来防御的城堡拱手相送。眼见英格兰向法兰西如此妥协，批评约翰王的人送了他一个"软剑王"（King of Soft Sword）的绰号。

1202年春，腓力二世集结大军，准备向约翰王开战。理由是，依据《勒古莱条约》，约翰王作为法兰西国王的封臣，须交出其在欧洲大陆的领地。同时，引荐对约翰王有夺亲之恨的骑士吕西尼昂（Lusignan）与亚瑟结盟。两年前，约翰王劫持了吕西尼昂12岁的新娘，霸占为妻，激怒了吕西尼昂家族。为将约翰王赶出欧洲大陆，腓力二世封16岁的亚瑟为骑士，将幼女玛丽（Marie）许配给他，承认他为布列塔尼公爵、阿基坦公爵、安茹伯爵和缅因伯爵。随后，派亚瑟和吕西尼昂率军攻打安茹领地。7月29日，亚瑟率250多名骑士来到米雷博城堡（Mirebeau）城墙下，力图将78岁高龄、已从隐居修养中逃往此地的祖母埃莉诺抓为人质，向叔叔约翰王挑战。此时，正在诺曼底布防的约翰王，接到母亲埃莉诺出逃途中写来的求援信，迅速在勒芒（Le Mans）集结一支部队，急行军，于7月31日晚抵达米雷博。这便是莎剧《约翰王》第二幕第一场腓力国王在昂热城墙前所说的情形："没想到英军这

戴面具的伊丽莎白——莎士比亚戏剧中的真历史

次远征如此迅疾！"

约翰王的大军迟来一步，米雷博已落入亚瑟之手。8月1日拂晓，约翰王的军队发起突袭，一举攻入城堡，不仅救出埃莉诺王后，还将亚瑟、吕西尼昂兄弟及200余名高贵的骑士生擒。亚瑟被关进诺曼底法莱斯（Falaise）城堡监狱。身为囚徒，亚瑟并不惊慌，他以为叔叔不敢把他怎么样。出乎约翰王意料的是，虽打了胜仗，但囚禁亚瑟令他很快失去了几位重要的盟友。他更没想到，这几位盟友居然合兵一处，联手反攻昂热。安茹危在旦夕。同时，阿基坦公国内部叛乱。迫于压力，1203年春，约翰王释放了吕西尼昂兄弟。随即，重获自由的吕西尼昂兄弟俩再次向约翰王开战，加上腓力二世的大军，约翰王溃不成军，相继失去了布列塔尼、安茹、缅因、都兰和诺曼底的几乎全部领地。

值得一提的是，1203年初，约翰王曾密令英格兰首席政法官休伯特·德·伯格（Hubert de Burgh，1170—1243）弄瞎亚瑟的双眼，并将他阉割。亚瑟苦苦哀求，休伯特不忍下手，但为了向国王复命交差，便放出话，说亚瑟已死，不想却惹怒了布列塔尼民众，民众发誓要为少主报仇。休伯特赶紧改口，透露消息说，亚瑟还活在人世。但民众的复仇怒火已成燎原之势。

此景此情，在莎剧《约翰王》第四幕第一场得到戏剧化的展现，莎士比亚把亚瑟向休伯特苦苦哀求的那两大段独白写得催人泪下："你忍心？有一次你头疼，我把我的手帕系在你额头上，——那是我最好的手帕，一位公主为我绣的。——我没再往回要。夜里，我手捧你的头，像不眠的时钟，从分钟到小时，不停振作着缓慢移动的时间，不时问你'想要什么？身上哪儿难受？'或是问'怎么做才能表达我高贵的爱意？'多少穷人家的儿子情愿倒头安睡，绝不会有谁对你说一句体己的话。而你却有一位王子照顾病体。不,也许你把我的爱想成虚妄之爱,称它狡诈。——你愿怎么想,随便吧。倘若上天乐意见你作践我,你也非如此不可。——你要把我眼睛弄瞎?我这双眼从不曾对你皱过一次眉,今后也不会。"休伯特不依不饶,执意说:"我已立下誓言,必须用热烙铁烫瞎你双眼!"亚瑟继续动之以情:"啊,只有铁器时代(指古典时期即上帝时代、白银时代、青铜时代、铁器时代最后一个,也是最邪恶、残忍的时代。)才干这样的事!就算那块铁烧得通红,一旦靠近这双眼,它也会啜饮我的泪水,在我无辜的泪水里把它炽热的愤怒熄灭。不,从今往后,只因它曾含着怒火要害我眼睛,它会生锈烂掉。你比锤炼过的铁还死硬吗?哪怕一位天使降临,告诉我休伯特要弄瞎我眼睛,我也不会信。——除非休伯特亲口说。"

眼见父兄以武力赢得、凭国力捍卫的安哲文王国在欧洲大陆的领地逐一沦丧,约翰王的情绪坏到极点。1203年复活节前的星期四晚上,退守鲁昂(Rouen)的约翰王喝醉了酒,也许是借着酒力,也许是欲除掉亚瑟而后快的心魔作祟,他晃悠着身子走向关押亚瑟的牢房。他一路溃败,却不忘把这个年轻的囚徒带在身边。亚瑟是他的心病!极有可能,是约翰王亲手杀了亚瑟,并将尸体绑上大石头,沉入塞纳河。后尸体被一名渔夫打捞上来,由一位修道院的修女按基督徒仪式秘密下葬。

或许莎士比亚不想把约翰王写得太坏,或许他只想图省事儿,临摹那部旧戏《约翰王朝》,不想节外生枝,在他笔下,第四幕第三场,亚瑟并非死于约翰王之手,而是从关押他的城堡出逃时,站在高高的城墙上,横下一条心,独白"冒死逃生,在这儿等死,横竖都是死"。随后发出祈祷:"上帝佑我!这石头硬似我叔叔的灵魂:/愿上天带走我灵魂,英格兰收我尸骨!"

《约翰王》戏剧第四幕第三场,亚瑟之死(插画家 HC Selous)

尽管在此之前，早已风传亚瑟已死，但直到1204年，腓力二世才接受这个事实。亚瑟是他手里的王牌！每当约翰王打算谈判议和，腓力二世便明确告知："必先交出亚瑟，否则永无宁日。"1203年12月初，约翰王横渡英吉利海峡，撤回英格兰。1204年3月，随着坚固的盖拉德城堡（Chateau Gaillard）失守，约翰王在欧洲大陆的领地只剩下母亲留给他的阿基坦公国。之所以如此，全在于阿基坦的贵族们愿效忠他的母亲。4月1日，这位"阿基坦的埃莉诺公爵夫人"在丰特弗洛（Fontevraud）修道院过世，享年80岁。她被安葬在丰特弗洛教堂，长眠在丈夫亨利二世和儿子"狮心王"理查的身边。

失去了母亲这座靠山，约翰王六神无主，英军对腓力二世的抵抗也越来越弱。阿基坦的贵族们担心被剥夺财产，开始与腓力二世修好。8月，腓力二世相继攻占诺曼底、安茹，随后进入普瓦图（Poitou）——阿基坦的统治中心。至此，安茹文帝国（或曰金雀花王朝）失去了在欧洲大陆的最后一块基石。

约翰王不甘心失败。1205年夏，约翰王准备兵分两路进攻法兰西，收复失地。其中一支舰队的指挥官是约翰王的异母弟弟、索尔斯伯里伯爵三世威廉·朗格斯佩（William Longespee，1176—1226）。他是亨利二世的私生子，因其身材魁梧，手里使的剑超出常规尺寸，人称"长剑威廉"（Long Sword）。这个私生子"威廉"，应是莎剧《约翰王》中理查一世的私生子、约翰王的异母侄儿"菲利普·福康布里奇"的原型。

人算不如天算。约翰王虽集结起一支兵强马壮的大军，但政治格局已今非昔比，以前效忠他的大多数贵族，此时必须在他和腓力二世之间做出选择。有些领主做起了两面人，一面为保住公国的领地，表示效忠腓力二世；一面为保住在英格兰本岛的地产，

戴面具的伊丽莎白——莎士比亚戏剧中的真历史

又向约翰王称臣。结果，大部分贵族不愿为约翰王卖力，导致其作战计划搁浅。1206年4月，约翰王再次耗费大量钱财，组织起庞大的远征军，并亲临前线指挥。6月，英军夺回了阿基坦公国的部分失地。随后，约翰王得到腓力二世备战的消息，因担心再次战败，选择退兵。10月，与腓力二世签订议和条约。

此次出兵，约翰王并未讨得什么便宜。但为了长久对抗腓力二世，夺回父兄赢得的一切，约翰王必须募集足够的金钱，一方面维持军队，一方面还要贿赂欧洲大陆的盟友。唯一可行的办法是搜刮金钱，课以重税，连继承贵族头衔，也要向国王交钱。几年下来，约翰王拥有了比历任国王更多的财富，并将王室权力辐射到苏格兰、威尔士和爱尔兰。

在此期间，随着坎特伯雷大主教休伯特·沃尔特于1205年7月过世，围绕大主教继任人选，约翰王与罗马教皇英诺森三世的矛盾公开化了。约翰王相中了诺维奇主教约翰·德·格雷（John de Gray），而教皇中意的是罗马天主教会的英国红衣主教斯蒂芬·兰顿（Stephen Langton，1150—1228）。1207年6月，教皇在罗马将坎特伯雷大主教这一圣职授予兰顿。约翰王拒绝接受，致信教皇，发誓捍卫王权，并将禁止任何人从英国港口前往罗马。见教皇不予回复，约翰王遂将坎特伯雷所有的修士驱逐出境，宣布兰顿为王室之敌，把整个坎特伯雷教区的财产霸为己有。

在莎剧《约翰王》第三幕第一场，莎士比亚借教皇使节潘杜尔夫主教之口，将约翰王拒绝兰顿一事，以一段独白表现出来："本人潘杜尔夫，美丽米兰城的红衣主教，奉教皇英诺森之命来此，现以他的名义郑重向你质询：你为何如此固执，抗拒教廷，抗拒圣母，并强行抵制当选的坎特伯雷大主教斯蒂芬·兰顿入主圣座？对此，我以罗马教皇的名义，向你质询。"约翰王当场拒绝，强硬表态："我偏要独自一人，孤身与教皇作对，并把他的朋友视为我的敌人。"潘杜尔夫主教随即回应："以我的合法权力宣告，你将受到诅咒，并被开除教籍。"

1208年3月，教皇叫停英格兰一切圣事。1209年11月，教皇将约翰王开除教籍。

从1208年春直到1213年约翰王向罗马教廷做出让步为止，英格兰王国全境陷入宗教沉默，人们的日常宗教生活，除了婴儿洗礼、告解和临终涂油礼，一切都被禁止。教堂紧闭大门，教士们无所事事，婚礼在门廊举行，神父不再主持葬礼，死者葬在城镇的城墙之外或路边的壕沟里。

教皇英诺森三世本打算通过教会禁令使约翰王服软，不料约翰王借此横征暴敛，他先以国王的名义没收教会的全部财产，继而动辄命教士们缴纳罚款，随后又把贪婪的手伸向犹太人。同时，他开始算计那些势力强大、家道殷实的贵族世家，以偿还王室债务的名义，命他们缴纳大笔金钱，否则罢官削爵，逼得一些有头有脸的显赫贵族无奈之下逃亡避难。

为铲除异己，确立威权，约翰王不忘招募军队对外用兵。1209年，约翰王率军入侵苏格兰，迫使苏格兰国王"狮心威廉"（William the Lion, 1142—1214）签下屈辱的《诺勒姆条约》（Treaty of Norham）。1210年，约翰王的大军进入爱尔兰境内平叛，短短两个来月时间，约翰王的军队所向披靡，将敌对势力消灭殆尽。约翰王不惜大动干戈，意在以武力重申，爱尔兰王国之统治须遵照英格兰法律，爱尔兰人须按英格兰风俗习惯生活行事。1211年，约翰王率两支大军侵入威尔士，打击威尔士的心脏地带，取得了军事上的胜利，令位于北威尔士的圭那特诸侯国（Gwynedd）的国王卢埃林大王（Llywelyn the Great, 1173—1240）不得不暂时俯首

戴面具的伊丽莎白——莎士比亚戏剧中的真历史

称臣。

尽管约翰王打不赢腓力二世，出兵苏格兰、爱尔兰和威尔士，却未尝败绩，取得了先王们不曾有过的荣耀——令爱尔兰、苏格兰和威尔士三国人民对英格兰国王臣服听命。

约翰王对教会、贵族、臣民横征暴敛之狠毒，对敌人、异己惩罚手段之残忍，日渐激起民怨。1212年，约克郡一位能未卜先知的隐士"韦克菲尔德的彼得"（Peter of Wakefield）的预言开始在民间流传。彼得说，基督两次在约克（York）镇，一次在庞弗雷特（Pomfret）镇，化身孩童，由一位神父抱在怀中，向他显灵，嘴里念叨着"太平，太平，太平"。彼得预言，国王将在下一个加冕周年纪念日，即1213年5月耶稣升天节（庆祝耶稣升天的节日，在复活节40天之后的星期四）那天退位，得上帝更多恩典之人将取而代之。约翰王闻听，先不以为意，随后细思极恐，立即命人将彼得逮捕，押至御前审问。约翰王命彼得解释，他是否会在那一天死去，或将如何失去王位。彼得回答："毫无疑问，那天一到，你就不是国王。若到时证明我说谎，听凭发落。"国王命人把彼得押送科夫堡（Corfe Castle），关进大牢，等候验明预言。然而，彼得的预言迅速传遍英格兰。

在莎剧《约翰王》中，莎士比亚将这个彼得写成"庞弗雷特的彼得"（Peter of Pomfret），并在第四幕第二场约翰王王宫一场戏中，以私生子福康布里奇向约翰王禀报时局的独白方式，道出预言之来由："我一路走下来，发现百姓满脑子奇思怪想：听信谣言，充满愚蠢的幻梦，不知在怕什么，却满心惊恐。我从庞弗雷特街上带来一位先知，当时看，有好几百人都快踩到他脚后跟了。他给这些人吟唱粗俗刺耳的打油诗，预言陛下，将在下一个耶稣升天节当天正午之前，交出王冠。"约翰王当即质问彼得："你这

014

个痴人说梦的傻瓜，为何这样做？"彼得回复："预知此事成真。"约翰王命休伯特："把他带走：关进大牢。到他说我将交出王冠的那天正午，绞死他。"

绝了内患，发了横财的约翰王，决定再次挑战腓力二世。约翰王一点也不傻，为全力对付法兰西，必先与罗马教廷和解。签署条约之后，约翰王再次成为教皇的臣属，英格兰王国重新变成神权的领地。1213年5月30日，"私生子"索尔斯伯里伯爵率一支由500艘舰船组成的英格兰舰队，从海上突袭达默（Damme），将停泊在港口内的约1700艘法兰西战船一举摧毁。这支瞬间毁灭的法兰西舰队，原本是腓力二世打算执行教皇废黜约翰王的判决，为从海上入侵英格兰准备的，谁料约翰王已与罗马先行和解。

达默海战胜利后，7月20日，由教皇挑选委派的斯蒂芬·兰顿正式就任坎特伯雷大主教。约翰王答应向罗马教会缴纳巨额罚金，重新得到教皇的宠幸。入秋，约翰王准备兵分两路进攻腓力二世，夺回失地，一雪前耻，索尔斯伯里指挥一路军队，约翰王统领另一支大军。战役进展顺利，到1214年春，约翰王已相继夺回阿基坦的普瓦图、布列塔尼的南特（Nantes）和安茹的昂热。约翰王意在向世人展示，那个骁勇善战的"金雀花"勇士似乎又回来了。

然而，当决战即将在普瓦图和布列塔尼边界地区打响之际，腓力二世26岁的路易王太子率军杀到，加之普瓦图的贵族们拒绝与法兰西卡佩王朝为敌，约翰王功亏一篑，只好提前撤兵，等待下次战机。

7月27日，英法布汶战役（Battle of Bouvines）开打。经过3个小时的惨烈激战，由腓力二世指挥的、约由7000名将士组成的法军，击败了由神圣罗马皇帝奥托四世和索尔斯伯里伯爵指挥的、约由9000名将士组成的联军，索尔斯伯里伯爵等几位英国贵族被

《约翰王》戏剧第五幕第一场,潘杜尔夫主教将王冠呈献给约翰王(插画家 HC Selous)

俘，被押回巴黎。

这一败仗使约翰王陷入绝境，不仅他此前所有的战争投入血本无归，还要再与腓力二世签订停战协定，支付巨额战争赔款。而对于腓力二世，布汶战役标志着长达12年的"金雀花－卡佩王朝"战争结束，法兰西王室赢得了布列塔尼公国和诺曼底公国，并巩固了对安茹、缅因和都兰的主权。约翰王的好日子到头了！

在莎剧《约翰王》中，莎士比亚把历史作了极简化处理。第五幕第一场，约翰王先向罗马教皇的使节潘杜尔夫主教交出王冠，再由主教把王冠交回约翰王，象征从教皇那儿重新获得至尊王权。潘杜尔夫主教承诺："既然你已温顺皈依，我便用舌头使这场战争风暴安静下来，让你狂风暴雨的国土放晴转好。记好：耶稣升天节这天，你宣誓效忠教皇，我让法国人放下武器。"

事实上，约翰王并非没有头脑，在此之前，他的治国方略似乎颇有成效，他一面强化王权统治，一面向普通自由民灌输君权神授的思想，并给百姓带来实际好处，使百姓得以在法律的保护下捍卫个人财产。

然而，在反叛他的封建贵族和教会眼里，他是一个暴君。当他发动的代价高昂，试图捍卫王国在法兰西领地的灾难性战争彻底失败后，为尽快筹钱恢复元气，他不顾一切地以税收及其他支付方式，向那些封建贵族和骑士们提出不公平和过分的要求，使他们的权力、利益受到极大削弱、侵害。同时，他干涉教会事务被视为进一步滥用王权。

终于，贵族们为私利讨回公道的机会来了。1215年5月5日，由1212年起就密谋起兵的罗伯特·菲兹沃尔特（Robert Fitzwalter）挑头儿，联合一些贵族起兵造反，宣布与国王断绝关系，否认约翰王为英格兰国王，揭开国王与男爵们之间"第一次王爵之战"

戴面具的伊丽莎白——莎士比亚戏剧中的真历史

（First Baron's War）的序幕。

简言之，经过一个多月的交锋、争吵，叛军终于迫使约翰王坐到温莎附近兰尼米德的谈判桌前。6月15日之前，双方讨价还价，先签署了一份《男爵法案》（The Articles of the Barons）。6月18日，国王极不情愿地同意了贵族们的要求，在双方达成的新协议上签字，此即著名的《自由大宪章》。次日，达到目的的贵族们宣誓效忠约翰王，因为他毕竟仍是合法国王。

《自由大宪章》签署后，抄写了约40份副本，送至各地，由指定的王室成员及主教保存。

《自由大宪章》第61条对限制王权最为有力，规定由24名贵族和伦敦市长组成的"保障委员会"有权随时召开会议，其不仅具有否决王命之权力，还可使用武力占据国王的城堡及财产。换言之，假如国王违反宪章，其有权向国王开战。可想而知，这对于约翰王不啻是一种侮辱。因此，当贵族们相继离开伦敦返回各自封地之后，约翰王立即宣布废除《自由大宪章》。很快，约翰王得到教皇支持，英诺森三世拒绝承认《自由大宪章》，痛斥其乃以武力威胁强加给国王的无耻条款，有损国王尊严。

实际上，《自由大宪章》的核心要旨在于保护特权精英的权利和财产不受侵犯。但它同时维护了教会自由，改进了司法体制，建立起君主统治须遵循的基本原则，即王权不能逾越法律，国王只是贵族"同等中的第一人"，无更多权力，每个人，包括国王在内，一定要公平待人。

顺便一提，2017年9月21日，笔者前往索尔斯伯里大教堂（Salisbury Cathedral），亲眼看到了用鹅毛笔书写在动物皮上的《自由大宪章》原件。世上现仅存四份《自由大宪章》原件，这里所藏最为完好，其他三份，一份藏于林肯城堡（Lincoln Castle），归

018

林肯大教堂（Lincoln Cathedral）所有，另两份藏于大英图书馆（British Library）。

《自由大宪章》的签署不仅未能终止英格兰内部的"王爵战争"，而且，法兰西的入侵已近在眼前。1215年年底，腓力二世援引此前曾对约翰王做出的一次"审判"，再次宣布他是害死"布列塔尼的亚瑟"的凶手，不再是英格兰国王。他一旦受到英格兰叛乱贵族的邀请，即可兴兵入侵，废黜暴君。

1216年5月，由路易王太子统帅的法兰西军队在肯特（Kent）郡海岸登陆。6月14日，法军攻陷温切斯特（Winchester），随后进入伦敦。很快，英格兰王国大半沦陷敌手。7月19日，法军开始围攻多佛城堡（Dover Castle）。约翰王被迫四处流动作战，一面试图攻打被贵族叛军占领的城镇，一面尽力躲避与法军交战。10月14日，约翰王的部队在途经位于林肯郡和诺福克郡之间的"沃什湾"（the Wash）时，因对潮水判断有误，导致大部人马渡过后，剩余装载辎重和宝物的车马被回涌的潮水卷走。至今，此处地名仍叫"国王角"（King's Corner），这亦引起后世传闻，称此处埋葬着约翰王的大笔宝藏。

在莎剧《约翰王》中，莎士比亚移花接木，把这件发生在约翰王身上的历史真事，嫁接到剧中的私生子身上。第五幕第六场，私生子福康布里奇对休伯特说："今晚过那片沙洲时，我有一半人马被潮水卷走了。——林肯郡的沃什湾吞食了他们。多亏我骑了一匹高头大马，才逃过一劫。"

一路行军，约翰王染上痢疾，且病情渐重。10月18日，约翰王在诺丁汉郡（Nottinghamshire）纽瓦克城堡（Newark Castle）病逝，时年49岁，遗体葬于伍斯特大教堂（Worcester Cathedral）圣沃尔夫斯坦（St. Wulfstan，1008—1096）的祭坛前。1232年，教

019

堂为约翰王制作了一具新石棺，上面的雕像栩栩如生。

或是出于保全英格兰一代君王之情面，莎剧《约翰王》对法兰西路易王太子领兵入侵英格兰，只通过私生子之口轻描淡写："肯特郡已全部投降。除了多佛城堡，无人坚守。伦敦接待法国王太子和他的军队，就像一位好客的主人。您的贵族们不愿听从您，一心投敌效忠；您的少数并不牢靠的朋友，一个个吓得心慌意乱，忐忑不安。"对英格兰内战——"第一次王爵战争"则只字未提。

第五幕第七场，全剧最后一场戏，临终前的约翰王在斯温斯特德修道院花园盼来了私生子，他满含凄凉地说："啊，侄儿！你是来叫我瞑目的。我心里的船索已崩裂、焚毁，维系我生命的所有缆绳已变成一根线，一根细细的头发丝，一根可怜的心弦撑着我的心，只为等你带来消息。然后，这一切在你眼前，顶多只是一块泥土，一具毁灭了的君王的模型。"私生子向他禀报战况："法国王太子正领兵前来，我们如何迎战，只有上帝知晓。因为我正想连夜调集精兵，赢得先机，不料在沃什湾，部队毫无防备，全被突如其来的汹涌狂潮吞噬了。"话音刚落，约翰王死去。

在历史上，约翰王并非死在斯温斯特德修道院花园。此处，剧中原文虽为"Swinstead"（斯温斯特德），实际应为林肯郡的"Swineshead"（斯韦恩斯赫）。抵达斯韦恩斯赫第二天，约翰王被人用担架抬到"新斯莱福德"（New Sleaford）城堡，10月16日，前往纽瓦克。

可见，莎士比亚写历史剧并不尊重史实。

理查二世：英格兰历史上第一位遭废黜的国王

1.《理查二世》的原型故事

英国编年史家拉斐尔·霍林斯赫德（Raphael Holinshed，1529—1580）所著《英格兰、苏格兰及爱尔兰编年史》（*The Chronicles of England, Scotland and Ireland*，以下简称《编年史》），无疑是莎剧《理查二世》"原型故事"的主要来源。这部著名的《编年史》于1577年初版，首印时为五卷本。十年后的1587年出第二版时改成三卷本。1590年，莎士比亚开始写戏。第二版修订本《编年史》为莎士比亚编写历史剧提供了丰富的原材料，《理查二世》《亨利四世》（上下篇）、《麦克白》中的有些剧情，以及《李尔王》和《辛白林》中的部分桥段，均取材于此。

除了这部《编年史》，莎剧《理查二世》还从别处或多或少借用、化用了一些原型故事。例如，劳德·伯纳斯（Lord Berners，1467—1533）英译的法国中世纪作家、宫廷史学家让·弗鲁瓦塞尔（Jean Froissart，1337—1450，旧译傅华萨）写于14世纪的《英格兰、法兰西、西班牙及邻国编年史》（*Chronicles of England, France, and Spain and the Adjoining Countries*），这部作品被视为描写英法百年战争前50年及两个王国骑士文化（骑士的礼仪）的重要来源，1548年出版的律师、议员、史学家爱德华·霍尔（Edward Halle，1497—1547）的《兰开斯特和约克两个贵族世家的联合》(*The Union of the Two Noble and Illustre Families of Lancaster and York*)，诗人、剧作家克里斯托弗·马洛（Christopher Marlowe，1564—1593）的剧作《爱德华二世》(*Edward Ⅱ*)，塞缪尔·丹尼尔的《内战》，无名氏作者的一部旧戏《伍德斯托克的托马斯》(*Thomas of Woodstock*)，律师、作家托马斯·弗瑞（Thomas Phaer，1510—1560）的《官长的借镜》(*A Mirror for Magistrates*，1559)等。

另外，还有三本法文书值得一提：

第一本是让·克莱顿（Jean Creton，1386—1420）所著的《英格兰理查国王之历史》(*Histoire du Roy d'Angleterre Richard*)。作者克莱顿身份独特，14世纪末，他是法兰西国王查理四世（Charles Ⅳ，1368—1422）的贴身男仆，1398年来到英格兰，并于1399年5月随英王理查二世远征爱尔兰，两个月后，与索尔兹伯里伯爵（Earl Salisbury）一起被送回威尔士，在康威城堡（Conway Castle）等候理查王归来。他没想到，先后等来了诺森伯兰伯爵和布林布鲁克。诺森伯兰伯爵命克莱顿和理查王的主要侍从跟布林布鲁克的传令官离开城堡。克莱顿十分惊恐，担心性命难保，但当布林布鲁克听说他及其伙伴都是法国人，承诺保证他们人身安全。这使克莱顿得以目睹理查王在城堡前如何与布林布鲁克见面、被捕。同年，克莱顿回到法国，怀着对理查王的同情、悲伤，写下了这本英格兰游记，其中详尽地描述了理查王遭废黜的全过程。后来，这本游记由约翰·韦伯（John Webb）译成英文，题为《一个法国人眼里理查王被废黜的历史》(*Translation of a French History of the*

Deposition of King Richard）。

第二本《叛乱和英格兰理查国王之死编年史》（*Chronique de la traison et Mort de Richard Deux Roy Dengleterre*）出自无名氏之手。这本"编年史"从1397年瓦卢瓦的伊莎贝尔（Isabelle de Valois）嫁给理查王写起，直到理查王被废、被杀，伊莎贝尔回到法国结束。同情的文笔似乎透露出，作者可能是伊莎贝尔的家人。

第三本是让·勒博（Jean Le Beau）的《理查二世的编年史》（*La Chronique de Richard II*）。

需要说明一点，在莎士比亚时代，前两本只有抄本行世。诚然，对于莎士比亚是否看过这三本书只能推测。不过，这三本书对理查王的同情笔调，或对莎士比亚塑造理查王形象产生了影响。从莎剧《理查二世》可明显看出，莎士比亚对理查王不无同情。

显然，莎士比亚是幸运的！对于不熟悉莎士比亚如何从各种原型故事里汲取"编"剧灵感的读者来说，他那些债主们的作品早已被遗忘。简言之，若不知莎士比亚如何写戏，根本无从知晓他都找谁"借"过东西。也就是说，在读者脑子里，莎士比亚是一个亘古未见的原创作家。实则非也！

今天的莎迷们极难想象莎士比亚是一个跟剧团签了合同，每年必须拿出一悲一喜两部戏，只图"写"戏尽快上演并能卖座的编剧。这样一来，他哪有那么多闲工夫考古似的挖掘原型故事，而是怎么得心顺手怎么"编"。

关于这部戏的写作，莎学界早有一个说法，认为莎士比亚写之前，舞台上已有一部同名"旧戏"在演，莎剧《理查二世》只是对这部"旧戏"的改写。多佛·威尔逊（Dover Wilson，1881—1969）在其主编的《剑桥新莎士比亚·理查二世》（1921—1969）导言中说过这样一段耐人寻味的话：

他那些无名的前辈们对英国历史烂熟于心，早替他把各种编年史精读一遍，把各种关于理查覆灭的资料加以消化，写成一部戏，留待他修改。那时，剧场生意红火。他所属剧团于1594年新组重建，急于赚钱，一来可以赚回1591年至1594年因瘟疫导致剧场关闭造成的损失，二来可与唱对台戏的海军大臣剧团（Admiral's Men）一比高下。莎士比亚是剧团的主要编剧，但在那段时间，他很可能是剧团的唯一编剧。另外，就我们所知与莎士比亚相关的一切而言，可否有理由假设，对于莎士比亚来说，哪条路最省力，他就走哪条路。没什么理由让我相信，为写《理查二世》，他会比写《约翰王》更加费事地去读霍林斯赫德或其他什么人的任何一部编年史。丹尼尔的史诗，一个演员对《伍德斯托克的托马斯》所知的一切，以及我们设想的由当初写《动荡不安的约翰王时代的统治》（*The Troublesome Reign of King John*）的作者所写的剧作，把这些加在一起，便足以解释清楚一切。

庆幸的是，对莎士比亚而言，这一说法仅仅是假设。否则，这意味着，莎士比亚只是一个用最省事儿的法子改写别人旧戏的二道贩子，倘若如此，他将退居二流、三流编剧的行列，甚至根本不入流。

总之，莎士比亚写《理查二世》"费事地"花了心思、下了功夫。按威尔逊所说，《理查二世》第一幕第一场以布林布鲁克和毛伯雷在理查王面前相互指控开场，跟爱德华·霍尔《兰开斯特和约克两个贵族世家的联合》的起笔十分相似。换言之，霍尔的《兰开斯特和约克两个贵族世家的联合》激发起莎士比亚搭建《理查二世》戏剧架构的灵感。威尔逊相信，像理查王在第三幕第三场那段精彩独白——"国王现在该做什么？要他投降吗？国王只能屈从；非要废了他？国王同意退位：他必须丢掉国王的尊号？啊，以上帝的名义，随它去吧：我愿拿珠宝去换一串念珠；拿辉煌的宫殿去换一处隐居之所；拿华美的穿戴去换一身受救济者的衣衫；拿雕花的酒杯去换一只木盘；拿王杖去换朝圣者的一根手杖；拿臣民去换一对儿圣徒的雕像；拿巨大的王国去换一座小小的坟茔，一座特小、特小的坟茔，一座无人知晓的坟茔；——不然，就把我埋在公路，或哪条商贸干道下面，叫臣民的脚随时踩在君王的头上；因为当我活在世上，他们践踏我的心；一旦下葬，怎能不踩我脑袋？"——都得益于霍尔。

接下来，威尔逊对莎士比亚如何把从以上各处采集来的原型故事融入《理查二世》，作了一个大致梳理：

第一，在霍林斯赫德《编年史》里的"兰开斯特公爵"（Duke of Lancaster）在丹尼尔的《内战》里，称呼变为"冈特的约翰"（John of Gaunt），莎士比亚顺手拿来，并把布林布鲁克名字的拼写"Bolingbroke"变为"Bullingbrook"，使其具有了内含"brook"（溪流）的双关意涵。

第二，莎士比亚把丹尼尔笔下伤感的王后形象作了深入刻画。伊莎贝尔嫁给理查二世时，年仅7岁，三年后理查王被废、被杀时，也不过10岁。莎士比亚把她变为一位成年王后。

第三，莎剧《理查二世》第五幕第二场、第三场奥默尔参与要在牛津谋害布林布鲁克（亨利四世）的戏，可能直接源自霍尔的《兰开斯特和约克两个贵族世家的联合》；第四幕第一场卡莱尔主教"这位骄傲的、刚被你们尊为国王的赫福德大人，是一个邪恶的叛徒……英国人的血将作为肥料浇灌这片国土"那一大段预

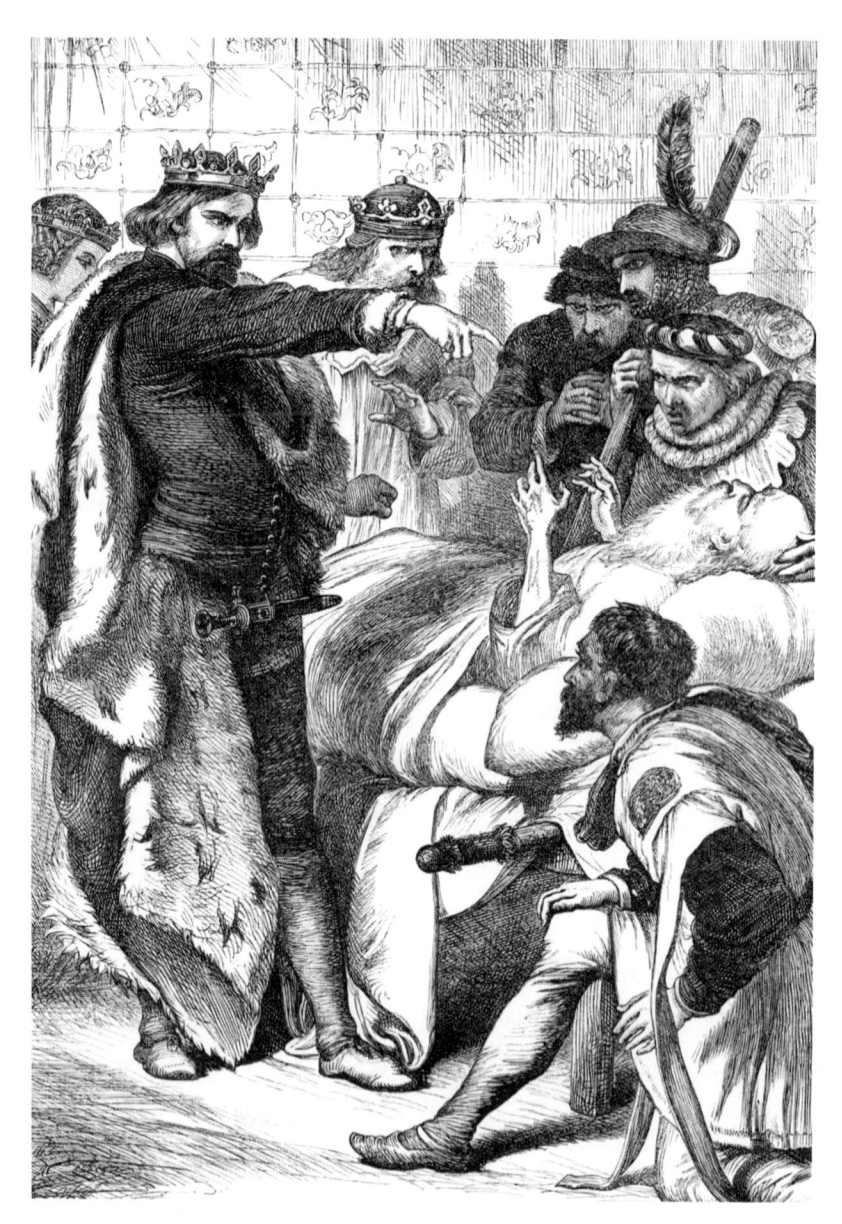

《理查二世》戏剧第二幕第一场,冈特之死(插画家 HC Selous)

言,第五幕第一场理查王"缓慢的冬夜……他们在追悼一位遭废黜的合法国王"那一大段悲叹,取自丹尼尔的《内战》。

需要说明的是,丹尼尔笔下的布林布鲁克对财富的追逐始终大于政治野心,到了莎士比亚笔下,这位新国王也似乎更在乎物质利益。另外,莎士比亚省掉了《内战》中诺森伯兰伯爵在弗林特城堡前使诈诱捕理查王那段情节,之所以如此,意在凸显理查王的倾覆是咎由自取。

第四,莎剧《理查二世》第二幕第一场冈特严词谴责理查王的场景,取自《伍德斯托克的托马斯》第四幕第一场;在剧情处理上,莎士比亚把冈特摆在理查王身边那些马屁精的对立面,多少受到《伍德斯托克的托马斯》剧中格罗斯特公爵(伍德斯托克的托马斯)这一形象的影响。

第五,霍林斯赫德《编年史》对冈特死后理查王剥夺他的全部财产,描述得十分简单:"兰开斯特公爵在他位于伦敦霍尔本(Holborne)的伊利主教府邸(Elie's palace)去世后,葬于圣保罗大教堂主坛北面他第一任夫人布兰奇(Blanch)的墓旁。公爵之死给这个王国的臣民提供了更加痛恨国王的机会,因为他一手攫取了原属于公爵的所有财产,夺取了理应由赫福德公爵(布林布鲁克)合法继承的所有土地的租税,并把此前颁授给他的特许证书予以废除。"

莎剧《理查二世》对此进行了拓展:第一幕第四场,理查王在探望临终的冈特之前,已放出话来,要将冈特的财产充公,作为贴补远征爱尔兰的军饷。但莎士比亚处理剧情时颇为谨慎,给人的感觉似乎是,理查王决定没收冈特的所有财产,皆因冈特临死前对他严词斥责。冈特正告理查王,布希、巴格特、格林等几个马屁精会叫他看不清自己的病症,这话刺痛了理查王,最后,

《理查二世》戏剧第四幕第一场,理查二世和诺森伯兰(插画家 HC Selous)

冈特刚一断气，恼羞成怒的理查王便当着这几个马屁精的面，宣布将冈特全部财产一律充公。

简言之，莎士比亚通过一连串的细节使理查王顺理成章地犯下致命错误，恰如约克在第二幕第一场抗议所言，此乃以君王意志凌驾于法律之上。正是这一不可理喻的暴行，为理查王的覆灭埋下引信。

第六，莎士比亚对霍林斯赫德《编年史》最富戏剧性的情节拓展，是叫诺森伯兰伯爵逼迫理查王高声朗读霍林斯赫德在《编年史》里详列的33条"指控状"，而历史上的理查王则是私下签署的退位书。另外，莎士比亚安排理查王通过讨要一面镜子避开对他不依不饶的诺森伯兰伯爵，并手拿镜子搞了一出自怨自怜的表演，最终迫使布林布鲁克放弃逼他读"指控状"。

显然，镜子这场戏在一定程度上深化了主题，尤其意在暗示，理查王一旦失去王位，便成为幽灵般的存在，使布林布鲁克刚登上王位便恨不得赶紧除掉他，为理查王之死埋下伏笔。

综上所述，莎剧之所以被后世奉为经典，自然跟莎士比亚作为一名天才编剧，除了会采集原型故事，更会发明创造密不可分，《理查二世》中这样两场精彩的情景便属于莎士比亚的原创：

第一个情景发生在第三幕第四场，约克公爵府的园丁及其仆人以修剪草木比喻治国理政，讥讽理查王"没像我们修整花园似的治理国家"，把英格兰王国这座花园祸害得不像样子——"眼下，咱这以海为墙的花园，一整个国土，长满野草，她最美的花儿都憋死了，果树没人修剪，树篱毁了，花坛乱七八糟，对身体有好处的药草上挤满了毛毛虫"。

第二个情景发生在第四幕第一场，威斯敏斯特宫大厅，理查王面对布林布鲁克手持镜子暗自神伤："皱纹还没变深吗？悲痛屡屡打我脸上,却没造成更深的创伤!——啊,谄媚的镜子,你在骗我,跟我得势时的那些追随者们一样!这还是那张脸吗?每天在它屋檐下要养活上万人。这就是像太阳一样刺得人直眨眼的那张脸?这就是曾直面那么多恶行,终遭布林布鲁克蔑视的那张脸?易碎的荣耀照着这张脸:这张脸正如荣耀一样易碎。"说完,将镜子摔在地上:"瞧它在这儿,碎成了一百片。"

除了以上两处,第一幕第二场冈特与格罗斯特公爵夫人和第五幕第三场约克与这位公爵夫人的戏,还有像冈特临死前的情景,以及诺森伯兰伯爵、珀西父子俩参与支持布林布鲁克取代理查王的篡位行动,都是莎士比亚的专利。

2. 真实历史上的理查二世

1376年6月8日,将满46岁的"黑太子"爱德华(Edward the Black Prince,1330—1376)病逝。这位深得国民拥戴的黑太子的死对爱德华三世(Edward Ⅲ,1312—1377)是致命一击,也使国民对未来的希望破灭。黑太子年仅九岁的长子波尔多的理查(Richard of Bordeaux)成为王位第一顺位继承人。

1377年6月21日,爱德华国王辞世。7月16日,理查的加冕典礼在威斯敏斯特大教堂举行,英格兰迎来新国王,也是"金雀花王朝"(House of Plantagenet)最后一位国王。

庄严盛大的加冕典礼,万民的欢呼,烙印在10岁理查的脑海。由此联想一下莎剧《理查二世》第五幕第五场,当马夫前来探望关在庞弗雷特城堡地牢里的理查王,对他说加冕典礼那天,布林布鲁克骑着"精心侍弄过的宝马",走过伦敦街头,接受万民欢呼时,理查王"甭提心里有多难受"了!

此处显出莎士比亚的匠心,他让理查王问马夫:"告诉我,高贵的朋友，那马驮着他走起来什么样儿？"这句再平常不过的话，已把理查王的心扎出了血。因为此时，对理查王而言，只有马夫这位"朋友"是真正"高贵"的。曾几何时，这位合法国王被那些"高贵"的马屁精们害惨了。马夫回答，那匹马"傲气十足，似乎没把地面放眼里"。理查王不由得骂了两句，随即反问："它没要把那个篡位上马的高傲家伙的脖子摔断吗？"

理查王1377年继位，1399年遭布林布鲁克废黜，1400年被杀，前后历时23年，而莎剧《理查二世》只写了他最后两年。简言之，前20年的因，造成后两年的果。为便于深入解读剧情，在此将可与剧情建立关联的史实作一简要梳理：

1380年，黑死病席卷下的英格兰，为凑足军饷，抵御法国，由议会宣布向全国征收人头税，导致1381年爆发由瓦特·泰勒（Wat Tyler）领导的英格兰历史上第一次大规模农民起义（暴动）。

伦敦陷入混乱，英格兰前途未卜。在暴乱持续的危急关头，年方14岁的理查二世将瓦特·泰勒约到伦敦郊外的史密斯菲尔德（Smithfield）演武场会面谈判。泰勒不知是计，身边只带了为数不多的随从。谈判中，双方发生混战，伦敦市长威廉·沃尔沃思爵士（William Walworth）抽出匕首，给了泰勒致命一击。身负重伤的泰勒挣扎着骑马逃回本部，嘴里喊着国王背信弃义，落马而死。起义军正欲弯弓搭箭，却看到国王催马前来，高声断喝："我是你们的国王，你们理应服从我。"暴民们瞬间被震慑住，纷纷放下武器，向国王鞠躬。等国王的援军赶到，遂将暴民逐出伦敦，避免了一场流血的暴力冲突。

可见，若不熟悉中古英格兰历史，单从莎剧《理查二世》中是读不出这位最后惨遭废黜的国王，曾经多么富有少年英主的超凡胆略。

随着年龄增长，为强化王权统治，理查王开始培育像剧中布希、巴格特、格林那样的亲信马屁精；与年纪稍长的贵族，尤其是自己的三个叔叔——冈特的约翰兰开斯特公爵、兰利的埃德蒙剑桥伯爵和伍德斯托克的托马斯白金汉伯爵，渐行渐远，招致一些贵族和主教的强烈不满。

《理查二世》剧中，无论临死前的冈特的约翰，还是约克公爵、卡莱尔主教，都对理查二世有过直言犯上的强烈的批评和指斥。

随着时间推移，理查王统治下的英格兰王国开始陷入内外交困之中。外部，北伐苏格兰的英军无功而返，法兰西国王查理六世（Charles Ⅵ，1368—1422）建起一支准备入侵英格兰的史上最强舰队；内部，理查王先将亲信好友罗伯特·德·维尔（Robert de Vere，1362—1392）授予都柏林侯爵（Marquess of Dublin），使其地位与有王室血统的公爵们不相上下，不久再次擢升其为爱尔兰公爵（Duke of Ireland），又使其将爱尔兰军政大权收入掌中，完全与理查王的三个叔叔平起平坐。

与此同时，理查王与议会的矛盾日益激化，他的偏执越来越厉害。在1386年10月的议会上，面对贵族、议员们的劝诫，理查王大发脾气："我早知道，我的臣民和平民议员有不臣之心，图谋不轨……面对这样的威胁，我觉得最好的办法是寻求我的亲戚——法兰西国王的支持，帮我镇压敌人。我宁可向他称臣，也不向臣民屈服。"

无奈之下，格罗斯特公爵（伍德斯托克的托马斯）和阿伦德尔伯爵向这位不可理喻的年轻国王委婉提及之前爱德华二世（Edward Ⅱ，1284—1327）被废黜之事，才使理查平息肝火，并不得已答应改革，撤掉了萨福克伯爵迈克尔·德·拉·波尔

（Michael de la Pole，Earl of Suffolk，1330—1389）等一批心腹宠臣。因此，以格罗斯特公爵和阿伦德尔伯爵为首的"上诉派贵族"（Lords Appellant）赢得了这次议会，史称"美妙议会"（Wonderful Parliament），它要求每年定期召开议会，而且，国王必须参加，同时还指定组建一个为期一年的改革委员会。如此一来，理查的王权成了摆设。

1387年2月，不甘失去王权的理查王离开伦敦，打算借巡游之机聚集王党，成立忠于自己的御前会议。与此同时，在伦敦的上诉派贵族提出动议，要求清洗内廷，罢免包括德·拉·波尔和德·维尔等五位国王宠臣。

1388年2月，"残忍议会"（Merciless Parliament）开幕。贵族和平民代表齐聚威斯敏斯特宫。五位身穿金线华服的上诉派贵族，趾高气扬，手牵手一同步入大厅，瞪了一眼国王，然后屈膝行礼。理查王列席了持续近4个月的议会，亲眼看见自己所有的宠臣、亲信、盟友，一个个被（有的被缺席审判）定为叛国罪处死。这次"残忍议会"对21岁的理查王堪称奇耻大辱。

此后，理查王为重新拥有王权，先与刚从西班牙卡斯蒂利亚（Castilla）回国的王叔冈特的约翰兰开斯特公爵修复关系，在他的帮助下，王权势力逐步恢复。1389年5月，理查在议会发表亲政宣言。1390年3月，在冈特的约翰的协调下，御前会议达成一项协定：所有财政意向须得到国王的三个叔叔的一致批准。表面妥协的国王得以与"上诉派贵族"合作，朝政也开始良性运转起来。

但随后不久发生的两件事透露出，这分明是一个有人格缺陷或心理障碍的国王。第一件事，1394年6月7日，安妮王后去世，7月在伦敦举行葬礼，理查王招呼所有贵族参加。阿伦德尔伯爵迟到，面见国王时，竟被理查王猛击面部，满脸是血倒在地上。第二件事，1395年11月，理查王的昔日宠臣爱尔兰公爵德·维尔的遗体送回英格兰下葬。他当年兵败流亡法兰西后，于1392年去世，死后尸体作了防腐处理。许多贵族拒绝参加德·维尔的葬礼，尽管如此，理查王依然下令打开棺材，给这位昔日好友僵冷的手指戴上一枚金戒指，对着他的面庞凝视良久。

而几乎同一时期发生的另外两件事，又使这样一个国王赢得了国民的信任：第一件事，1394年至1395年，理查王为期8个月的爱尔兰远征取得胜利，结束了爱尔兰的混乱局面，取得了自亨利二世（Henry Ⅱ，1133—1189）以来的最大成就；第二件事，1396年3月，与法兰西瓦卢瓦王朝缔结为期28年的停战协定，并将迎娶查理六世（Charles Ⅵ，1380—1422）年仅7岁的女儿伊莎贝尔为新王后。

一切似乎预示着英格兰将沐浴在和平里，但理查王越来越从心底钦佩曾给王国带来分裂、暴力、腐败和流血，最后死于谋杀的爱德华二世（Edward Ⅱ，1284—1327）。

1397年，理查王30岁，早已成年，但他始终对自己的王权统治缺乏安全感。7月，理查王开始复仇，他突然下令，逮捕了上诉派贵族中的三位——与自己对抗了十年之久的格罗斯特公爵、阿伦德尔伯爵和沃里克伯爵。这可以说是一起由国王亲自发动的宫廷政变。三个人的最终命运是：阿伦德尔伯爵被以冈特的约翰主持的议会定为犯下叛国罪，用剑斩首；沃里克伯爵在议会上痛悔不已，哀求饶过老命，理查王判处他流放英格兰、爱尔兰之间的马恩岛（Isle of Man），终身监禁；格罗斯特公爵先被押往加来（Calais）的监狱，后诺丁汉伯爵托马斯·毛伯雷受理查王之命下令将其害死，恰如莎剧《理查二世》开场不久，布林布鲁克向理查王指控毛伯雷那样："是他谋害了格罗斯特公爵，他先诱惑格罗斯特轻信了自己的敌人，然后，再像个险恶的懦夫似的，让公爵无辜的灵魂在血泊中流走。"不过，莎剧中并未写明，国王正是害死格罗斯特公爵的幕后黑手。

9月底，理查二世肃清了所有政敌，终将王权牢牢攥在手里。此后，为进一步巩固王权，他恩威并重，一面把从政敌那里没收来的土地赏赐给勤王有功的忠臣，一面下令叫所有参与过"残忍议会"的贵族花钱赎罪。除此，他还专门颁布了一条惩治贵族欺君罔上的法令。至此，理查二世已成为英格兰历史上第一个专制、苛政、暴虐之君。

然而，在这次理查王的复仇之战中，他不仅暂时放过了"上诉派贵族"中的另三位：冈特的约翰（兰开斯特公爵）、布林布鲁克（德比伯爵）和托马斯·毛伯雷（诺丁汉伯爵），还把布林布鲁克擢升为赫福德公爵（Duke of Herford），把毛伯雷擢升为诺福克公爵（Duke of Norfolk）。理由很简单：年迈的老冈特为"金雀花王朝"效力不少，对理查王夺回王权起了作用；堂弟布林布鲁克似乎还值得信任；毛伯雷帮自己除掉了最大的政敌——格罗斯特公爵。

但没过多久，理查王向这两位年轻贵族下手了。在莎剧《理查二世》中，两位公爵向理查王"互相指控谋逆叛国"，最后，国王让两人以决斗来解决争执。

1398年9月16日（莎剧中是17日），星期一，来自各地的骑士、贵族、主教及到访的外国权贵云集考文垂演武场。上午九点，赫福德公爵布林布鲁克与诺福克公爵托马斯·毛伯雷将在国王面前一决生死。真实情形与莎剧第一幕第三场相差不多，简言之，当一切按照骑士决斗礼仪就绪以后，决斗双方正欲手持矛枪骑马冲向对方，理查王突然起身，高喊："停下！停下！"所有人不知发生了什么，两个小时之后，布希带来了国王的命令：决斗取消，布林布鲁克放逐十年（后减为六年），毛伯雷终身流放。在剧中，则由主持决斗的典礼官说："停！国王扔了权杖。"随后，国王向两位公爵宣布："我把你们放逐出境，——你，赫福德老弟，在第十年田野夏收之前，只许在流放的异地踏足，在美丽的领土一经发现，处以死罪。……诺福克，给你的判决更重一些……我对你的判决是绝望的四个字'永不重返'，否则以死论处。"

这之后的情形，历史与剧情比较相近，1399年7月，流放在外的布林布鲁克趁理查王出兵远征爱尔兰，国内空虚，从雷文斯堡登陆回到英格兰。尽管他的随行者不过百人，但登陆之后，一大批贵族、骑士赶来投奔，其中包括诺森伯兰伯爵之子亨利·珀西。没过多久，布林布鲁克的军队已达10万人，由约克公爵临时组建起来的王军无力阻挡。理查二世坐在康威城堡（Conway Castle）在剧中变为弗林特城堡（Flint Castle）——祷告，希望得到法兰西国王的支援。很快，不仅国民们全都拥戴布林布鲁克，最初还想抵抗的贵族们也开始向布林布鲁克的军队投降，甚至理查王的几位重要盟友也投靠了布林布鲁克。8月初，布林布鲁克已成为英格兰的主宰。

诚然，莎剧中的历史都是戏剧化的英格兰史，比如，历史上的布林布鲁克与理查王在弗林特城堡会面时，向国王鞠躬行礼，国王称他"亲爱的兰开斯特堂弟"，然后，布林布鲁克告知国王："在您召唤之前，我已回到英格兰……这22年来，您败坏朝纲……因此，我得到国民认可，将辅佐您治国理政。"在莎剧第三幕第三场，布林布鲁克先让诺森伯兰伯爵带话给躲在弗林特城堡里的理查王："他（布林布鲁克）此次前来别无他意，只为得到世袭的王室特权，并跪求立即结束流放恢复自由：一经陛下允准，他就会任由闪亮的武器去生锈,把披好护甲的战马关回马厩,真心效忠陛下。"等国王走出城堡,向他投降,他还不失礼节地说:"最令人尊崇的陛下,到目前我之所得,是因我的效忠理应得到您的恩宠。"

再比如,历史上被囚禁伦敦塔的理查王,在和前来探视的沃里克伯爵的弟弟威廉·比彻姆爵士等几位客人用晚餐时悲叹道:"有这么多国王,这么多统治者,这么多伟人垮台、丧命。国家时刻处于勾心斗角、四分五裂之中,人们相互残杀、彼此仇恨。"然后讲起英格兰历史上那些被推翻的国王们。在莎剧第三幕第二场,在威尔士海边的巴克洛利城堡,刚从爱尔兰回来的理查王对奥默尔说了这么一段话:"……我的国土,我的生命,我的一切,都是布林布鲁克的,除了死亡和覆盖骸骨的不毛之地上那一小抔泥土,没什么归我所有。看在上帝分上,让我们坐地上,说说国王们如何惨死的故事:有些被废黜,有些死于战争,有些被遭他们废黜的幽灵缠住折腾死,有些被他们的妻子毒死,还有些在睡梦中被杀,全是被谋杀的——因为死神把一顶空心王冠套在一个国王头上……"

又比如,历史上的理查王在他缺席的情形下,被议会以列举出的33条罪状废黜,并得到贵族和平民代表的一致通过。布林布鲁克从议会席位起立,当众宣布收复王位。登上国王宝座后,威斯敏斯特宫大厅响起臣民的欢呼和掌声,布林布鲁克由此成为兰开斯特王朝的第一位国王。在莎剧第四幕第一场(第四幕只有这一场),威斯敏斯特宫大厅,布林布鲁克当众宣布:"以上帝的名义,我登上国王的宝座。"结果,卡莱尔主教不仅站出来极力反对,还对英格兰的未来做出预言:"英国人的血将作为肥料浇灌这片国土,后世子孙将因他(布林布鲁克)的邪恶罪行而呻吟。"接着,布林布鲁克命人把理查王带来,"叫他当众宣布退位,这样,免得有人起疑心"。理查王来以后,把王冠、王杖交给布林布鲁克,表示:"我摈弃一切盛典仪仗和君王的尊严,我的领地、租金、税收,全都放弃,我的法令、律令、条令,一律废止。"这之后,诺森伯兰伯爵逼迫理查王当众宣读"指控状"(未说明多少条罪状)。谁也没想到,这个时候,理查王会讨要一面镜子,然后,对着取来的镜子说了一大段富有哲理的独白。最后,布林布鲁克没让理查王读"指控状",只是命人把他送往伦敦,随即说:"我郑重宣布,定于下周三举行加冕典礼。"

事实上,从莎剧对英格兰历史的改写不难觉出,莎士比亚不喜欢这位靠篡位成为亨利四世的布林布鲁克,或也因此,他才会在《亨利四世》(上下篇)中,把哈尔王子(未来的亨利五世)和福斯塔夫塑造得更出彩。当然,从《理查二世》对理查王的刻画也不难看出,莎士比亚对这位最后沦为孤家寡人的"暴君"多少有些同情。他值得吗?

亨利四世：英格兰历史上第一位篡位之君

英国编年史家拉斐尔·霍林斯赫德（Raphael Holinshed，1529—1580）所著《英格兰、苏格兰及爱尔兰编年史》(*The Chronicles of England, Scotland and Ireland*，以下简称《编年史》）几乎是莎剧《亨利四世》（上下篇）唯一的"原型故事"来源。这部著名的《编年史》于1577年初版，首印时为五卷本。十年后的1587年，出第二版时改成三卷本。莎士比亚摆在桌案上不时参阅的是经过修订的第二版。这部《编年史》为莎士比亚编写历史剧提供了丰富原材料，除此之外，《麦克白》中的有些剧情，以及《李尔王》和《辛白林》中的部分桥段，均由此取材。

然而，莎士比亚编的是历史剧，并非写史，他只拿《编年史》中第498页至543页的一段史实描写，即从"理查二世"之后直到1403年7月21日的什鲁斯伯里之战，为我所用，用来移花接木。他对舞台上演的史剧能否反映史实不感兴趣，否则，也写不出福斯塔夫。

正因如此，许多把莎翁历史剧当作真历史来看的观众，都上了他"瞎编"历史的当。多年前，英国广播公司（BBC）拍摄了系列电视片《糟糕历史》(Horrible Histories)，以喜剧的视角、甚至嬉闹的方式，通过演员情景再现，剧透出历史上令人发窘的真实一面。我看过其中讲述"理查三世"的一集，由饰演理查三世的那位演员现身说法，责怪莎翁为讨好伊丽莎白一世女王，在历史剧《理查三世》中，不顾史实，肆意歪曲，使自己成为一个"糟糕"的国王，长期蒙受不白之冤。

这是莎翁历史剧之大幸，他编的是戏，只追求戏剧（舞台）效果；却是英国历史之大不幸，哪段历史，哪位国王或王公贵族，一旦被他"糟改"，恐只能沉冤九泉，期待未来"糟糕的历史"昭雪的那一天。

《亨利四世》（上篇）剧情与《编年史》中的史实，有以下几处不同。

（1）在剧中，继位一年的亨利四世刚一出场，便宣布要"誓师远征"，进行"十字军东征"，杀向圣城耶路撒冷。而在《编年史》里，这事儿发生在亨利四世死前一年（1412年），准备航海去"圣地"，把耶路撒冷从异教徒手中夺过来。相同点在于，剧中和史中的两位国王，都因篡了理查二世的王位，心怀负罪感。

莎士比亚无意让观众或读者重温理查二世或亨利王朝的史实。因此，他在剧情处理上只是借助人物台词，把必要的历史信息一语带过。一开场，亨利四世说："一千四百年前，为了我们的福祉，基督被钉在十字架上受难。"提示观众剧情的"历史"时间是1400年。此时，英国与威尔士和苏格兰的边境战事陷入困境，在威尔士，王军被格兰道尔打败；在北部，霍茨波率领的王军正与苏格兰军队在霍尔梅敦血战。"下周三"，国王将在温莎宫召开枢密院会议。

假如观众回想起《理查二世》，他们可由此推断，这位篡位的

《亨利四世》戏剧第一部分第一幕第三场,亨利四世和霍茨波(插画家 HC Selous)

国王掌权已有一年；而且，《理查二世》以他的一句誓言落幕，他发誓为行刺理查王的过失赎罪，要"航海去圣地"。在《亨利四世》一开场，他准备兑现诺言，"这计划一年前我已有打算"。这也是《亨利四世》（上篇）对《理查二世》的剧情衔接。

（2）在剧中，放浪不羁、成天跟福斯塔夫混在一起的亨利（哈里）王子，有一个少年老成、智勇双全、会领兵打仗的弟弟——兰开斯特的约翰亲王。在《编年史》中，这位少亲王，作为亨利四世活下来的第三个儿子，生于1389年6月20日，而什鲁斯伯里之战发生在1403年7月21日。单从年龄来看，时年刚满14岁的小约翰亲王，不可能参战。

（3）在剧中，第二幕第三场，霍茨波当晚要"率军出发"，向妻子珀西夫人告别，可他并未说明要与国王开战。珀西夫人心里忐忑不安，因为她头天夜里听见丈夫梦里"说的全是一场血腥的厮杀。你心底想着战争，睡眠中激动不已，额头沁出汗珠，犹如一条刚受惊扰的溪流泛起的泡沫；你脸上的神情十分怪异，活像有人突然接到什么重大命令，一下子屏住了呼吸"。接下来，俩人还有一段透出夫妻情浓意切的对话。

第三幕第一场后半段，莫蒂默勋爵向妻子莫蒂默夫人告别。莫蒂默夫人是格兰道尔的女儿，只会讲威尔士语，不会说英语，丈夫完全听不懂，但他懂妻子的神情："从你盈盈泪眼的天泉涌出来的动听话语，我再明白不过，但碍于脸面，我不能与你泪眼相对。——（夫人再用威尔士语说话。）我懂你的亲吻，你懂我的亲吻：这是一种心心相印的情感交流。"

在《编年史》中，两位夫人并没有出现。可见，莎士比亚把女性柔情和大战前夫妻难舍的话别插入剧情，既从女性视角凸显了两位叛军将领不失儿女情长的豪勇血性，更从人性层面书写了战争的冷酷无情。

（4）在剧中，霍尔梅敦之战（Battle of Holmedon）发生在莫蒂默勋爵在威尔士与格兰道尔的叛军作战失利之后。在《编年史》中，莫蒂默在威尔士被叛军打败发生在1402年6月22日，而英格兰和苏格兰两军之间的霍尔梅敦之战发生在1402年9月14日。

剧中出现此误，可能是莎士比亚把另一场英、苏两军6月22日发生在特威德河（River Treed）北部边境的内斯比特荒野之战（Battle of Nisbet Moor），同霍尔梅敦之战弄混了。

在剧中，第三幕第二场，国王亨利四世与亨利王子（威尔士亲王）于伦敦王宫会面，父子俩坦诚相见，父王希望儿子别再放浪形骸，要对得起高贵的王室血统，因其"结交低俗的市井下三滥，已失去王子的尊严"。王子信誓旦旦，表示今后说话做事，"一定更符合王子的身份"，并决心以打败霍茨波为自己赢得荣誉，"清洗满脸血污之时，便是我刷掉耻辱之日"。

在《编年史》中，父子相会的情景比剧中晚好几年。

（5）在剧中，出于剧情需要，以及为了凸显戏剧效果，莎士比亚把《编年史》中关于亨利（哈里）王子和霍茨波两个最重要人物的年龄和史实都改了，他把整个剧情时间浓缩在开场的1400年到什鲁斯伯里之战开战的1403年三年的时间里。若按真实年龄算，1400年，1386年8月9日出生的王子才14岁。而生于1364年的霍茨波，比生于1367年的亨利王还大三岁。因此，还必须大幅降低霍茨波的真实年龄。否则，便不会有什鲁斯伯里王子与霍茨波决战的双雄会。

剧情除了把王子和霍茨波俩人的年龄拉平，还让他俩名字的昵称有一种相似对应，一个是哈里·珀西（霍茨波），一个是哈里·蒙茅斯（亨利王子），两个"哈里"（Harry）。剧情最后，什鲁斯伯里之战结束，前一个哈里被消灭，后一个哈里成为英格兰之"星"。恰如霍茨波开战前所言："哈里对哈里，烈马对烈马，不拼杀到俩人有一具尸首掉下马来，决不罢休。"

在《编年史》中，王子虽在17岁参加了什鲁斯伯里之战，且非常卖力，却不是主将。

（6）在剧中，什鲁斯伯里之战开始前，霍茨波大喊："啊，若格兰道尔来就更棒了！"然后，约克大主教透露，格兰道尔"兵马未到，他有一支可以倚重的生力军，却因受了不祥预测的影响，按兵不动"。

《编年史》中，珀西（霍茨波）在什鲁斯伯里之战中得到了威尔士的"生力军"支援。

但是很明显，莎士比亚没兴趣尊重史实，他戏编剧情只为刻画人物。透过他的剧情做假设分析，若霍茨波等来格兰道尔的援军，什鲁斯伯里之战便可以稳操胜算。然而，不论战斗有无胜算，霍茨波的悲剧感随即消失。凡剧中的这些地方，都能显出莎士比亚的编剧才华。

因此，若拿莎剧中的英国史同《编年史》中的描述做对比，难免会冒两个风险：一个是，容易把焦点过分集中于莎士比亚到底淹没、调整、变换了《编年史》中的哪些细节；另一个是，人们对莎士比亚由《编年史》激发出来的想象力会消失。所以，观众或读者千万别在意"莎士比亚的霍林斯赫德"——那些引自《编年史》的段落。

（7）尽管此剧名为"亨利四世"，但在剧中，亨利王子（哈尔亲王）的角色作用显然在国王之上，最浓墨重彩的一笔当然是第五幕第四场写他在什鲁斯伯里之战亲手杀死霍茨波，奠定胜局。而且，在此之前，王子刚把正同道格拉斯交手、已身处险境的国王救出。

在《编年史》中，王军什鲁斯伯里之战的胜利完全归功于国王，《编年史》记载他在什鲁斯伯里一战当中亲手杀死36个叛军。这样豪勇的国王用不着17岁的王子出手相救。显然，剧情如此编排，只为让未来的英格兰之"星"闪耀光芒。

除了从霍林斯赫德的《编年史》取材，莎士比亚或还看过或受到其他"原型故事"的影响，例如，律师、史学家爱德华·霍尔（Edward Hall，1497—1547）的《兰开斯特和约克两个贵族世家的联合》（The Union of the Two Noble and Illustre Families of Lancaster and York，1548）；史学家、古文物学者约翰·斯托（John Stow，1524—1605）收集的《编年史》（Chronicles，1580），以及斯托本人的《编年纪事》（Annals，1592）；律师、作家托马斯·弗瑞（Thomas Phaer，1510—1560）在《官长的借镜》（A Mirror for Magistrates，1559）中对"欧文·格兰道尔"的刻画；诗人、史学家塞缪尔·丹尼尔的史诗《兰开斯特和约克两个家族的内战》（The Civil Wars Between the Two Houses of Lancaster and York，1595）。

诚然，莎士比亚对哈尔亲王的性格刻画，灵感源自神话和流行的戏剧传统中的细节描写，在此基础上进行改编。例如，霍尔和霍林斯赫德均提到他在进攻威尔士的军队中服役，而剧中则写他在伦敦东市街的酒馆畅饮。再者，莎士比亚可能注意到约翰·斯托《编年史》采集的几个关于"野蛮王子"的传说。例如，斯托描述王子及其仆人会化装伏击款待王子的人，劫走他们的钱财。之后，当他们向王子抱怨遭劫时，王子再把钱财奉还，为给他们压惊，还额外犒赏。这个特别的故事可能更为可信，因为它取自王子同时代人奥尔蒙蒂伯爵（Earl of Ormonde）的回忆，奥尔蒙蒂伯爵在阿金库尔战役之前不久被亨利五世（即以前的哈尔亲王）

《亨利四世》戏剧第二部分第四幕第四场,亨利四世和哈尔亲王(插画家 HC Selous)

授予骑士爵位。这个故事为剧中哈尔亲王和波恩斯化装成劫匪，劫了福斯塔夫劫来的钱财，提供了现成的素材。

另外，像格兰道尔的历史原型，霍林斯赫德写他在英格兰学习法律，后为理查二世效命。但1422年去世的年代史编者托马斯·沃尔辛厄姆（Thomas Walsingham）所记与此相反，说他为亨利·布林布鲁克（即后来的亨利四世）效命。霍林斯赫德还模糊提到"格兰道尔出生时的异象"，（他可能把格兰道尔和那个莫蒂默的出生弄混了），并着重强调引用的是霍尔对威尔士愚蠢先知的描写。托马斯·弗瑞在《官长的借镜》中，则以风趣的笔触描写"欧文·格兰道尔"如何因这次愚蠢的反叛暴尸威尔士荒山。此处不难发现，莎士比亚呼应霍林斯赫德，又把弗瑞的情绪借到剧中，写国王对莫蒂默的背叛大发雷霆："让他在荒山饿死吧！"不过，莎士比亚把格兰道尔的戏剧性人生延长了，格兰道尔的叛军在《亨利四世》（下篇）被击败。

综观剧情，安排王子与霍茨波对决这一灵感，似应来自塞缪尔·丹尼尔《内战》中的英雄诗体（指英诗中抑扬格五音步诗体）：

狂暴的、血气方刚的霍茨波，
将遇到跟他一样凶猛的对手。

除此之外，剧中还有几处情节或也源自《内战》：亨利王子从道格拉斯手中救出父王；霍茨波与王子年龄相当；什鲁斯伯里之战前，格兰道尔未派威尔士援军助战；亨利王把自己陷于一些贵族的围攻以及王子生活放荡，视为其篡位招致的天谴报应。可是，丹尼尔虽赞颂王子把国王从道格拉斯手中救出，却没写他杀死了霍茨波。另外，丹尼尔责怪霍茨波情绪狂躁、暴烈、不听人劝，莎士比亚则多少有点可怜霍茨波之死。

还有三点需要指出：第一，在霍林斯赫德和丹尼尔笔下，诺森伯兰伯爵的发病时间早，在剧中，莎士比亚必须把他称病作为不出兵驰援的最后一个借口。第二，莎士比亚按霍林斯赫德所写，强调了伍斯特的角色作用，他通过歪曲国王最后提出的和平条款，向霍茨波隐瞒实情。换言之，他反对议和，只能激励霍茨波向国王开战。于是，便有了什鲁斯伯里王子与霍茨波在什鲁斯伯里的决战。第三，在丹尼尔笔下，国王在什鲁斯伯里之战胜利后便一病不起，良心发现，对儿子万般叮嘱。《亨利四世》（下篇）则拉长了从此战胜利到国王之死的剧情。

最后，还要提及一部著者不详、名为《亨利五世大获全胜》（*The Famous Victories of Henry V*）的旧戏，该戏于16世纪80年代后期或90年代早期上演，并于1594年5月在伦敦书业公会登记。

莎学家们普遍认为，这出旧戏对《亨利四世》影响不大，因为戏中的王子与国王之间的父子关系从未因珀西叛乱变复杂，显然，《亨利四世》（上篇）第三幕第一场，亨利王用抱怨促使王子与珀西为敌，应是莎士比亚的发明。而《亨利四世》（下篇）国王临死前不久父子和解的场景，霍林斯赫德和斯托都有详细描写。

但这部旧戏中的这样一个细节，对莎士比亚的戏剧性改编非同小可，即亨利王子从父王的病榻取试王冠。这是《亨利四世》（下篇）第四幕第五场的重头戏，它对戏剧结构的支撑作用非常大。

按霍林斯赫德所写，亨利四世统治末期，亨利王担心王子可能计划"夺取王冠"，他从仆人嘴里听到一些"说法"，说王子不仅"计划邪恶"，而且追随者还很多。此后，王子公开发誓忠于国王，父子和好如初。不过，霍林斯赫德并未提供任何证据，显示亨利王对儿子的忠诚起了疑心。

在剧中，莎士比亚把由梦中醒来的病弱的父王，对刚从枕头上取试王冠的儿子的误会，以及儿子一通真挚表白，最终父子和解，写得跌宕起伏。面对父王质疑，儿子坦诚解释："上帝为我作证，我刚一进来，见陛下没了呼吸，我的心一下子冰冷透底！我若弄虚作假，啊，让我干脆在眼前的放浪中死去，不必再活着……"接着，父王被儿子的忠诚、爱心打动："我的儿子，上帝给你把它拿走的想法，是为了让你通过如此机智的巧辩，赢得更多父爱！过来，哈里，坐我床边，听我可能是这辈子的最后一次忠告：……这王冠我是怎么弄到手的，啊，上帝，宽恕我；愿它让你安享真正的和平！"显而易见，至少这一处史实的戏剧性远比不上莎剧。

不过，英国作家伯纳德·沃德（Bernard M. Ward，1893—1945）认为，这部旧戏对莎士比亚编写《亨利四世》具有实际影响。经过精心研究，他写成论文《〈亨利五世大获全胜〉在伊丽莎白时代戏剧文学中的地位》（The Famous Victories of Henry V: Its Place in Elizabethan Dramatic Literature），刊于1928年《英语研究评论》（Review of English Studies）第四卷，他从四个方面做出分析：

第一，两戏均为历史与喜剧混搭。在莎士比亚全部历史剧中，只有三部将历史和喜剧混搭一起且剧情分配均匀，便是《亨利四世》（上、下篇）和《亨利五世》，亦可称之为"三部曲"。这正好是旧戏的结构特点，22场中有1、2、4、5、6、8、12、18、21等9场喜剧，布局相当匀称。

第二，重叠的剧情发生时代。旧戏剧情从盖德山拦路抢劫开始，到亨利五世迎娶法兰西公主结束。这也正好是"三部曲"的整个剧情。关于抢劫,上述各种编年史均未记载,是莎士比亚按着旧戏照猫画虎。

第三,雷同的剧中人物。旧戏中有四个史无记载的虚构人物,莎士比亚对其姓名及角色安排丝毫不改:旧戏主角是"奥尔德卡尔斯"(Oldcastle),莎士比亚最初也用此名,后不得已改为"福斯塔夫";旧戏中的"内德"(Ned),莎士比亚照搬过来,即"内德·波恩斯"(Ned Poins);旧戏中劫匪绰号"盖德希尔"(Gadshill),莎士比亚沿用它作盗贼的名字;旧戏中有一名为"罗宾·皮尤特罗"(Robin Pewterer)的匠人("皮尤特罗"的字义即为锡匠,亦可称之"锡匠罗宾"),莎士比亚把他传化为挑夫甲,挑夫乙喊他"马格斯兄弟"或"街坊马格斯"(Neighbour Mugs)。

第四,王子常去的酒店。旧戏中王子常去伦敦东市街(Eastcheap)一家老字号酒店畅饮,莎士比亚照拿过来,使之成为老板娘桂克丽开的酒店。"第一对开本"并未给酒店名字,"牛津版"则干脆起了名字,叫"野猪头"(The Boar's-Head)。

至此,只剩下一个问题:如何塑造哈尔王子和福斯塔夫?

事实上,莎士比亚并不是第一个把哈尔写成浪子形象的人。从1422年亨利五世(即"蒙茅斯的哈尔")死后不久,关于哈尔的故事便开始流传,以至于15世纪的史学家们几乎众口一词,哈尔年轻时荒唐放荡,当上国王以后发生突变。在1512年去世的罗伯特·费边(Robert Fabyan)1516年出版的《编年史》(*Fabyan's Chronicle*)中,记有如下一段关于亨利五世的描写:

> 此人在其父去世前,积习恶劣,行为不检,招揽无数胡闹之狂徒;继承王位以后,突变新人。原先只见其狂暴,而今变得清新、锐敏;以前不断作恶,而今为人

良善。而且，为坚定其美德，不再受昔日伙伴影响，他赏给他们一些银钱，并告诫他们，不许走近他的住处若干英里，在限定时间内如有谁违反，立即处死。

由此来看《亨利四世》（下篇）落幕前的最后一场戏，加冕典礼之后，已成新王的亨利五世严正警告对他充满期待的福斯塔夫：

> 我已把从前的自己打发掉，同样要将从前陪伴左右的那些人赶走。等你一听说，我又回到往日，只管来找我，你还可以跟从前一样，当我放荡行为的导师和食客；在那之前，我放逐你，像放逐其他把我引入歧途的人一样，不准你在距我方圆十里的地方出现，如有违反，立即处死。至于生活费，我会给足你，不至于逼得你因缺钱而作恶。

显而易见，亨利五世的浪子形象其来有自。莎士比亚非常清楚，《圣经》中"浪子回头的故事"对于英格兰的国教信徒们丝毫不陌生，他只要在《亨利四世》中把已是王位继承人的哈尔王子写成一个回头浪子，便足以吸住观众的眼球。有了哈尔这个浪子，再搭配一个浑圆肥胖、笑料不断的约翰·福斯塔夫爵士，这部戏就大功告成了。恰如著名莎学家多佛·威尔逊（John Dover Wilson，1881—1969）在其《福斯塔夫的命运》（*The Fortunes of Falstaff*）一书中所说："15世纪和16世纪早期，只是诗歌的寓言时代，也是戏剧的道德时代。"人们需要一个浪荡王子，凡关切时事的人（任何一位当代政治家无不这样关切！）都想找到一个王子如此神奇转变的范例，用来教育青年贵族和王子。对这样的青年而言，忏悔产生了多么丰硕的好结果！有谁能堪比这位阿金库尔的英雄，百多年来英国王权的典范，亨利五世的战功和政绩吗？莎士比亚在其神秘剧《理查二世》中颂扬了一位传统的殉难的国王；在这部《亨利四世》里，便要颂扬一个传统的回头的浪荡王子。

　　正如音乐家选民间小调作合奏曲的主题，莎士比亚把传说改成了自己的故事。他把原先的传说变得活色生香，复杂细致！……哈尔亲王是浪荡王子，对他的忏悔，观众不只要严肃对待，更要敬佩颂扬。此外，尽管戏中的浪子故事世俗化和现代化了，所采取的戏剧进程却跟过去一样，也同样包括三个主要人物：诱惑者，青年人，以及富有遗产和教诲儿子的父亲。……莎剧观众连续欣赏了两联剧中哈尔亲王的"白胡子撒旦"，这一人物也许在全世界的舞台上都不曾有过这样的欣赏。但观众从一开始就知道，这位吸引人的胡闹爵士终要倒台，等痛改前非的那一刻来临，这位浪荡王子便会将福斯塔夫一脚踢开。

综上所述，尽管福斯塔夫并非没有"原型"，但只要稍微替莎士比亚打个折扣，还是可以把《亨利四世》（上、下篇）中为"诱惑者"的福斯塔夫这个"白胡子撒旦"及其狐朋狗友安排的场景，算作他的原创。至于《亨利四世》（下篇）中沙洛和沙伦斯这样的乡村治安官形象，莎士比亚不必费劲从别处取材，他自己的乡村体验足以应付。透过戏剧这面现实的镜子，让两位治安官折射出他那个时代英格兰乡村的实景，原本就是他最拿手的。

亨利五世：中世纪英格兰最伟大的国王战士

1. 莎剧《亨利五世》的原型故事

《亨利五世》是莎士比亚所写英国国王系列剧的最后一部，作为其原型故事的素材来源，主要有四：

第一，英国编年史家拉斐尔·霍林斯赫德（Raphael Holinshed，1529—1580）所著1587年第二版修订本《英格兰、苏格兰及爱尔兰编年史》（*The Chronicles of England, Scotland and Ireland*，以下简称《编年史》），是《亨利五世》最重要的素材来源。

第二，由于律师、史学家爱德华·霍尔（Edward Hall，1497—1547）1548年第二版的《兰开斯特和约克两个贵族世家的联合》（*The Union of the Two Noble and Illustre Families of Lancaster and York*）是霍林斯赫德《编年史》的主要来源，显而易见，霍尔这部《兰开斯特和约克两个贵族世家的联合》自然算《亨利五世》的一个素材源头。

第三，那部著者不详、名为《亨利五世大获全胜》（*The Famous Victories of Henry V*）的旧戏，于16世纪80年代后期或90

《亨利五世》戏剧第五幕第二场,亨利五世和凯瑟琳(插画家 HC Selous)

年代早期上演，并于1594年5月14日在伦敦书业公会登记。不难发现，莎士比亚构思《亨利五世》至少有四处灵感源出于此：

（1）第一幕第二场，英国王宫接见厅，坎特伯雷大主教以法国人制定的《萨利克法典》（Salic Law）为依据，力证亨利五世有权继承法兰西王位。

（2）第一幕第二场，法国王太子派使臣给亨利五世送来一箱网球，讥讽他不敢同法兰西开战。

（3）第四幕第四场，阿金库尔战场，一法军士兵向皮斯托求饶那场富于喜剧色彩的戏。

（4）第五幕第二场，法兰西王宫，亨利五世向凯瑟琳求婚那场戏。

第四，比莎士比亚年长14岁、并与莎士比亚同年去世的菲利普·亨斯洛（Philip Henslowe，1550—1616），是伊丽莎白时代炙手可热的剧场主兼剧院经理，他与之合作的"海军大臣剧团"（Admiral's Men）和与人合伙兴建的"玫瑰剧场"（Rose Theatre），是莎士比亚所属"内务大臣剧团"（Lord Chamberlain's Men）及其"环球剧场"（Globe Theater）的主要竞争对手。"玫瑰""环球"均位于泰晤士河南岸的南华克区（Southwark），相距不远。

亨斯洛在他那本颇具史料价值、记录当时伦敦戏剧情形的"亨斯洛日记"（Henslowe's Diary）中记载，在《亨利五世大获全胜》之前，女王剧团（Queen's Men）曾演过一部名为"亨利五世"的戏。遗憾的是，这部戏失传了。不过，这对于莎士比亚无疑是幸运的，因为他如何把这部失传的"亨利五世"当成"原型故事"，从它那儿"借"了什么、怎么"借"的，我们一无所知。如此一来，莎剧《亨利五世》的"原创性"得以上升。事实上，后人眼里莎士比亚戏剧的原创性，都是这么来的！

把莎剧《亨利五世》同霍林斯赫德的《编年史》简单对比一下，会发现几处异同：

（1）莎剧《亨利五世》将《编年史》中对亨利五世在阿金库尔之战（Battle of Agincourt）以前的所有描述一概略去，从率军远征法国开场。

（2）《亨利五世》第二幕，从《编年史》汲取零星"史实"，用观众熟悉的《亨利四世》中的喜剧角色尼姆、皮斯托、桂克丽和福斯塔夫的侍童之间的插科打诨，制造喜剧氛围，把观众引向戏剧高潮的阿金库尔战场。这幕一共四场戏，第一场、第三场均为逗乐搞笑。

（3）第三幕照方抓药，七场戏中，正戏勉强占四场，且戏份并不充足：第一场极短，只是亨利五世一大段独白的独角戏，他在哈弗勒尔城下激励英军攻城，冲向突破口；第三场稍长，仅是攻城的亨利五世和守城的法国总督俩人间的对话，随后，法军投降，英军进城；第五场法国王宫和第六场英军军营两场戏，可算正戏，分别从法、英双方视角展望大战在即的阿金库尔之战。但第六场前半场，分明是尼姆、皮斯托、弗艾伦和高尔在耍贫斗嘴；后半场，亨利五世分别与英军弗艾伦上尉、与法国使臣蒙乔的对话，显然为搞笑而设计，这原本是莎士比亚最拿手的戏剧手段！

毋庸讳言，第二场哈弗勒尔城下一场大戏，由两场"闹戏"构成，上半场由尼姆、巴道夫、侍童、弗艾伦登场，下半场由来自四个地方的四名英军上尉联合亮相：英格兰人高尔、威尔士人弗艾伦、苏格兰人杰米、爱尔兰人麦克莫里斯。莎士比亚如此设计，绝非为展现亨利五世时代的民族融合，仅仅为了剧情热闹、好看。至于第四场的一句话，法兰西公主凯瑟琳让侍女爱丽丝教她学英语，俩人的对白由英语、法语双语混杂，纯粹为博观众笑场。第七场，法军军营里，法兰西大元帅、朗布尔勋爵、奥尔良公爵与王太子之间，你一言我一语，比起尼姆、皮斯托、桂克丽和侍童之间的来言去语，顶多算言语不那么下流、粗俗的贵族式搞笑。

（4）全剧高潮的第四幕，共八场，第一场，阿金库尔英军营地，全剧最长的一场重头戏，其原创之功可算在莎士比亚头上，因为霍林斯赫德并未在《编年史》里让亨利五世身穿士兵军服同皮斯托斗嘴、跟威廉姆斯打赌。毕竟《编年史》以文字叙述战争和在舞台上以角色表演打仗不一样。

（5）霍林斯赫德《编年史》花在亨利五世身上的笔墨有三分之二落在阿金库尔战役之后，而莎剧《亨利五世》对亨利五世由法兰西得胜还朝、凯旋伦敦、"伦敦市民倾巢而出""迎接胜利的恺撒"的盛大场景，恰如剧情说明人在第五幕开场诗中所说："直到哈里再次返回法国，此前发生的任何事，一律忽略不表。我们得把他带到法国；这中间的事情，我向您各位一语带过。"随后，正戏开场，亨利五世再次身临法国，直接迫使法国国王接受和平协议，签署《特鲁瓦条约》(Treaty of Troyes)。换言之，在莎剧《亨利五世》中，对《编年史》里亨利五世再次征战法兰西只字未提。

为吊观众胃口，第五幕第一场，莎士比亚让皮斯托、弗艾伦、高尔在法国的英军营地，上演了一场既动口又动手的"打闹"戏，以此为下一场英法两国的议和大戏预热，等真到了第二场，即落幕前最后一场戏，最大的戏份却是亨利五世向英语说得磕磕绊绊的凯瑟琳公主求婚。如前所言，"求婚"并非源于《编年史》，而是取自《亨利五世大获全胜》。

综上所述，莎士比亚在《亨利五世》中的原创，占到四或五成。

2. 亨利五世的真实历史

1386年9月16日，亨利生于威尔士蒙茅斯城堡的高塔之上，故也被称作"蒙茅斯的亨利"（Henry of Monmouth），1413年3月20日，继任国王，加冕为英国兰开斯特王朝（House of Lancaster）第二位君主。

亨利只当了9年国王，却赢得英法"百年战争"最辉煌的一次军事胜利，1415年阿金库尔一战，击败法国，使英格兰成为欧洲军力最强大的国家之一。莎士比亚紧抓这一点，在《亨利五世》中把他塑造成中世纪英格兰最伟大的国王战士之一，以戏剧使之不朽。

亨利四世统治期间，两场大战为年轻的亨利积累了战争经验：与威尔士的欧文·格兰道尔作战；什鲁斯伯里之战，击败诺森伯兰强大的亨利·珀西家族。随着父王身体每况愈下，亨利开始获得朝中权力，但父子之间因政治歧见产生龃龉。父王死后，亨利接过王权，并宣称有权继承法国王位。

1415年，亨利五世准备进攻法国，决心将"百年战争"（1337—1453）进行下去。随着阿金库尔战役大获全胜，亨利五世征服法国近在眼前。他利用法国内部的政治纷争，征服了法兰西王国的大部分国土，第一次将诺曼底纳入英国版图，长达200年。经过数月谈判，1420年，亨利五世以法兰西摄政兼法定王位继承人的身份，与法兰西查理六世（Charles Ⅵ，1368—1422）国王签订《特鲁瓦条约》，并与查理六世之女、瓦卢瓦的凯瑟琳（Catherine of Valois）结婚。凯瑟琳的姐姐，是理查二世的遗孀、瓦卢瓦的伊莎贝尔（Isabelle de Valois）。但两年之后亨利五世突然去世，英法结盟一切向好的势头中断了。随后，亨利五世与凯瑟琳唯一的幼子继位，加冕为英格兰亨利六世（Henry Ⅵ，1422—1471）。

亨利五世是亨利·布林布鲁克（Henry of Bolingbroke）和玛丽·德·波恩（Mary de Bohun，1368—1394）之子，祖父是大名鼎鼎的"冈特的约翰"（John of Gaunt），曾祖是英王爱德华三世（Edward Ⅲ，1312—1377）。母亲在父亲成为亨利四世（Henry Ⅳ，1367—1413）之前过世，从未当过王后。亨利出生时，正值理查二世在位（Richard Ⅱ，1367—1400），"冈特的约翰"是国王的监护人。由于亨利并非王位直系继承人，连生日都没有官方记录。关于他生于1386年还是1387年，争论了好多年。只因记录显示，他弟弟托马斯（克拉伦斯公爵）生于1387年秋，且他父母是1386年而非1387年身在蒙茅斯，由此认定，他的生日是1386年9月16日。

1398年，亨利的父亲流放期间，理查王收养了亨利，对他善待有加。之后，少年亨利陪同理查王一起去爱尔兰，造访米斯郡（County Meath）特里姆城堡（Trim Castle）的爱尔兰议会旧址。1399年，亨利的祖父"冈特的约翰"去世，同年，理查王被推翻，布林布鲁克登上王位，亨利从爱尔兰回国，成为王位继承人。在父亲的加冕典礼上，亨利成为威尔士亲王（Prince of Wales），并于11月10日，成为第三位享有兰开斯特公爵（Duke of Lancaster）尊号之人，他还有其他尊号：康沃尔公爵（Duke of Cornwall）、切斯特伯爵（Earl of Chester）和阿基坦公爵（Duke of Aquitaine）。当时的一份记录显示，1399年，亨利在叔叔、牛津大学校长亨利·博福特（Henry Beaufort，1375—1447）的照顾下，于王后学院（Queen's College）度过。从1400到1404年，亨利在康沃尔郡长的职位上履行职责。

不出三年，亨利有了自己的军队。他挥师威尔士，与欧文·格兰道尔（Owain Glyndwr）的军队作战，1403年，与父王合兵一处，在什鲁斯伯里击败亨利·"霍茨波"·珀西（Henry "Hotspur" Percy）。什鲁斯伯里一战，这位16岁的少亲王脸部中箭，险些丧命。若换成普通士兵，受此箭伤，必死无疑。他先得到最精心的照料，几天后，御医约翰·布拉达莫（John Bradmore）为他实施手术，用蜂蜜和酒精处理伤口，把断在脸里的箭杆取出，但脸部留下的永久疤痕，成了他经受战争洗礼的标记。

亨利四世身体不佳，从1410年1月起，在两位叔叔亨利·博福特和托马斯·博福特（Thomas Beaufort）的帮助下，亨利改组政府，掌控了整个国家，开始推行自己的治国方略。1411年11月，亨利四世重新掌权，围绕内政外交，父子间发生争吵。最终，父王废除了亲王的所有政策，并将他逐出枢密院。亨利四世如此震怒，除了父子间的政治歧见，很可能因亨利四世听到密报，说博福特兄弟私下商讨叫他退位。不难推断，亨利的政敌没少诋毁他。

显然，莎士比亚在《亨利四世》中把亨利王子塑造成一个放荡青年，可部分归于父子间的这种政治敌意。事实上，关于亨利卷入战争和政治的历史记录，并不支持这一说法。像最有名的亨利与大法官的争吵（即莎剧《亨利四世》中亨利掌掴大法官）事件，直到1531年才经外交官托马斯·埃利奥特爵士（Thomas Elyot，1490—1546）之口第一次说出来。

福斯塔夫的原型是亨利五世早期结交的朋友、罗拉德派（Lollards）领袖约翰·奥尔德卡斯尔爵士（John Oldcastle）。在莎剧《亨利四世》中，莎士比亚紧随其素材来源《亨利五世大获全胜》，最初给福斯塔夫起的名字就叫"奥尔德卡斯尔"（Oldcastle），即"老城堡"之意，因其后人反对，为避名讳，才改为"福斯塔夫"（Falstaff）。事实上，福斯塔夫是由好几个真实人物构成的一个复合形象，其中包括参加过"百年战争"的约翰·福斯多夫爵士（John Fastolf，1380—1459）。单从"福斯塔夫"来自"福斯多夫"亦可见出，莎士比亚真是改编圣手。当时，坎特伯雷大主教托马斯·阿伦德尔（Thomas Arundel，1353—1414）直言不讳反对罗拉德派，而亲王与奥尔德卡斯尔的友谊，可能给了罗拉德派希望。倘若如此，他们的失望可从死于1422年的教会编年史家托马斯·沃尔辛厄姆（Thomas Walsingham）的描述中找到答案：亨利当上国王，突然变成一个新人；恰如在《亨利四世》（下篇）结尾，以前那个放荡的哈里王子突然变成一个"新人"——亨利五世，随即福斯塔夫被丢弃。

1413年3月20日，亨利四世去世，4月9日，亨利在威斯敏斯特教堂加冕为英格兰国王。一场可怕的暴风雪为加冕典礼烙下印记，但平民百姓搞不清这种天象预示着怎样的吉凶祸福。亨利的形象被描绘成"身材高大（6英尺3英寸）、修长，黑发在耳朵上方剪成一个圆圈，胡须剃净"。他肤色红润，鼻子尖尖，情绪之变化取决于眼神里透出"鸽子的温和还是狮子的智慧"。

继位之后，亨利明确一点，推行所有政策都是为建立统一的英格兰。一方面，他既往不咎，体面地将堂叔理查二世的骸骨重新安葬，奉于威斯敏斯特教堂；对有权继承查二世王位的五世马奇伯爵埃德蒙·莫蒂默（Edmund Mortimer，1391—1425）加以恩宠；把那些在亨利四世统治时期倒霉的贵族后人的爵位和财产逐步恢复。另一方面，亨利看到国内危机的风险，1414年，坚决而无情地取缔了反对教会的罗拉德派；1417年，为免除后患，将他的老朋友约翰·奥尔德卡尔斯爵士判处绞刑，并焚尸。

国内日趋平稳。亨利在位9年，唯一的时局动荡来自1415年的"南安普顿阴谋"。1415年7月，正当亨利厉兵秣马，准备从南安普顿起兵进攻法兰西之时，马萨姆的三世斯克鲁普男爵亨利·斯

《亨利四世》戏剧第二部分第五幕第四场,亨利五世和福斯塔夫(插画家 C.Robinson)

克鲁普（Henry Scrope，1370—1415），与三世牛津伯爵康尼斯堡的理查（Richard of Conisbough，1385—1415）合伙密谋，打算把莫蒂默推上王位，取代亨利。莫蒂默是爱德华三世（Edward Ⅲ，1312—1377）次子、一世克拉伦斯公爵安德卫普的莱昂内尔（Lionel of Antwerp，1338—1368）的曾孙，是理查二世王位的合法继承人。但莫蒂默本人对亨利十分忠诚，不仅未卷入这一阴谋，还向亨利把两位密谋者告发了。一场走过场的审判之后，斯克鲁普和剑桥伯爵被处决。这位掉了脑袋的剑桥伯爵，是未来曾两度执政的英格兰国王爱德华四世（Edward Ⅳ，1442—1483）的祖父。

对于历史上真实存在的"南安普顿阴谋"，《亨利五世》第二幕第二场作了戏剧性的专场处理，先由剧情说明人在第二幕正戏开场前交代，设置冲突悬念："三个贪腐之人：——第一个，剑桥的理查伯爵；第二个，马萨姆的亨利·斯克鲁普勋爵；第三个，诺森伯兰的骑士托马斯·格雷爵士，——为了法兰西的金子——真犯罪啊！——他们与担惊受怕的法兰西密谋，要在这位国王中的翘楚（即亨利五世），去南安普顿登船驶往法国之前动手，假如地狱和背叛信守诺言，国王必死无疑。"然后，在第二场正戏中，由国王揭穿阴谋，当众宣布判决："你们勾结敌国，谋反本王，收受贿金，欲置我于死地；你们要出卖、杀戮你们的国王，将他的亲王、贵族卖身为奴，叫他的臣民遭屈受辱，把他的整个王国败光毁灭。对于我本人，并不谋求报复。但王国的安全，我必须格外珍重；你们却要毁了它，我只得把你们交付国法。因此，去吧，你们这些卑贱的可怜虫，去受死吧。"

从1417年8月起，亨利五世开始推广使用英语，他的统治标志之一，便是"衡平标准英语"（Chancery Standard English），即中古英语（Middle English），正式出现。亨利五世是诺曼人在350

年前征服英格兰之后，第一位在私人通信中使用英语的国王。

国内平安无事，亨利把注意力转向国外。后世有位作家曾断言，亨利在教会政治家的鼓励下，把进攻法兰西作为避免国内乱局的手段。但这一说法毫无根据，显然，旧的商业纠纷和法国一贯支持欧文·格兰道尔，加之法国国内失序，和平难以为继，才是战争诱因。看法国，法兰西查理六世（Charles Ⅵ，1368—1422）身患精神病，他有时会把自己想成是玻璃做的，而且，从他在世的长子路易（Louis，1397—1415）身上看不到希望。同时，再看英国，从国王爱德华三世起，英格兰王朝开始追讨法兰西王位继承权，并自认有正当理由向法兰西开战。

阿金库尔战役之后，后来成为神圣罗马皇帝（1433—1437年在位）的匈牙利国王、卢森堡的西吉斯蒙德（Sigismund of Luxembourg，1368—1437）到访英格兰，他此行的目的，是出于为英法间的和平着想，劝说亨利修改对法国人的权利要求。亨利盛情款待西吉斯蒙德，授予他嘉德勋章（Order of the Garter）。西吉斯蒙德投桃报李，把亨利召入由他在1408年创立的"龙骑士团"（Order of the Dragon）。为将英法王权合二为一，亨利打算对法国发动"十字军东征"，但死神使他的所有计划落空。西吉斯蒙德在英格兰待了好几个月，临行前的1416年8月15日，与亨利签署《坎特伯雷条约》(Treaty of Canterbury)，承认英国对法国拥有主权，而且，这份条约为结束西方教会分裂铺平了道路。

阿金库尔之战是英国对法国外交胜利的关键之战，堪称亨利辉煌生涯的顶点。

1415年8月12日，亨利率军横渡英吉利海峡，围攻哈弗勒尔（Harfleur）要塞，9月22日，夺取哈弗勒尔。之后，他不顾枢密院的警告，决定让部队穿越乡村挺进加来（Calais）。10月25日，在临近阿金库尔村的平原，一支法军拦住了英军去路。一路劳顿使英军疲惫不堪，营养不良，但亨利率军果断出击，以少胜多，彻底击败法军，英军伤亡很少。惯常的说法是，决战前夜，暴雨将法军士兵浑身浇透，次日，全副武装的法军身陷泥泞，一下成了侧面英国和威尔士弓箭手的箭靶。事实上，两军交战，当一方士兵深陷泥泞，极易遭对方骑兵砍杀。大部分法军士兵都是这么死的。

无疑，阿金库尔之战是亨利的最辉煌胜利，也是英国在"百年战争"史上取得的可比肩"克雷西之战"（1346年）和"普瓦捷之战"（1356年）的最伟大胜利。从英国人的观点来看，阿金库尔之战只是英国以战争手段收回被法国占领、本该归属英国王权的领土的第一步。正是阿金库尔的胜利使亨利意识到，他可以得到法国王位。

将法国的热那亚盟国驱离英吉利海峡，使英国的制海权有了保障。正当亨利忙于1416年和平谈判之时，一支法国和热那亚联合舰队包围了英军驻防的哈弗勒尔，另有一支法军地面部队包围了城镇。为解哈弗勒尔之围，亨利命弟弟一世贝德福德公爵兰开斯特的约翰（John of Lancaster，1389—1435），率一支舰队于8月14日从比奇角（Beachy Head）起航。次日，经过7小时激战，"法热舰队"落败，哈弗勒尔解围。

击败了两个潜在敌人，在阿金库尔之战胜利两年之后的1417年，经过精心准备，亨利再次远征法国。英军很快攻克下诺曼底（Lower Normandy），围困鲁昂（Rouen）。这次围城给亨利的国王声誉，投下比在阿金库尔下令杀掉战俘更大的阴影。成群的妇孺从鲁昂城被强迫驱离，他们饥饿无助，本以为亨利会让他们穿过军营，放他们一条生路。但亨利不许！最后，这些可怜的妇孺都饿死在环城的壕沟里。

勃艮第派（Burgundian）和阿马尼亚克派（Armagnacs）之间的争执使法国陷于瘫痪，亨利熟练地将两派玩于股掌，用一方反对另一方。

1419年1月，英军攻陷鲁昂，那些抗击英军的诺曼法国人（Norman French）受到严厉惩处：将英军俘虏吊在鲁昂城墙上的弓弩手指挥官阿兰·布兰卡德（Alain Blanchard）被立刻处死；把亨利国王开除教籍的鲁昂大教堂教区牧师罗伯特·德·利维特（Robert de Livet）被押往英格兰，监禁5年。

8月，英军兵临巴黎城外。交战还是议和，法国人自乱阵脚。9月10日，"无畏的约翰"勃艮第公爵（John the Fearless, Duke of Burgundy）在蒙特罗（Montereau）桥头，被"王太子派"的人暗杀。有"好人菲利普"（Phillip the Good，1396—1467）之称的新勃艮第公爵，即勃艮第公国菲利普三世（Phillip Ⅲ，1419—1467在位），取代被暗杀的父亲，与法国宫廷一起前往英军营帐。经过6个月谈判，英法签署令法国丧权辱国的《特鲁瓦条约》，法国承认亨利为法兰西摄政王和查理六世死后的法兰西王位继承人。1420年6月2日，亨利在特鲁瓦大教堂与法兰西公主、查理六世之女"瓦卢瓦的凯瑟琳"（Catherine of Valois，1401—1437）结婚。1421年12月6日，俩人唯一的儿子在温莎城堡出生。

1420年六七月间，英军攻占巴黎城外蒙特罗-佛尔特-伊庸（Montereau-Fault-Yonne）的军事堡垒要塞。11月，英军攻占位于巴黎东南40多公里的默伦（Melun），此后不久，亨利返回英格兰。直到亨利死后7年的1428年，被称为"胜利者"（the Victorious）的法国瓦卢瓦王朝第五任国王、也是"百年战争"终结者的查理七世（Charles Ⅶ，1403—1461），才重新夺回蒙特罗-佛尔特-伊庸。但很快,这些堡垒要塞再次落入英军之手。最后,1437年10月10日,查理七世收复蒙特罗-佛尔特-伊庸。

亨利回英格兰,在法国的英军归克拉伦斯公爵托马斯指挥。1421年3月22日,英军在与法国和苏格兰联军对阵的"波日之战"（Battle of Bauge）中损失惨重,托马斯公爵不幸阵亡。6月10日,为扭转战局,亨利重返法兰西,进行生平最后一场战役。从7月打到8月,英军攻占杜勒克斯（Dreux）,为沙特尔（Chartres）的盟军解围。10月6日,英军围困莫城（Meaux）,1422年5月11日,攻陷莫城。8月31日,亨利突然死于巴黎郊外的万塞纳城堡（Chateau of Vincennes）,年仅36岁。据说,他可能在围攻莫城时身染痢疾。

亨利五世死前不久,任命弟弟兰开斯特的约翰（John of Lancaster,1389—1435）,以他儿子、刚几个月大的亨利六世（Henry Ⅵ,1421—1471）之名,为法兰西摄政王。亨利五世原本期待签署《特鲁瓦条约》后,能很快头戴法兰西王冠,但那位疾病缠身的查理六世,还比他这位王位继承人多活了不到两个月,于10月21日病逝。亨利的遗体由他的战友们和一世达德利男爵约翰·萨顿（John Sutton,1400—1487）护送回国,11月7日,在威斯敏斯特教堂安葬。

综上所述,总结三点：

第一,莎士比亚对再现亨利五世王朝复杂的真实历史毫无兴趣,他深知,一座小舞台搁不下这么多宫廷秘史,更无法、也没必要多次呈现"百年战争"的疆场厮杀。因此,他只截取亨利五世最彪炳英格兰史册的辉煌业绩——阿金库尔之战,即"亨利五世大获全胜",让伊丽莎白一世时代的英格兰人重温先祖战胜法兰西的最大荣耀。或许,时至今日,英国人（不知是否包括苏格兰人和北爱尔兰人）仍把亨利五世视为英国史上最伟大的国王战士。

第二，出于剧情急需，即让亨利五世娶凯瑟琳为妻，以便赶紧剧终落幕，莎剧《亨利五世》第五幕最后一场，把历史上持续谈判6个月之久才签署的《特鲁瓦条约》，安排在小半天时间之内尘埃落定。而且，亨利五世在等待谈判结果期间，向凯瑟琳求婚成功。这实在是莎士比亚擅长的"皆大欢喜"式的喜剧性结尾。何况，这是一个可以借祖宗荣耀令英国人喜上眉梢，叫法国人愁眉苦脸的结局。

第三，大胆推测，或许莎士比亚只惦记快速从霍林斯赫德的《编年史》里取材，写戏挣快钱，对比他年长178岁的亨利五世的真历史，并不怎么熟悉。因为真实历史显示，1403年什鲁斯伯里之战，箭伤在亨利脸部留下了永久的疤痕。而莎士比亚在其《亨利五世》第五幕第二场，写到亨利五世向凯瑟琳求爱时，只是说："唉，真该诅咒我父亲的野心！在我坐胎之时，他一心想着内战；所以我生来一副粗硬外表，脸色如铁，一开口向姑娘们求爱，吓不跑才怪。可是，说真的，凯特，等我上了岁数，会显得好看点儿。我的安慰是，把皱纹存满容颜的老年，也没办法再糟蹋我这张脸。"

试想，假如莎士比亚熟知历史，让亨利五世在这儿适度吹嘘一下自己脸上这道由什鲁斯伯里之战留下的荣耀伤疤，不正是剧情需要的嘛！除此之外，为使剧情衔接简单利索，别节外生枝，莎剧《亨利五世》对法国的勃艮第派和阿马尼亚克派两派内斗，以及勃艮第公爵被暗杀只字未提。

简言之，莎士比亚意不在剧中如何写出真历史，只在乎于舞台之上如何"戏说"历史的那些事儿。作为一名天才编剧，他的确善于在"史剧"中把"那些事儿"张冠李戴，仅举以上这段台词为例，此处所谓"在我坐胎之时，他一心想着内战"之"内战"，在剧中指的是史剧《亨利四世》里，布林布鲁克（即后来的亨利四世）夺取理查二世王位的内战。但真实历史是，亨利五世于1386年出生时，当时的赫福德公爵（即后来的亨利四世）同理查王之间，尚未发生任何冲突。

一句话，莎剧中的"戏"历史并非英格兰的真历史！

亨利六世：戏台上的"原型故事"所从何来

5

莎士比亚不是一个原创的剧作家。他是一个天才的编剧。所有莎剧，都至少有一个、经常有多个素材来源（亦可称之"原型故事"）。所有这些原型故事，得以在莎剧中留存，似乎也算得上幸运。因为，若非莎士比亚被后人封圣，莎剧成为象牙塔尖上的文学经典，这些原型故事，恐怕除了专业人士，极少有人问津。同时，若非潜入莎剧对这些原型故事进行考古般挖掘、稽考，一般只读莎剧文本的读者，也恐难知晓。

不过，大体上倒可以这样说，英国历史剧的体裁由莎士比亚独创。从他的第一部历史四联剧《亨利六世》（上、中、下）三部和《理查三世》（约1589—1593），加之随后的《约翰王》（约1595—1596）开始，便发展出一种新的戏剧形式，以此表现持续不断的政治冲突的本性，并昭示其中复杂、交错的因果关系。莎士比亚这些早期历史剧，与同一时期的悲剧和那些写征服者的戏剧相似，都是运用多重故事脉络，描绘耸人听闻的暴力，也都强调阴谋与复仇的策划和结果，在《理查三世》中表现尤甚。但透过一种动机和行为的扩散，此类连贯的剧情模式常常在历史剧中失去其塑造力，而变成更多的偶然事件。在剧情中，冲突和危机可以在任何时候发生，这揭示出剧作者是多么紧密地依赖这些明显并不连贯的历史。

莎士比亚历史剧呈现出来的这些不连贯的历史，全都来自16世纪英国史学家爱德华·霍尔（Edward Hall，1497—1547）所著《兰开斯特和约克两个贵族世家的联合》（*The Union of the Two Noble and Illustre Families of Lancaster and York*，1548，以下简称《联合》），以及史学家拉斐尔·霍林斯赫德（Raphael Holinshed，1529—1580）所著《英格兰、苏格兰及爱尔兰编年史》（*The Chronicles of England，Scotland and Ireland*，1587年第二版，以下简称《编年史》）第三卷。这两部史著，是莎士比亚所有十部历史剧的主要素材来源。换言之，霍尔与霍林斯赫德是为莎士比亚编写历史剧提供丰富原型故事的两大债主。其实，霍尔也是霍林斯赫德的债主，因为霍林斯赫德《编年史》里关于"玫瑰战争"的大段描述，多从霍尔的《联合》中逐字逐句照搬过来。在编剧选材上，莎士比亚对这两本史著各有侧重。

然而，莎学家们似乎老有一种担心，把莎剧中的英国史拿出来与史学家的编年史进行比较总有些冒险，因为注重原始资料会使读者过于在意细节，而莎士比亚早已经有效地潜入、调和或改变了这些细节。另一个担心是，编年史所具有的一种更广泛的意义及其激发莎剧想象的力量，将随之消失。

毋庸讳言，从《亨利六世》上篇即可看出，莎士比亚编剧的主要素材取自霍尔的《联合》与霍林斯赫德1587年版的《编年史》。莎士比亚使用的素材涵盖面非常广，从1422年亨利五世的葬礼一直到1446年亨利六世订婚，其中还包括7年后（1453年）塔尔博特之死。在中篇，莎士比亚又往回倒一点儿写埃莉诺的忏悔，这一剧情被他强加在1442年。随后剧情又向前推进，从玛格丽特到达英国写到1455年约克家族在第一次圣奥尔本斯之战取胜。下篇则把第一次圣奥尔本斯之战压缩进1461年的北安普敦之战，并省掉了1458年双方在威斯特敏斯特缔约，不过这倒也填补了剧情的又一空白，即1471年亨利六世被杀到1475年法兰西国王路易十一付给爱德华四世赎金赎回玛格丽特王后之间的那段时间。

接下来，按《亨利六世》上、中、下三篇，依次对莎士比亚如何从两位霍师傅那儿"借债"，列出一个账目表。

《亨利六世》上篇

第一幕第三场，格罗斯特公爵试图接近伦敦塔，伍德维尔告诉他，已得温切斯特主教命令，任何人不准进入。遭拒的格罗斯特反问："狂妄的温切斯特，那个傲慢的主教，连我们已故的君主亨利都不堪忍受的那位？"这一剧情源自霍尔，但对于亨利五世和温切斯特之间有什么龃龉，霍尔只留下一点儿迹象，而霍林斯赫德对这对君臣间有什么不和或冲突，则只字未提。再如，霍尔写到托马斯·加格拉夫爵士在奥尔良城中炮身亡，莎士比亚在剧中也让加格拉夫立即毙命，余后的场景焦点在老将索尔斯伯里之死（第一幕第四场）上。但在霍林斯赫德笔下，加格拉夫两天后才死，这倒与实情相符。

莎士比亚在第二幕第一场写到一个半喜剧的场景，法军守将衣衫不整地逃出奥尔良城，这似乎只能来自霍尔。论及1482年英军夺取勒芒，霍尔写道："突袭令法国人如此惊慌失措，以至于很多人来不及下床，有的则只穿了衬衫。"再如，第三幕第一场，格罗斯特指控温切斯特试图在伦敦桥上行刺他，霍尔只提到这一刺杀企图，并解释说，为阻止格罗斯特在埃尔特姆宫（Eltham

Palace）与亨利五世会合，原打算在南华克桥头下手。霍林斯赫德对此没留下片言只语。还有，第三幕第二场，莎士比亚写到圣少女琼安和法军士兵化装成农民，偷偷进入鲁昂城，可能也来自霍尔。虽说无论霍尔还是霍林斯赫德，均未记下这一并非史实的事件，但霍尔记录了与此极为类似的一件事，可那发生在1441年，在特威德河畔的康希尔（Cornhill-on-Tweed），康希尔城堡（Cornhill Castle）被英军占领。

另一方面，戏中有些场景单独源自霍林斯赫德。例如，在开场戏里，剧情进展到英格兰在法兰西的叛乱，埃克塞特对追随他的贵族们说："诸位，记住你们向亨利立下的誓言：要么把王太子彻底击碎，要么给他套上轭叫他听话。"霍林斯赫德描述的情景是，弥留之际的亨利五世让贝德福德、格罗斯特和埃克塞特等人向他立下誓言：永不向法兰西投降，决不许法国王太子成为国王。再一个单独取自霍林斯赫德的例子见于第一幕第二场，法国的查理王太子将少女琼安比作《圣经》中古希伯来的女先知底波拉。在《旧约·士师记》第四、第五章中，底波拉策划巴拉克（Barak）军队出人意料地打败了由西西拉（Sisera）领军的迦南军队，迦南军队压迫以色列人已超过20年。而在霍尔笔下，找不到这一比较的踪影。还有一处在第一幕第四场，奥尔良公国的炮兵队长提到，英军控制了奥尔良郊外一些地方。霍林斯赫德记的是，英军夺取了卢瓦尔河另一侧的几处郊区。

在《亨利六世》上篇，出于剧情需要，莎士比亚常把真实的历史时间搞乱，如第一幕第一场在威斯敏斯特教堂为亨利五世送葬这场戏，历史时间在1422年11月7日，这时的亨利六世尚在襁褓，不满周岁。但在戏中的护国公格罗斯特公爵眼里，亨利六世变身为少年天子，是"一位软弱的君主，像个学童似的"。第四幕

《亨利六世》戏剧第一部分第四幕第六场,战斗中的塔尔博特(插画家 HC Selous)

第七场,路西爵士去法军营帐面见查理王太子,要将阵亡的塔尔博特的遗体运回英格兰。而历史上,发现塔尔博特遗体是在1453年7月17日。莎士比亚把相隔21年的事凑在一个戏里。另外,像第二幕第三场,奥弗涅伯爵夫人打算把塔尔博特诱进城堡活捉,以及第四场,约克派和兰开斯特两派在伦敦中殿一花园分别摘下红玫瑰和白玫瑰,这都是莎士比亚在戏说历史。

也许今天来看,上篇里最不靠谱的戏说历史,莫过于对法国历史上的民族英雄圣女贞德的糟改。恰如梁实秋在其《亨利六世(上篇)·序》中所说:"不忠于历史的若干情节并不足为病,因为看戏的人并不希望从戏剧里印证历史。近代观众所最感觉不快的当是关于圣女贞德(Joan of Arc)的歪曲描写。在这戏里这个十八岁的一代英杰被形容为一个荡妇,一个巫婆!虽然这一切诬蔑大部分是取自何林塞(霍林斯赫德),虽然那时代的观众欢迎充满狭隘爱国精神的作品,诬蔑对于戏剧作者之未能超然的冷静的描述史实,是不能不觉得有所遗憾的。"

《亨利六世》中篇

如前所说,霍林斯赫德对"玫瑰战争"的处理多得益于霍尔,甚至大段照搬,但从莎剧中,还是能看出莎士比亚对两位前辈各有所用、各取所长。

例如,亨利六世与王后玛格丽特的明显对照,是戏里反复出现的一个主题,它源于霍尔,霍尔把亨利描绘成一个"圣人一般的"环境的牺牲品,玛格丽特则是一个狡猾的、有控制欲的自大狂。莎士比亚利用霍尔的原材料在第二幕第二场,建立起约克公爵拥有继承王位的权利,并把霍林斯赫德在其《编年史》中相应部分额外增补的约克公爵的血统谱系,信手拈来。但莎士比亚在

《亨利六世》戏剧第二部分第三幕第二场,亨利六世和玛格丽特王后(插画家 HC Selous)

第五幕第一场所写白金汉公爵与约克公爵在圣奥尔本斯之战前的戏剧性会面，只见于霍林斯赫德。

另外，关于1381年农民起义，只在霍林斯赫德《编年史》里有所描述，莎士比亚利用它写成贯穿第四幕的凯德造反，而且，他连这样的细节也不放过：有的人因为识文断字被杀；凯德承诺要建立一个不用花钱的国家。亨利六世对起义有何反应，霍尔与霍林斯赫德有所不同。在霍尔笔下，亨利王原谅了每一个投降的人，让他们全部返乡，免于处罚，莎士比亚照此处理。相比之下，在霍林斯赫德笔下，亨利王则是召集一个法庭，将几个叛乱首领处死，史实的确如此。另有一个不同的历史对比很有趣，霍林斯赫德笔下的亨利王内心不稳、始终处于疯狂的边缘，而在霍尔笔下，亨利则是一个温和却起不了作用的国王。在这儿，莎士比亚再次仿效了霍尔。

莎士比亚对霍尔和霍林斯赫德最大的背离在于他把凯德的起义、约克公爵从爱尔兰回国，同圣奥尔本斯之战合并到了一个连续推进的剧情里。而霍尔和霍林斯赫德对这三件事的描述与史实相符，发生在持续4年的时间里；可莎士比亚写的是戏，为让观者爱看，他必须把它们设计成头一件事对后一件事是直接的、立竿见影的引子。诚然，这样处理也并非没有出处，它源于1512年去世的罗伯特·费边（Robert Fabyan）在《英格兰与法兰西编年新史》（*New Chronicles of England and France*，1516）里对这些事件的描写。

在此顺便说一下，莎士比亚历史剧还有一个明确的素材来源，即理查·格拉夫顿（Richard Grafton，1506—1573）所著《一部详尽的编年史》（*A Chronicle at Large*，1569）。像霍林斯赫德一样，格拉夫顿从霍尔的《联合》取材，不经编辑，再造出大量描述，有些描述属他独有，这自然能从中看出他也被莎士比亚利用了。比如，第二幕第一场中，辛普考克斯编造瞎子看见光明的奇迹这个细节，霍尔和霍林斯赫德都没写，只在格拉夫顿笔下。诚然，约翰·佛克赛（John Foxe，1516—1587）在其《殉道录》（*The Book of Martyrs*，1563）中，对伪造奇迹也略提一二。不用说，莎士比亚熟悉《殉道录》。

《亨利六世》下篇

像上、中两篇一样，从中可看出莎士比亚对两位霍老前辈的史书在取材上各有侧重。

例如，第一幕第一场，当克利福德、诺森伯兰和威斯特摩兰催促亨利王在议会大厅向约克家族发起攻击时，他很不情愿，争辩说："你们不知道伦敦市民都偏向他们，他们能号令大批军队吗？"而在霍尔和霍林斯赫德两人笔下，记的都是约克家族领兵侵入议会大厦，只是霍尔写明了，亨利并未选择与民众开战，因为绝大多数民众都支持约克享有王位继承权。

第一幕第三场，约克公爵的幼子拉特兰之死，莎士比亚从霍尔那儿取材多于霍林斯赫德。虽说霍尔与霍林斯赫德都把杀拉特兰的账算在克利福德头上，但只有霍尔写明拉特兰的家庭教师当时在场，并把拉特兰和克利福德二人关于是否该先向凶手复仇的争辩记录在案。第三幕第二场，描写爱德华四世与格雷夫人初次会面，也是取自霍尔多于霍林斯赫德。比如，霍尔单独记载，爱德华提议格雷夫人做他的王后，仅仅出于好色的欲望；霍尔写道：爱德华进一步断言，如果她肯屈尊跟他睡一觉，她便有幸由他的情人变成他的妻子，变成与他同床共枕的合法伴侣。之后，第四幕第一场，克拉伦斯和格罗斯特对爱德华要娶格雷夫人的决定表示不满，以及兄弟二人质问爱德华何以偏爱妻子轻视兄弟，这样的场景并未出现在霍林斯赫德笔下，而只出现在霍尔笔下。霍尔写了克拉伦斯向格罗斯特宣布："我们要让他知道，我们仨都是同一个男人、同一个女人的儿子，出自同一血脉，理应比他出自陌生血缘的老婆更有优先权，并得到晋升。……他会提拔、晋升他的亲戚、伙伴，丝毫不在乎他自身血统、家系的倾覆或混乱。"一个独属于霍尔的更普遍的方面，是他鲜明的复仇主题在戏里成为许多残忍行为的一个动机。不同的人物多次把复仇引为其行为背后的导向力；诺森伯兰、威斯特摩兰、克利福德、格罗斯特、爱德华（国王）和沃里克，都在戏里的某一时刻宣布过，他们之所以行动，是出于向敌人复仇的欲望。然而，复仇在霍林斯赫德那里不起什么作用，他几乎不提"复仇"这个字眼，也从未让它作为战争的一个重要主题。

另一方面，戏里又有些场景独属于霍林斯赫德，而非霍尔。例如，霍尔和霍林斯赫德两人都对韦克菲尔德战役之后玛格丽特和克利福德嘲弄约克公爵有所描述。在第一幕第四场，玛格丽特叫被俘的约克公爵站在一处鼹鼠丘上，并命人给他戴上一顶纸王冠。可是霍尔对王冠和鼹鼠丘只字未提，这两个细节霍林斯赫德虽都有提及，但在他笔下，那顶王冠是莎草做的。霍林斯赫德写道："公爵被活捉，站在一处鼹鼠丘上遭人嘲笑，他们用莎草或芦苇做成一顶花环，戴在他头上当王冠。"第三幕第三场，沃里克在法兰西加入兰开斯特派之后，路易国王派他的海军元帅波旁勋爵帮沃里克组建一支军队，这更可提供莎士比亚借用霍林斯赫德的证据。霍林斯赫德在其《编年史》里提到海军元帅的名字正是"波旁勋爵"，这与莎剧和历史都是相符的，而在霍尔的《联合》里，这位海军元帅被误称为"勃艮第勋爵"。

还有一处只来自霍林斯赫德，他在《编年史》里写了爱德华四世在巴尼特战役之前曾向沃里克提出讲和。莎士比亚把它移植到第五幕第一场："现在，沃里克，你可愿打开城门，说上几句好话，谦恭屈膝？——叫爱德华一声国王，在他手里乞求怜悯，他将宽恕你这些暴行。"这一由爱德华国王发出的和平倡议，在霍尔的《联合》里了无痕迹，霍尔对约克家族试图与沃里克谈判只字未提。至于在整个戏里，把萨福克与玛格丽特弄成情人关系，这自然是莎士比亚为了从看戏的人兜里多挣些钱。

《亨利六世》下篇专注于约克家族与兰开斯特家族的传承接续，以及玛格丽特与沃里克之间的政治关系。它略去了很多史实内容，比如，由托马斯·福康布里奇的私生子托马斯·内维尔带领的反对爱德华四世的重要的伦敦起义，这次起义发生在图克斯伯里之战和亨利六世被杀之间的1471年。想必这一情节可以给爱德华四世一个暗杀亨利六世的政治动机，但莎士比亚没这样做。同样，巴尼特之战（第五幕第二场）紧随沃里克和爱德华四世在考文垂对峙（第五幕第一场）这段剧情之后，这会给人一个印象，好像巴内特在沃里克郡，并不靠近伦敦。

总之，这部戏大体有五个场景（第一幕第一场、第一幕第二场、第一幕第四场、第三幕第二场，可能还有第五幕第一场）更直接受惠于霍林斯赫德，而非霍尔；另有五场（第一幕第三场、第二幕第五场、第四幕第一场、第四幕第七场和第四幕第八场）正好反之，多受惠于霍尔，而非霍林斯赫德。

在此补充一点，戏里玛格丽特王后那一长段关于国家是一艘航船的修辞手法，应是从诗人阿瑟·布鲁克（Arthur Brooke，1563年去世）的叙事长诗《罗梅乌斯与朱丽叶的悲剧史》（*The Tragical History of Romeus and Juliet*，1562）中衍生出来的。莎士比亚熟悉

《亨利六世》戏剧第三部分第五幕第一场,沃里克(右一)(插画家 HC Selous)

这首长诗,这首诗为他编《罗密欧与朱丽叶》这部戏提供了重要的原型故事。

从《亨利六世》下篇不难看出,莎士比亚对霍林斯赫德和霍尔写下的种种对超自然现象的解释,并不赞同。虽说戏中某些情节与中世纪神秘剧中的系列情节有惊人相似之处,(比如,第一幕第一场中约克家族升入王位与路西法占领上帝之位相似,还有第一幕第四场中约克公爵死前受辱同基督受冲击很像),但莎士比亚有意要将这些原型世俗化。或许是为了戏剧效果,莎士比亚甚至刻意在亨利和爱德华之间形成对照,并在同一时期突出后者的投机、好色,这实在有点儿不同寻常。

尽管下篇中的事实性材料主要源自霍尔和霍林斯赫德,但出于主题和结构目的,莎士比亚也顺手把其他文本拿来一用,这也是贯穿他整个写戏生涯的独门绝技。几乎可以肯定,诗人、政治家托马斯·萨克维尔(Thomas Sackville,1536—1608)和剧作家托马斯·诺顿(Thomas Norton,1532—1584)合写的旧戏《高布达克》(Gorboduc,1561,写一个遭废黜的国王给两个儿子划分国土,它还是莎剧《李尔王》的"原型故事"之一)便是这样一个来源。从时间上看,莎士比亚在写《亨利六世》下篇之前一年,即1590年,《高布达克》重印,这使莎士比亚有机会从中挖掘和表现由派系冲突导致公民社会毁灭的典型。说穿了,《高布达克》是已知的17世纪前的唯一一部写到一个儿子无意之中杀了亲生父亲,一个父亲不知不觉杀了亲儿子的剧作。莎士比亚当然不会放过把这一惨景移花接木的机会,他在第二幕第五场,让亨利六世目睹在约克郡陶顿与萨克斯顿之间的战场上,一个儿子无意之中杀了亲生父亲,一个父亲不知不觉杀了亲儿子。何以如此?约克派(白玫瑰)与兰开斯特派(红玫瑰)为打一场新的战争,各自招募军队,而这两对儿父与子,分别参加了两支敌对"玫瑰"的军队,彼此却不知情。

另外,莎士比亚还从作家威廉·鲍尔温(William Baldwin)所编的《官长的借镜》(The Mirror for Magistrates,1559,1578年第二版)那儿借了东西。《官长的借镜》是一首著名的系列长诗,由几个有争议的历史人物述说各自的生与死,并警告当代社会切莫犯下像他们一样的错误。其中三个人物是安茹的玛格丽特、爱德华四世国王和理查·普列塔热内(三世约克公爵)。《亨利六世》下篇中,约克公爵的最后一场戏在第一幕第四场,他在临死之前演说的这幕情景,常被认定为适用在一个传统的悲剧英雄身上,这个悲剧英雄败给了自己的野心,而这恰恰是约克在"镜子"里的那个自我,他要建立一个王朝的野心使他越走越远,终于导致毁灭。当然,《亨利六世》下篇剧终之前不久,格罗斯特在伦敦塔里杀死了亨利六世,这可能也是从鲍尔温那儿借来的。

除此之外,剧作家托马斯·基德(Thomas Kyd,1558—1594)流行一时的名作《西班牙的悲剧》(The Spanish Tragedy,1582—1591),可能还对《亨利六世》下篇起过一点儿微不足道的影响,它的特殊重要性在于那块渗透了约克公爵幼子拉特兰鲜血的手绢,被莎士比亚设计在第一幕第四场,玛格丽特拿它来折磨约克公爵。这似应受到了《西班牙的悲剧》里那块反复出现的血手绢的影响,那是贯穿全剧的主人公希埃洛尼莫随身携带的一块浸染了儿子霍拉旭鲜血的手绢。

莎士比亚为写戏,到底从多少人那里借过多少原型故事的"债",没人说得清。也许随着时间推移,会不断有新的发现。这不,有人提出,《亨利六世》下篇可能还从中世纪的几个"神秘剧"(Mystery Cycles)里取材,因为这些人在第一幕第四场约克公爵受折磨，与《对耶稣的冲击和鞭打》(*The Buffeting and Scourging of Christ*)、《送交比拉多第二次审判》(*Second Trial Before Pilate*)和《审判耶稣》(*Judgement of Jesus*)这三部神秘剧中所描绘的耶稣受折磨之间，找到了相似性。另外，第一幕第三场中拉特兰被杀，也不无《滥杀无辜》(*Slaughter of the Innocents*)的影子。

也许，莎士比亚还从社会哲学家、作家、著名的文艺复兴人文主义者托马斯·莫尔（Thomas More，1478—1535）的《乌托邦》(*Utopia*, 1516)和《理查三世的历史》(*History of King Richard III*, 1518)那里借了东西。至少，《亨利六世》下篇第五幕第六场，格罗斯特（未来的理查三世）的一些独白，源自莫尔的《理查三世的历史》。

理查三世：血腥暴君"驼背理查"的真历史

1. 关于原型故事与"一匹马"

《理查三世》是莎士比亚"第一历史四部曲"中的最后一部，紧跟三部描绘亨利六世统治的剧作之后。显然，莎士比亚写这四部戏之初衷，意在把"玫瑰战争"搬上舞台。

莎士比亚写这部戏像写"亨六"三联剧一样，均从爱德华·霍尔和拉斐尔·霍林斯赫德两位霍姓前辈的编年史里取材。霍尔的《兰开斯特和约克两个贵族世家的联合》(*The Union of the Two Noble and Illustre Families of Lancaster and York*，1548)，合并了托马斯·莫尔爵士约写于1513年这一版的《理查三世的历史》(*History of Richard III*，以下简称《历史》)。因霍林斯赫德1587年第二版的《英格兰、苏格兰及爱尔兰编年史》(*The Chronicles of England, Scotland and Ireland*)，又从霍尔那里改编了莫尔的《历史》，故应把莫尔的《历史》视为莎剧《理查三世》的主要"史料"来源。不过，莫尔的《历史》是未完稿，只写到理查登上王位。

追本溯源，莎士比亚凭借的，是霍尔和霍林斯赫德对理查之衰落以及最终兵败博斯沃思原野的描写，而他们凭借的是都铎王朝早期史学家波利多尔·弗吉尔（Polydore Vergil，1470—1555）。尽管如此，无论这些编年史，还是莎剧，都渗进了莫尔对理查的反讽。换言之，莎士比亚对理查的糟改源于莫尔。

都铎王朝早期的史学家们，为赞美亨利七世（里士满）及其继任者，明显有意诋毁理查。的确，十五、十六世纪的历史观，包含选择性地利用历史事件进行政治和道德说教。现代史学家似乎反对这么做。然而，毕竟许多关于理查之邪恶的故事源于理查自己当朝时或随后时代的描述，因此，很难说这些早期叙事是有意宣传，还是仅仅为了反映传统的文学，并以说教为目的编写中世纪历史。

时至1934年，人们第一次发现，原来最早为人所知、把理查作为篡位者来描绘的记述，来自意大利牧师多米尼克·曼奇尼。曼奇尼这份记述写于1483年，此时离亨利·都铎1485年击败理查尚有两年之遥，他绝不可能神仙般料到两年后会出现一个都铎王朝。但仅凭时间，不足以确保曼奇尼下笔之公允客观。实情是，不管那些亲历过理查统治的人怎样看理查，在莎士比亚生活的伊丽莎白（女王是亨利·都铎的孙女）时代，甚至更早，人们早已接受这样一种事实，即理查是个血腥的暴君和杀害儿童的凶犯。

身为一名天才编剧，莎士比亚写理查，除了编年史里的原型故事，当然会博采众家之长，尤其是英国本土的"连环剧"（中世纪后期英国宗教剧的一种类型，主要展示从上帝创造万物到末日审判的圣经故事）和"道德剧"。诚然，不论是从《理查三世》中的女性角色，她们向来被比作罗马悲剧家塞内加笔下的特洛伊妇女，还是从修辞变化、诸多幽灵形象，以及理查这一恶棍枭雄本身，抑或是从理查的禁欲主义，都能看出古典戏剧对该剧的影响。

《理查三世》戏剧第五幕第四场,理查三世在博斯沃思原野征战(插画家A. Hopkins)

而且，莎士比亚还秉承了塞内加式传统写作的同时代英国戏剧家，尤其是托马斯·基德和克里斯托弗·马洛那里，汲取灵感。

此外，莎士比亚应该借用过《官长的借镜》（*A Mirror for Magistrates*）这部16世纪关于历史人物之衰落的"悲剧"诗集，他八成读过书中引述的出自理查、克拉伦斯、海斯汀、爱德华四世、白金汉公爵，甚至简·绍尔夫人说过的话。当然，他并没节外生枝，只是把绍尔与海斯汀勋爵的艳情故事戏剧化。

还有一点，即便莎士比亚知道托马斯·莱格（Thomas Legge，1535—1607）约于1579年完稿却未出版的拉丁文剧作《理查三世》（*Ricardus Tertius*），但他似乎并未加以利用。顺便一提，莱格的这部《理查三世》被视为写于英格兰本土的最早的一部历史剧。

最值得一提的是，1594年，有一部无名作者的英国本土戏《理查三世的真正悲剧》（*The True Tragedie of Richard III*）出版，也许其完稿时间在几年之前。在这部戏里，似乎有些台词，尤其是理查在第十八场戏里呼唤一匹新马，"预先"使用了莎剧中的台词。

国王　　一匹马，一匹马，一匹新马。
侍童　　快逃，陛下，保您活命。
国王　　逃跑的奴才，你瞧我想逃。

为何说"预先"？因为要给莎士比亚脸上贴金的后人认为，这部无名作者的《真正悲剧》可能借自莎士比亚，而不是反过来。其理由是：哪怕这部《真正悲剧》完稿在先，其印刷文本里的这段著名独白，也极有可能经一个抄写员之手，从莎士比亚完稿于后、却更受欢迎的《理查三世》里拣过来。然而，无论如何，虽说该剧文本常被贬为一部"坏四开本"，但莎剧中理查在生命最后时刻说出的那句令人称绝的独白"一匹马！一匹马！用我的王国换一匹马！"更有可能借自无名作者。理由是：莎士比亚编戏，从不在乎从谁那儿借了什么，更不在乎自己死后谁将探究莎剧中的"一匹马"和《真正悲剧》里的"一匹马"到底谁借谁。

由此，不难推断，激活莎士比亚"一匹马"这根敏感神经的，除了《真正悲剧》里的"一匹马"，可能还有"大学才子派"诗人、戏剧家乔治·皮尔（George Peele，1558—1596）《阿尔卡扎之战》（*The Battle of Alcazar*）里的"一匹马"：

摩尔人　　一匹马，一匹马，一匹马奴才
　　　　　愿我能立刻过河、飞逃。
男孩　　　这是一匹马，大人。

也许，仍会有人咬定，是皮尔从莎士比亚那儿借了"一匹马"，而非相反。

做一个合理推断有那么难吗？简言之，尽管无名作者的《真正悲剧》与莎剧《理查三世》有结构上的对应，但理查在无名作者笔下，是一个缺乏决断力的国王，而莎士比亚要写的是一个杀伐决断的血腥暴君，他只需从中借"一匹马"拿来一用。但必须承认，这"一匹马"经莎士比亚一借，似乎倏忽间就变成了理查以戏剧方式告别舞台、告别历史的象征，成了中世纪英格兰最后一位死于战场的国王的符号，成了后人眼里莎士比亚妙笔生花的天才"原创"。

2. 关于理查的真历史

理查三世（1452—1485）是英格兰国王兼爱尔兰总督，也是约克王朝、普列塔热内（金雀花）王朝最后一位王。他在博斯沃思之战，即"玫瑰战争"最后一场战斗中兵败身亡，这一事件标志着中世纪英格兰的结束。他是莎士比亚历史剧之一《理查三世》的主人公。

以上这段话，堪称今天对理查的标配版描述。但莎剧之理查，远不等于历史之理查。在讨论分析被莎士比亚戏说的理查之前，有必要对理查的真历史稍作梳理。

理查1452年10月2日生于英格兰中部北安普顿郡的福瑟陵格城堡（Fotheringhay Castle），在约克公爵理查（Richard, Duke of York）和塞西莉·内维尔（Cecily Neville）夫妇所生12个孩子中排行11，也是活下来的最小的一个。

1455年，三岁的理查赶上约克家族和兰开斯特家族之间爆发的"玫瑰战争"。从此，英格兰王权飘摇，为夺取王位，两大家族周期性爆发内战。约克家族支持理查的父亲，认定亨利六世与生俱来的王位理应由约克公爵继承，他们反对亨利六世及其妻子安茹的玛格丽特（Margaret of Anjou）的政权。而兰开斯特家族则忠于当朝执政的王室。

1459年，约克公爵及其家族的支持者被迫逃离英格兰，理查和哥哥乔治由姑姑、白金汉公爵夫人照管，可能也得到坎特伯雷大主教的关照。1460年，当父亲和哥哥拉特兰伯爵埃德蒙（Edmund, Earl of Rutland）在韦克菲尔德之战被杀，理查和乔治被母亲派人送往低地国家（即今荷兰、比利时、卢森堡）避难。

随着约克家族于1461年3月29日在陶顿之战当中击败兰开斯特，兄弟二人返回英格兰。6月28日，哥俩儿参加了大哥爱德华四世的加冕典礼。同时，理查受封格罗斯特公爵以及嘉德骑士和巴斯骑士两个爵位。1464年，11岁的理查被国王哥哥任命为西部各县唯一的征兵专员（Commissioner of Array），并在17岁时拥有了独立指挥权。

受表兄沃里克伯爵的监护，理查在位于约克郡温斯利戴尔（Wensleydale）的米德尔赫姆城堡（Middleham Castle）度过多年的童年时光。沃里克因其在"玫瑰战争"中的作用，成为著名的"造王者"（the Kingmaker）。

经沃里克调教训练，理查成为一名骑士。1465年秋，爱德华四世赏给沃里克1000镑供其花销，用来指导弟弟。理查在米德尔赫姆城堡的时间有两种推断：1461年末到1465年初（12岁），1465年到1468年成年（16岁）。因此，理查在沃里克的庄园极有可能遇到了日后坚定支持他的弗朗西斯·洛弗尔（Francis Lovell）和未来的妻子沃里克之女安妮·内维尔（Anne Neville）。或许比这时还早，沃里克已开始考虑战略联姻，想把两个女儿伊莎贝尔和安妮嫁给国王的弟弟。那时候，年轻的贵族们常被送到被父辈相中的未来合伙人的家里进行抚养。

然而，随着爱德华四世与沃里克之间关系变得紧张，国王反对与沃里克联姻。在沃里克有生之年，只有乔治未经国王允准，于1469年7月12日娶了他的长女伊莎贝尔。随后不久，乔治参加岳父的叛军，反对国王。尽管到了1469年8月，已有传言把理查与安妮·内维尔的名字连在一起，但是理查始终效忠爱德华。

后来，沃里克背叛爱德华四世，转而支持前朝玛格丽特王后。1470年10月，理查与爱德华被迫逃往勃艮第。因为在两年前的1468年，理查的姐姐玛格丽特与勃艮第公爵"大胆查理"（Charles the Bold）结婚，落难的兄弟俩指望在这儿受到欢迎。

1471年4月14日，沃里克死于巴尼特之战，5月4日，小爱德华死于图克斯伯里之战。

随着这两场战役的胜利，爱德华四世于1471年春天恢复王位。在这两场鏖兵激战中，18岁的理查起了关键作用，立下汗马功劳。图克斯伯里一战，约克家族彻底击败兰开斯特家族。1472年7月12日，理查与沃里克的小女儿安妮·内维尔结婚。婚后次年（1473年），理查与安妮生了一个儿子爱德华·普列塔热内，不过不幸在11岁那年（1484年）夭折。

在此必须指出，安妮嫁给理查之前，曾于1470年底，与亨利六世之子"威斯敏斯特的爱德华"（Edward of Westminster）订婚，以此作为父亲沃里克与兰开斯特家族结盟的标志。但两人并未正式结婚。

理查因效忠国王、战功卓著，于1461年11月1日被赐予格罗斯特公爵领地，次年生日之时，被委任英格兰海军上将，并被指派为北方总督。这一切使理查成为整个王国最富有、最有势力的贵族，也是国王的忠诚助手。而跟随岳父沃里克伯爵的叛军，一起攻打过国王的乔治（即后来第一任克拉伦斯公爵），则在1478年因叛国罪被国王处死，其后代被剥夺继承王位的权利。

到爱德华国王去世，理查一直掌控北英格兰。在北方，尤其在约克市，理查广受民众爱戴，口碑甚佳。他施政公允，援建大学，资助教会，建立北方议会，颁布了一些保护个人权利的法律。1482年，从苏格兰人手中重新夺下特威德河畔的贝里克镇，更使其声名大振。

爱德华国王于1483年4月去世，遗命理查给爱德华之长子、12岁的爱德华五世担任护国公，享有摄政权。

按照安排，爱德华五世应于6月22日举行加冕礼。但在加冕之前，理查的一名代表在圣保罗大教堂外宣读了一份声明，宣称基于爱德华四世与伊丽莎白·伍德维尔的婚姻不合法，故其所生为私生子，无权继承王位；而理查的哥哥乔治的独子爱德华，也在先王在世时以乔治叛国为由被剥夺王位继承权。因此，英国王位的真正继承人是理查。

6月25日，贵族和民众集会通过一项声明，宣布理查为合法的国王。7月6日，理查在威斯敏斯特教堂加冕为英格兰国王。

8月之后，再没有人见过两位年轻的王子（爱德华亲王和弟弟约克公爵理查）的身影。正是从这个时候，对理查下令谋杀了"塔中王子"的指控开始流传。

在1483年至1485年理查掌权的短短两年间，理查展露出卓越的执政才能，推行一系列自由化改革措施，如制定保释法案、解除对出版印刷行业的限制。他与安妮王后向剑桥大学国王学院和王后学院捐款，资助教会，建立了皇家纹章院。

理查统治期间，发生过两次主要反叛。1483年10月，爱德华四世的坚定盟友、理查以前的伙伴白金汉二世公爵亨利·斯塔福德起兵造反，以失败告终，被斩首。1485年8月，亨利·都铎与叔叔加斯帕·都铎率一支法军在南威尔士登陆，行军穿过彭布罗克郡，一路招募士兵。亨利的军队在莱斯特郡博斯沃思市附近击败理查的军队。理查被杀，亨利·都铎登上王位，即亨利七世。

理查之死直接导致始于1154年、统治英格兰331年的亨利二世的"金雀花王朝"覆灭，英格兰王国迎来新的都铎王朝。

3. 关于莎剧与历史中的两个理查

莎士比亚像那些影响过他的都铎王朝编年史学家们一样，对描绘这个新王朝像善良战胜邪恶一样打败旧的"金雀花王朝"兴致颇浓。出于对新王权之忠诚,自然要把"金雀花王朝"末代国王理查写成一个恶棍。今天来看,莎士比亚太不厚道,他在戏里凭其非要把理查写成暴君的艺术想象,把本已模糊不清的历史糟改得面目全非。以下详加梳理,既可透出莎士比亚编戏之天才神功,亦有利于廓清理查的真面目。

(1)在莎剧里,第一幕第二场,伦敦塔附近一街道,安妮一边跟随护送亨利六世遗体的棺椁下葬的士兵,一边诅咒:"他(理查)遭受比蝰蛇、蜘蛛、癞蛤蟆,或任何有毒会爬的活物更惨的命运!"因为公公亨利六世、丈夫小爱德华都死于他手。她一见到理查,便痛骂理查是魔鬼,以"可憎的恶行"犯下"屠杀的杰作"。理查非但不恼,反而凭其护国公之威权,一面坦承"是你的美貌激我起了杀心",一面向安妮求爱,逼她嫁给自己,并把一枚戒指戴在她手上。

在历史上,虽说安妮曾和小爱德华订过婚,却并未成婚。小爱德华顶多算安妮的前男友。而且,安妮在自己家(沃里克庄园),早与理查相识,一起度过一段童年时光,属于"两小无猜"。莎士比亚却把安妮写成了被理查刺死的小爱德华的遗孀。事实上,理查对沃里克伯爵死于巴尼特之战和小爱德华死于图克斯伯里之战毫无责任。尽管理查在18岁参加了这两场战斗,但当时没有任何记录显示他与其中任何一位的死直接相关。

实际上,仅凭莎剧的素材来源,无法确定理查卷入了亨利六世之死。亨利六世很可能是爱德华四世下令杀的,理查却为哥哥当了好几百年的"背锅侠"。

可见,是莎士比亚的戏说之笔,让理查在《亨利六世》(下)里,对沃里克伯爵死于巴尼特之战负有间接责任;让他和哥哥爱德华、乔治一起,在图克斯伯里刺死了小爱德华;让他直接把亨利六世杀死在伦敦塔里!

（2）在莎剧里，第一幕第三场，亨利六世的遗孀王后玛格丽特在王宫出现，痛斥理查："在伦敦塔里，你杀了我丈夫，在图克斯伯里，你杀了爱德华，我可怜的儿子。"继而责骂爱德华四世的遗孀王后伊丽莎白："你们篡夺的一切欢乐，本该属于我。"然后挨个儿向里弗斯、多赛特、海斯汀勋爵等人发出诅咒。这一场轮番斗嘴的大戏煞是好看。第四幕第四场，玛格丽特再次亮相，与理查的生母老约克公爵夫人（即爱德华四世的母亲）以及爱德华四世的王后伊丽莎白不期而遇，一位母后、两位遗孀王后，她们仨先各自倾诉悲怨哀苦，等一见理查，又分别向理查发出严厉的诅咒。三个女人一台戏，这台唇枪舌剑的戏堪称精彩。

在历史上，玛格丽特这位前朝王后，作为爱德华四世的囚徒，早于1475年回到法兰西。可见，是莎士比亚的戏说之笔，让她在理查于1483年加冕国王之后，又从法兰西回到伦敦，进入王宫。

（3）在莎剧里，第一幕第四场，伦敦塔，理查密令两个刺客杀掉二哥克拉伦斯公爵乔治。两个刺客告知乔治奉理查之命前来杀他，克拉伦斯不信："啊！不要诬陷他，因为他很仁慈。"刺客甲直言："没错，像收割时落雪[1]。——你在骗自己，正是他派我们来这儿毁掉您。"

在历史上，乔治早于1478年便被大哥爱德华四世以叛国罪处死。当时，理查正在英格兰北部。何况，理查从北部返回伦敦，也是奉国王让他以护国公（Lord Protector）之职权辅佐幼主统治王国的遗命。

---

[1] 此为化用《圣经》之比喻，参见《旧约·箴言》26：1："蠢人得荣耀，犹如夏日落雪，收割时下雨，都不相宜。"刺客甲借此指格罗斯特毫无仁慈之心。

顺便在此一提，出于剧情需要把死于《亨利六世》（下）的拉特兰写成老约克公爵的幼子。而在历史上，理查才是老约克公爵存活下来的幼子，拉特兰是他哥哥。

可见，是莎士比亚的戏说之笔，让理查成为杀兄的幕后黑手！

（4）在莎剧里，第三幕第一场，爱德华四世死后，其长子、年轻的威尔士（爱德华）亲王，与次子小约克公爵从拉德洛（Ludlow）来到伦敦。按继承人顺位，威尔士亲王应加冕为下一任英格兰国王。理查将兄弟二人软禁在伦敦塔里的"王者居所"[1]，使其成为"塔中王子"。第三幕第五场，理查命白金汉公爵："尽速跟市长赶往市政厅，在那儿，你选一最好时机，挑明爱德华的几个孩子全是私生子。"以此剥夺爱德华亲王的王位继承权。第四幕第二场，加冕为英格兰国王的理查，明确授意白金汉公爵："我希望这俩杂种死掉，并希望立刻着手办妥。"不料白金汉公爵打了退堂鼓。理查从此不再信任白金汉公爵，他命人找来泰瑞尔爵士，为他除掉"塔中王子"。泰瑞尔爵士收买了戴顿和福勒斯，将"塔中王子"残忍杀害。

在历史上，爱德华四世于1483年4月9日去世之后，其12岁的长子便继任成为爱德华五世。理查命人将年轻的国王从拉德洛接来伦敦。白金汉公爵建议将国王安置在伦敦塔内的王室居所。8月，"塔中国王"消失不见。爱德华五世何以消失？在他身上到底发生了什么？至今无人知晓。

可见，是莎士比亚的戏说之笔，让理查成为杀死两个亲侄儿

---

1. 王者居所（chamber, i.e. the chamber of the king）：自诺曼底公爵威廉1066年征服英格兰之后，伦敦即有了"王者居所"（拉丁语"camera regis"）之称谓。

《理查三世》戏剧第四幕第二场,理查三世和白金汉公爵(插画家 HC Selous)

的幕后真凶!

诚然,对理查的荣誉毁谤是从"塔中王子"消失的那一刻开始的。毕竟,按常理推断,他的嫌疑最大。因此,可能,极有可能,是他下令杀了"塔中王子"。遗憾的是,历史没留下铁证。又因此,之后每个时代都有人提出疑问,试图为理查翻案。

时光进入20世纪,英国甚至成立了"理查三世学会"(Richard Ⅲ Society)。被誉为推理小说大师的英国女作家约瑟芬·铁伊(Josephine Tey,1896—1952)更在其成名作《时间的女儿》(*The Daughter of Time*)中,凭缜密的推理和一些来自大英图书馆的珍贵史料,为理查清洗罪名。铁伊怀疑,亨利七世才是杀死"塔中王子"的幕后真凶。在她眼里,莎剧《理查三世》是对一个好人的恶毒毁谤,是一场吵闹的政治宣传,是一部愚蠢的戏剧!

(5)在莎剧里,理查得以登上国王宝座,全赖与白金汉公爵密谋设计合演了一出天衣无缝的双簧戏:第三幕第五场,白金汉到市政厅,向市民们宣告"塔中王子"是私生子,使其失去王位继承权,随后发表演说,提议:"凡钟爱国家利益之人,高呼'上帝保佑理查,英格兰的国王!'"第七场,再由理查手拿祈祷书,站在两位主教牧师中间,——"对一位基督徒亲王,那是两根美德的支柱"——而这时,白金汉正好与市长及市民们一起前来,"衷心恳求阁下亲自担起您这片国土的王国统治之责,——不是凭您身为护国公、总管、代表,或为他人谋利的低级代理人,而是凭您血脉相传的继承权,凭您天生的权利,凭您的君王版图,凭您自己"。

在历史上,理查成为英格兰国王,是先由一位主教牧师于1483年6月22日在伦敦圣保罗大教堂门口宣读爱德华四世与伊丽莎白王后之婚姻属于重婚的证词,使爱德华五世的臣民们不再接受年轻国王的统治,然后他们拥立护国公理查为新国王。此时,理查已搬至伦敦主教门大街的克罗斯比宫（Crosby Place）。6月26日，理查接受国民吁求。7月6日，在威斯敏斯特教堂加冕。1484年1月，凭一项《国会法案》（Act of Parliament）使王位依法得以确认。

可见，是莎士比亚的戏说之笔，让理查与白金汉上演了一出假戏真做的双簧！

（6）在莎剧里，理查得以称王，全赖其左膀右臂表兄白金汉鼎力相助。第二幕第一场，白金汉当着爱德华四世的面向王后保证："白金汉不论何时将其仇恨转向王后，对您和您的家人不怀忠顺之爱，叫上帝凭我最希望爱我之人对我的恨，来惩罚我！"然而，白金汉早与理查结成同谋。第二幕第二场，理查甚至向白金汉表示："我，要像个孩子似的，由你引导前行。"[1]第三幕第一场结尾，理查向白金汉郑重承诺："我一当上国王，你就向我要求赫里福德伯爵领地的所有权，以及我国王哥哥拥有的全部动产。"结果，理查登上王位之后，因白金汉不肯去杀"塔中王子"，理查对他失去信任，对他的要求置若罔闻。白金汉感觉被骗受辱，遂起兵造反，兵败。第五幕第一场，理查下令将白金汉斩首。白金汉之死应验了他向伊丽莎白王后的起誓，终因"最希望爱我之人对我的恨"死于非命。

在历史上，理查加冕国王之后，白金汉这位理查从前的盟友便开始与爱德华四世的支持者和整个约克派系密谋，计划废黜理查，恢复爱德华五世的王位。当"塔中王子"（年轻的爱德华国王和他的弟弟）消失之后，谣言四起，白金汉打算将流放中的亨利·都铎

---

[1]. 参见《旧约·撒母耳记下》16：23："在那些日子里，大家认为亚希多弗所出的主意都像是从上帝来的话；大卫和押沙龙两人都听从他。"

迎回国，夺取王位，并与"塔中王子"的姐姐——约克的伊丽莎白结婚。白金汉在其位于威尔士的庄园起兵，向伦敦进军。流放布列塔尼的亨利得到布列塔尼司库皮埃尔·兰戴斯（Pierre Landais）的支持，寄希望于白金汉能以一场胜利使布列塔尼和英格兰订立一纸盟约。但亨利有些战船遭遇暴风雨，被迫返回布列塔尼或诺曼底，亨利本人的战船则在白金汉兵败之后的一周，在普利茅斯抛锚。白金汉的军队同样受到这场暴风雨的困扰，许多士兵开了小差。白金汉试图化装逃跑，遭家臣出卖。11月2日，白金汉在索尔斯伯里"牛头客栈"（the Bull's Head Inn）附近，以叛国罪遭斩首。

可见，是莎士比亚的戏说之笔，让白金汉成了戏里那副样子，遭虎狼之君所骗，身首异处！

（7）在莎剧里，理查是一个残暴血腥的禁欲主义者，孤家寡人，无儿无女，而且，害死了妻子安妮王后。第四幕第二场，理查命心腹凯茨比："向外散布谣言，说安妮，我妻子，病得十分严重，我会下令把她关起来。……我再说一遍，叫人们知道，我的安妮王后病了，估计会死。去办吧。"

在历史上，理查与安妮王后在婚后第二年（1473年）生下独子爱德华·普列塔热内，5岁时受封索尔斯伯里伯爵，1483年8月24日受封威尔士亲王，成为王储，1484年3月亡故。另外，当时关于理查谋杀妻子安妮的传言毫无根据。1485年3月，安妮可能因患肺结核病亡。

可见，是莎士比亚的戏说之笔，让理查成为杀妻凶手！

（8）在莎剧中，第四幕第二场，理查前脚刚下令凯茨比去害妻子安妮，随后又心生"一宗罪恶"："我必须与我哥哥的女儿结婚，否则，我的王国便站在易碎的玻璃上。——杀了她两个弟弟，然后娶她！不牢靠的获利手段！但迄今为止我身陷血腥，一宗罪恶将引出另一宗罪恶。我这眼里容不下同情的泪滴。"第四场，理查便当面逼迫以前的王嫂伊丽莎白将她"贤淑又美丽，尊贵又仁慈"的女儿嫁给他，因为"美丽英格兰的和平仰仗这一联姻"。

在历史上，尽管关于理查要娶自己的侄女（约克的伊丽莎白）的谣言早已风传，却并无现存证据显示他打算娶她。实际上，理查当时正在协商一桩婚事，打算把伊丽莎白嫁给葡萄牙王子贝沙公爵曼努埃尔（Manuel, Duke of Beja），即后来的葡萄牙曼努埃尔一世（Manuel I of Portugal，1469—1521）。

可见，是莎士比亚的戏说之笔，让理查成了一个丧失天伦、非要把亲侄女娶来当王后的暴君叔叔！

（9）在莎剧里，第五幕第四场，因里士满的继父斯坦利拒绝派兵助战，理查只好孤军"演出了超乎一个凡人的奇迹，面对每一个危险，都敢于向敌人挑战。他的马被杀了，全靠步行奋战，在死神的喉咙里寻找里士满"。最终，在"一匹马！一匹马！用我的王国换一匹马！"的绝命呐喊中阵亡。

在历史上，博斯沃思之战不单是理查和里士满（亨利·都铎）之间的战斗，何况理查本有望获胜。理查被法国长矛兵护卫的里士满的后卫部队发现后，便领一队骑兵冲杀过去。但他被里斯·艾普·托马斯爵士从里士满身边引开。斯坦利兄弟俩，斯坦利勋爵托马斯和弟弟威廉·斯坦利爵士，见里士满易受攻击，趁势率军杀入，为里士满助战。理查一见斯坦利，高喊"叛国"。理查骑的白色战马陷进一片沼泽地，人从马上摔下来。有人要给他一匹新马，拒绝。他徒步作战，直到被砍死。

可见，是莎士比亚的戏说之笔，让理查在绝命之前成为一个恶棍枭雄！

4. 关于理查死于博斯沃思之战的传说

"理查三世的恶行惹得人神共怒，国内叛乱不断，仅在他掌权短短两年之后的1485年，亨利·都铎（Henry Tudor）从威尔士起兵，在博斯沃思原野（Bosworth Field）大败理查三世，这位暴君在这场战斗中毙命。"这段文字几乎是后世对"暴君"理查之死盖棺论定的历史描述。

1485年8月22日发生的博斯沃思之战，距今500多年，太过久远。相比真实的历史，传说往往更有生命力。

相传，开战之后，这位曾叱咤风云的英格兰国王纵马驰骋，异常勇猛，不仅将勇冠三军的敌将约翰·钱尼爵士打下马来，还杀了亨利·都铎的掌旗官威廉·布兰登爵士。但作战中，他胯下那匹白色战马，因马掌脱落突然跌倒，把他摔落马下。他眼看敌方将领手持长矛策马奔来，高喊"一匹马！一匹马！用我的王国换一匹马！"（A horse, a horse, my kingdom for a horse）。话音未落，敌将杀到。有的说，理查的头颅被长矛刺中，当场毙命。有的说，一个手持战斧的敌兵砍死了他。无从证实哪个说法是对的。其实，让比莎士比亚年长112岁的理查三世嘴里高喊莎剧台词，这本身便足以证实历史受了捉弄。

事实上，战斗打响之前，理查像在莎剧中表现的那样自信满满，对胜算十拿九稳："我们既已兴兵作战，那就进军，进军。即便不向外敌开战，也要击败国内这些反贼。"而且，在兵力上，理查以8000人对里士满5000人，明显占优势。但两军交战之后，战局未按理查的设想进行。由此，喜欢编排历史的后人巧意杜撰，使三个别有意味的传说鲜活地代代相传：

（1）参战前，当理查在莱斯特郡一市镇向一名先知求教时，先知预言："你纵马飞奔战场，被马刺剐蹭之处，便是回程时你脑袋开花之地。"在前往博斯沃思原野的路上，过一座桥时，理查战靴上的马刺蹭到桥上的一块石头。当理查战死之后，尸体拖在马后从战场运回时，头被那块石头撞开了花。

（2）在理查与里士满（未来的亨利七世）决战前一天清早，理查派马夫尽快给自己最喜欢的战马钉掌。马夫对铁匠说，国王希望骑着它打头阵。铁匠说，所有战马都钉了掌，没铁皮了，眼下钉不了，得等。马夫心烦气躁，叫道："我等不及！"铁匠无奈，从一根铁条上弄下四个马掌，砸平、整形，然后固定在马蹄上。钉好三个，没钉子了。铁匠说需要花点时间现砸两个。马夫急切地说："跟你说了我等不及。"铁匠说："怕钉上之后，没那么牢固。"马夫问能否挂住，铁匠回："应该能，但没把握。"马夫催促："那好，就这样，快钉，不然国王会怪我。"

两军交锋，理查策马扬鞭，激励士兵奋勇杀敌。厮杀中，那只不结实的马掌突然掉了，战马跌倒，理查落马。受了惊的马一跃而逃，士兵纷纷撤退，里士满的军队围上来。理查挥舞宝剑，高喊："一匹马！一匹马！用我的王国换一匹马！"对此，亦不难判断，这显然是后人口耳相传与莎剧的杂烩。

（3）理查临死之前连续高喊五声："叛国，叛国，叛国，叛国，叛国。"显然，这是后人把历史记载的理查见到斯坦利时只喊了一声的"叛国！"戏剧化了。不过，莎士比亚编戏时并没买这个账，他压根儿没让理查和斯坦利在博斯沃思见面。

5. 关于理查遗骨的考古发掘

理查在博斯沃思之战中阵亡，尸体用马拖到附近的莱斯特城，可能先裸身示众，最后在灰衣修士教堂（即圣方济各会教堂）下葬，墓穴很小，没有葬礼。

1509年，亨利七世去世，儿子亨利八世（1491—1547）继承王位。

1534年，英格兰国会通过《至尊法案》，英格兰脱离罗马教廷，正式推行宗教改革，许多天主教修道院随即被夷为平地。理查的墓穴及墓碑均被移除，遗骨不知所终。有人推断，遗骨丢进了临近的索尔河（River Soar）。

成立于20世纪，志在为被污名化的暴君理查昭雪的"理查三世学会"，于2012年，委托莱斯特大学考古队对理查遗骨进行考古发掘。该学会认定理查是一位好国王，因为，所有16世纪70年代到16世纪80年代早期的记载，都强调理查是忠心耿耿的兄弟，正直不阿的君王，骁勇善战的士兵，在地方纠纷中是公正的裁决人，深受那个时代英格兰北方人民爱戴，并凭其自身的骑士精神受到尊崇。

考古队通过地图索源法和钻地雷达技术，最终确定一个市政停车场便是当时埋葬理查的圣方济各会教堂旧址。

8月，一具成年男性的骨架出土。考古队对这具骨架做放射性碳测定，确定遗骨时间为1455—1500年，死者年龄二三十岁，之后再经过线粒体基因测序与理查的后裔进行DNA配对，确认这是理查三世的遗骨无疑。

根据数字扫描骨架，遗骸有10处伤口，8处在头，2处在身，均为死亡前后不久所致：上背脊骨插着一个带倒钩的金属箭头，头骨上有一连串伤痕，一致命的伤痕在头顶处，刀锋砍出凹槽。由此，可对理查生命的最后时刻做一番推演：落马时，头盔掉落，被砍杀时没戴头盔；可能先被利刃（战斧或长矛）砍掉一部分头骨，又被利器刺穿头部；后脑被打破，脑浆飞溅；肋骨的砍痕和骨盆部位的创伤显出，尸体被亨利·都铎命人用马从博斯沃思战场拖到莱斯特，以宣示胜利；一路之上，尸体遭人羞辱，骨盆处被人用利器刺穿。

最重要的是，在科学检测下，理查的身体特征是：轻度脊柱侧凸，右肩比左肩稍高，双臂没萎缩，既不瘸腿，也无跛足；既不影响穿盔甲，更不影响骑马战斗。

简言之，现代科技呈现出的历史中的真理查，不是被莫尔和莎士比亚糟改的"一瘸一拐，形貌如此畸形"的"驼背理查"——篡位之后杀兄、杀妻、杀侄儿、杀挚友的血腥暴君！

2015年3月22日，距理查1485年8月22日战死疆场差5个月整整530年，一辆灵车载着装殓理查骸骨的棺椁，驶出莱斯特城，来到博斯沃思原野——当年理查兵败之地。现场鸣放21响礼炮，以此向王室致敬。3月26日，英格兰国王理查三世的遗骨在莱斯特大教堂重新安葬。

亨利八世：真实历史与剧中时空错乱的戏说

7

莎士比亚编《亨利八世》这部戏，与他编创其他历史剧的做法如出一辙，主要从拉斐尔·霍林斯赫德（Raphael Holinshed）所著的1587年第二版《英格兰、苏格兰及爱尔兰编年史》（*The Chronicles of England, Scotland and Ireland*）取材，以达到其戏剧性结局，并使其所涉材料与官方敏感性相适应。他不仅把发生在过去的、跨度超过20年的事件做了压缩，还将时间顺序打乱。该剧虽未明说，但它暗示，对白金汉公爵的叛国罪指控纯属构陷、捏造，而且，对相关的敏感问题，也维持了一种类似的模糊性。剧中把对安妮·博林（Anne Boleyn）——戏里拼作"布伦"（Bullen）——的羞辱、斩首一并作了谨慎回避，而且，从戏里也丝毫找不见亨利八世后来又四次娶妻的痕迹。不过，阿拉贡的凯瑟琳（Catherine of Aragon）在教皇特使所设的法庭上向亨利王抗辩，似乎直接取自历史记录。

莎士比亚编《亨利八世》，其"原型故事"之来源，除了霍林斯赫德的《编年史》，可能还有：史学家爱德华·霍尔（Edward Hall，1497—1547）的《兰开斯特和约克两个贵族世家的联合》

(*The Union of the Two Noble and Illustre Families of Lancaster and York*，1548)；史学家、殉教者传记作者约翰·福克斯（John Foxe，1516—1587）1563年初版的《殉道者之书》(*Book of Martyrs*)，1583年二版时改名为《事迹与丰碑》(*Actes and Monuments*)，第五幕前四场戏或从中取材；约翰·斯托的《英格兰编年史》(*The Annales of England*，1592)；制图师、史学家约翰斯·皮德的《大不列颠帝国之戏剧》(*The Theatre of the Empire of Great Britaine*，1611)；塞缪尔·罗利的《你我一见两相知》(*When You See Me You Know Me*)，该戏剧情与《亨利八世》颇为相似。

1. 历史上的亨利八世

亨利八世（Henry Ⅷ，1491—1547）乃英格兰王国亨利七世次子，于1509年4月22日继位，成为都铎王朝第二任国王。他也是爱尔兰领主，后来成为爱尔兰国王。他在位期间，将威尔士并入英格兰，使王室权力达到巅峰。

亨利八世为把安妮·博林娶到手，必先与原配夫人"阿拉贡的凯瑟琳"（Catherine of Aragon）离婚，而离婚却遭罗马教皇克莱门特七世（Pope Clement Ⅶ）拒绝，一怒之下，亨利王与教皇反目。英国议会通过《至尊法案》，开始推行宗教改革，使英国教会脱离罗马圣座，亨利王自立英格兰最高宗教领袖，下令解散罗马教廷在国内的修道院。虽说亨利王是英格兰宗教改革的发起人，英国国教（亦称"安立甘宗"或"圣公会"）领袖，但他不仅对教义毫无创见，且一生都在提倡天主教仪式、遵循天主教教条。说穿了，亨利王只反不许他离婚的罗马教皇，并不反天主教。英国国教的新教化，在他儿子爱德华六世及女儿伊丽莎白一世当朝执政时才逐步完成。在爱德华六世和伊丽莎白一世之间，玛丽一世曾使英格兰一度恢复天主教地位。这一切真实历史本身，充满了血腥的戏剧性。

十分有趣的是，亨利王最为后人津津乐道的，不是他的治国之功、理政之能，而是先后"娶"了六位王后之奇。比这"奇"更可怕的是，嫁给他的这六位女性，均未得善果：第一位（《亨利八世》剧中所写凯瑟琳王后）因宣布婚姻无效，被迫离婚；第二位（《亨利八世》剧中加冕王后的安妮·博林）遭他下令处死，砍头；第三位因病去世；第四位（信奉新教的德意志公主）亦因宣布婚姻无效，协议离婚；第五位（安妮·博林的表妹凯瑟琳·霍华德）又遭他下令处死，斩首；第六位若不因他去世，恐也难免一死。对亨利王这六位妻子（其中一对表姐妹）的命运，有三首意思相近的打油诗流传后世："离婚、砍头、病亡、离婚、砍头、存活。""两人砍头一病亡，两人离异一活命。""亨利八世王，婚娶六个妻，一死一活俩离婚，还有两个被砍头。"

亨利王是一个怎样的丈夫？1945年出生的英国史学家、研究都铎王朝的学者大卫·斯塔克（David Starkey）在其《亨利八世的六个妻子》（*The Six Wives of Henry VIII*）一书中，这样描绘："亨利八世通常是一个非常出色的丈夫，这多么不寻常。他喜欢女人——此乃他多次结婚共娶六妻之原因所在！他对她们都很温柔，据悉，他对她们无一不以'宝贝儿'（sweetheart）相称。他是个好情人，慷慨大方：每位妻子都获赠过土地豪宅和珠宝——她们无不珠宝满身。每当她们有孕在身，他也格外体贴。可他一旦失去爱心……便与她们切断联系，抽身就走，将其遗弃。她们甚至不知道，他何时撤身而去。"

不过，身为至少貌似虔敬天主教徒的亨利王，显然深知被教会承认的有效婚姻的不可拆散性，因此，他老谋深算，恰如莎士比亚在《亨利八世》中描绘的那样，时常在下一次（迎娶安妮·博林）结婚之前，宣布上一次（与凯瑟琳王后的）婚姻无效。故而，严格说来，他表面上结婚六次，却只有两次婚姻获教会认可，其余四次婚姻均因宣布无效并不存在。安妮·博林和凯瑟琳·霍华德这对可怜的表姐妹，均在被砍头之前先行宣告她们与亨利王的婚姻无效。

为了更好地诠释剧情，对亨利王的"六次"婚姻做一次梳理是十分必要的。

（1）亨利八世的六次婚姻

第一次婚姻

1491年6月28日，亨利七世与王后"约克的伊丽莎白"（Elizabeth of York）的第三个孩子、次子亨利，在肯特郡格林威治的普拉森舍宫（Palace of Placentia）出生。国王夫妇共生七个子女，夭折三个。长子威尔士亲王，以古不列颠传奇国王"亚瑟王"的名字命名（Arthur, Price of Wales）。

1493年，两岁的亨利被指派为多佛城堡总管（Constable of Dover Castle）和"五港同盟"的总管（Lord Warden of the Cinque Ports）。1494年，三岁受封约克公爵，随后被任命为英格兰纹章院院长（Earl Marshal）和爱尔兰总督（Lord Lieutenant of Ireland），随后，很快受封巴斯骑士（Knight of Bath）。不久，又获封约克公爵（Duke of York）和苏格兰边境总管（Warden of Scottish Marches）。1495年5月，获嘉德勋位（Order of the Garter）。亨利从宫廷导师那里接受一流教育，除了能讲一口流利的拉丁语、法语，还会说一些意大利语。1501年11月，亨利参加哥哥亚瑟迎娶"阿拉贡的费迪南二世"和"卡斯提尔女王伊莎贝拉一世"（King Ferdinand Ⅱ and Queen Isabella Ⅰ of Castile）之女凯瑟琳的婚礼。亨利原本没有当国王的命，不料哥哥亚瑟在婚后第二年（1502年）便以15岁之龄突然病亡，这使11岁的亨利得以继任威尔士亲王，成为王储。

亨利七世时代，国土面积并不大的小小岛国英格兰，已成为欧洲有影响力的一个王国。亨利七世为长治久安，推行"和亲政策"，竭力与临近的三个天主教王国苏格兰、西班牙和法兰西睦邻友好，他除了命长子亚瑟迎娶西班牙"阿拉贡的凯瑟琳"，还把两个女儿分别嫁给了苏格兰和法国王储。

亚瑟死时，亨利七世为能在正处于不和的西班牙与法国之间保持中立，谁也不得罪，便命亨利迎娶嫂子凯瑟琳。然而，若未获教皇特许，"小叔子娶嫂"有违教规。因此，凯瑟琳声称与亚瑟虽有夫妻之名，却从未圆房，无须教皇特许，宣布婚姻无效便完事大吉。后英、西两国商定，教皇特许极为必要，有了特许，婚姻才算合法。随后，伊莎贝拉一世恳请罗马教廷发布《教皇敕令》（*Dictatus Papae*），允准这门亲事。1503年6月23日两国签订婚约，"阿拉贡的凯瑟琳"在第一任丈夫亚瑟死后14个月，又与年仅12岁的小叔子订婚。但很快，亨利七世对英、西联盟失去兴趣，亨利继而宣布并未同意这纸婚约，两国再度就此交涉。

1506年2月9日，亨利又获一项殊荣，由神圣罗马皇帝马克西米利安一世（Holy Roman Emperor Maximilian I）加封，成为一名"金羊毛骑士"（Knight of the Golden Fleece）。

1509年4月21日，亨利七世去世，17岁的亨利继任国王。5月10日父王丧礼，之后不久，亨利突然宣布要跟凯瑟琳结婚。6月11日，亨利与24岁的凯瑟琳结婚。6月24日，亨利在伦敦威斯敏斯特教堂加冕英格兰国王，即亨利八世。

第二次婚姻

凯瑟琳堪称苦命王后。婚后不久，顺利怀孕，1510年1月31

日，产下一名死婴，女孩。4个月后，再次怀孕，1511年元旦，亨利出生。头胎夭折，国王夫妇陶醉在生了个男孩的快乐之中，为此举行多场庆典，包括一场为期两天的"威斯敏斯特骑士比武"（Westminster Tournament）。然而7周后，孩子夭折。1513年、1515年，凯瑟琳又连着产下两名死婴，都是儿子。直到1516年2月18日，才生下玛丽·都铎（未来的英格兰女王玛丽一世，即享有恶名的"血腥玛丽"）。至此，亨利王与凯瑟琳之间的紧张关系，总算稍有缓解。但亨利王由此生出两个强烈担心，一来，他怕将来一旦女性继承王位，势必引发第二次"玫瑰战争"；二来，《圣经》上说"若有人娶嫂或弟媳，此乃不洁之事；是对兄弟的羞辱；二人必无子女"（《旧约·利未记》20:21）。

事实上，亨利王早已婚内出轨，他与凯瑟琳的侍女玛丽·博林（Mary Boleyn）长期关系暧昧。一直有人猜测，玛丽的两个孩子亨利·凯里（Henry Carey）和凯瑟琳·凯里（Catherine Carey），都是亨利王的骨血，只是从未得到证实。1525年，对凯瑟琳失去耐心的亨利王认定，从王后的肚子里生不出男性继承人。而此时，他又对王后的随从、玛丽·博林25岁的妹妹安妮·博林（Anne Boleyn）着了迷。不过最初，安妮抵制住诱惑，她不愿像姐姐那样，做亨利王的情妇。她要结婚，在戴上王后冠冕之前绝不接受国王轻浮的求爱。当然，有人称此举为聪明女人的欲擒故纵。

麻烦来了。正如《亨利八世》剧中所写，为迎娶安妮·博林，1527年，亨利王指派红衣主教兼大法官沃尔西（Cardinal Wolsey）向教皇申请离婚，并派秘书威廉·奈特（William Knight）出使罗马，向圣座陈述凯瑟琳与亚瑟婚内确有圆房之实。这下，教皇犯了难。简言之，刚在5月6日"罗马之劫"（Sack of Rome）中当了西班牙军队俘虏的克莱门特七世，根本不敢得罪强大的西班牙帝

《亨利八世》戏剧第三幕第二场,亨利八世和红衣主教沃尔西(插画家 HC Selous)

国，而西班牙国王卡洛斯一世、神圣罗马皇帝查理五世（Emperor Charles V）是凯瑟琳的外甥，更何况这一婚姻得到前任教皇特许。

教皇迟迟不批复，沃尔西无计可施，令亨利王大为恼火。1529年，他撤了沃尔西的职，将他监禁。同时，为逼迫凯瑟琳同意离婚，使其与玛丽母女分离，取消俸禄。然而，天算不如人算，沃尔西的继任者托马斯·莫尔爵士（Thomas More）仍效忠罗马教会，不肯与国王合演双簧。为把安妮·博林立为新王后，亨利王煞费苦心，提拔托马斯·克兰默（Thomas Cranmer）和托马斯·克伦威尔（Thomas Cromwell），使他们成为其心腹之臣。克兰默既支持安妮·博林，也同情1517年之后在欧洲大陆兴起的新教改革。克兰默建议亨利王不如曲线救国，前往欧洲大陆寻求神学院的支持。

送贿赂，施恩惠，果然奏效。1530年，英格兰议会向罗马教廷提交有关亨利王的婚姻报告。随后，亨利王任命克兰默为皇家法院特使，并在坎特伯雷大主教威廉·瓦哈姆（William Warham，1450—1532）死后，令其接任。见罗马教廷始终不置可否，克伦威尔大胆提议，要亨利王索性废除教皇在英格兰的地位，由国王取而代之。与此同时，亨利王向罗马发出威胁，不再向圣座上缴什一税。然而，铁了心的教皇不改初衷。

岁月如飞，到1533年1月，安妮·博林有了4个月的身孕。为了不让孩子成为私生子，亨利王先与安妮·博林秘密结婚，随后英国议会宣布脱离罗马教廷。1533年5月23日，新任坎特伯雷大主教克兰默宣布亨利王与凯瑟琳的婚姻无效，5月28日，宣布亨利王与安妮·博林的婚姻为合法婚姻。6月1日，安妮·博林加冕王后。9月7日安妮诞下一名女婴。为纪念亨利王的母亲"约克的伊丽莎白"（Elizabeth of York），女婴受洗名取为伊丽莎白，即未来莎士

《亨利八世》戏剧第五幕第四场,亨利八世亲吻怀抱里的伊丽莎白(插画家 HC Selous)

比亚时代的女王伊丽莎白一世。

1533年7月，教皇宣布对亨利王处以"绝罚"（excommunication），亦称"破门律"，以通奸的罪名将亨利王开除天主教教籍。其实，从1532年开始，在克伦威尔力促之下，英格兰议会已开始通过一系列法案，其中《上诉法案》（1532年）明令禁止罗马教皇干涉英国事务，禁止英国教会法庭上诉教皇，禁止教会不经国王允准发布规章，等等；《继承王权法案》（1533年）宣布凯瑟琳之女玛丽为私生女，安妮的子女成为王位之顺位继承人；《至尊法案》（1534年）宣布英王为英国教会最高首脑；《叛国罪法案》（1534年）规定凡不承认英王为至尊权力者，按叛国罪可判处死刑，同时规定取消"每户每年向罗马教廷缴纳的一便士税金"（Peter's Pence）。一桩离婚案，使英国教会从此变身为新教六大宗之一的"安立甘宗"（Anglicanism），即"圣公会"，英国国教。

或许，安妮·博林是位有政治野心的王后，但不管怎样，她在极力推行新教的过程中，因态度傲慢，手段残忍，得罪了不少权贵，包括萨福克和诺福克两位公爵。这也使亨利王对她失去兴趣，另谋新欢。但她似乎心里有底，觉得只要给国王生个儿子，便可以挽回一切。然而，与凯瑟琳相同的命运落在她头上，生下伊丽莎白公主之后，她三次怀孕，两次流产，一次死产，使亨利王绝了有个儿子的念想。在此期间，亨利王又对王后的另一个侍女，满头金发、皮肤白皙的简·西摩（Jane Seymour）倾心相爱。

或由亨利王授意，或由克伦威尔密谋，一项毁灭安妮的计划开始实施。1536年4月，安妮的侍女被捕，随后与安妮交往频繁的一些朝臣、艺术家、诗人被捕。所有被捕者禁不住严刑逼供，屈打成招。最后，为安妮罗织了18条大罪：以巫术蛊惑国王结婚；与五个男人通奸；与弟弟乔治·博林（George Boleyn）乱伦；瞒着国王睡过100多个男人；试图与通奸者合谋暗杀国王；密谋害死国王的私生子亨利·菲茨罗伊（Henry Fitzroy）；试图毒死凯瑟琳王后和玛丽公主；制造假币；等等。

庭审由安妮的舅舅托马斯·霍华德主持。1536年5月，法庭宣布判处安妮和弟弟乔治死刑。5月17日，乔治·博林与另一被指控与安妮通奸之人，被斩首。5月19日早8点，安妮在伦敦塔内的"绿塔"（Tower Green）被斩首。据后人描绘，安妮身着盛装，优雅赴死。临刑之前，她作了最后一次弥撒，向忏悔牧师和其他在场者坚称自己清白无罪。

第三次婚姻

安妮·博林遭斩首次日，亨利王与简·西摩订婚，10天后，在怀特霍尔宫，由加德纳主教主持，两人正式结婚。随后，《第二部继承王权法案》宣布新王后的子女将成为顺位继任人；此前的玛丽和伊丽莎白均为私生女，剥夺继承权；国王有以遗嘱重新制定继承人之权力。1537年10月12日，简在汉普顿宫生下一个儿子，爱德华王子，即后来的爱德华六世，难产。24日，王后死于产褥热，葬在温莎堡圣乔治礼拜堂。伴随儿子降生的狂喜，瞬间变成悲伤，亨利王哀悼了很长时间。简为他生下唯一的男性继承人，他把简视为唯一"真正的"妻子。

简·西摩信仰天主教，心怀悲悯，加之与旧主凯瑟琳感情很深，婚后一直努力恢复凯瑟琳之女玛丽在宫中的地位及王位继承权，并试图缓和亨利王与玛丽间的父女关系。她还邀请安妮·博林之女、年幼的伊丽莎白参加爱德华的受洗仪式，并想使她回到宫廷。

几乎与亨利王的第三次婚礼同时，议会通过《威尔士法案》，正式将威尔士并入英格兰，指定英语为威尔士官方语言。这是亨利八世的政绩!

1537年,亨利王下令,命坎特伯雷大主教交出奥特福德宫(Otford Palace)。1540年,亨利王下令拆除天主教圣徒的一些圣地。1542年,王国境内修道院悉数解散,财产收归王室。另外,除了教会的大主教、主教,以往修道院和隐修院在上议院的席位全部取消。如此一来,神职人员在上议院中的席位首次少于世俗议员(Lords Temporal)。这是亨利八世宗教改革的成果!这些成果多半是克伦威尔的功劳,克伦威尔因此获封新创的尊号——埃塞克斯伯爵。

第四次婚姻

哀悼完简·西摩,亨利王急于再婚。早已是掌玺大臣的克伦威尔,极力推荐神圣罗马帝国克里维斯公爵(Duke of Cleves)的姐姐、25岁的安妮为新王后人选。亨利王把信奉新教的克里维斯公爵视为对抗罗马教廷的潜在盟友,遂委派画家小汉斯·荷尔拜因(1497—1543)去给安妮画像。画像极美,朝臣们赞誉有加,亨利王同意结婚。安妮抵达英国后,亨利王发现自己被画像骗了,因为荷尔拜因并没把安妮脸上的疤痕画出来。亨利王私下称安妮为"佛兰德斯梦魇"(Flanders Mare)。尽管如此,有婚约在先,由克兰默大主教主持,婚礼于1540年1月6日在格林威治普拉森舍宫举行。

国王夫妇的新婚之夜并不愉快。国王向克伦威尔透露,两人没有圆房。6月24日,国王命安妮离开宫廷。7月6日,国王决定重新裁决这桩婚事,安妮同意婚姻无效。7月9日,法庭以夫妇并未圆房,且安妮曾与洛林公爵之子弗朗西斯(Duke of Lorraine's Son Francis)订婚为由,正式宣布亨利王与安妮间的婚姻无效。

为感激安妮的顺从配合,亨利王赐给她丰厚的财富、地产,包括安妮·博林的府邸赫弗城堡。说来实在有趣，无效婚姻倒使亨利王与安妮成了好朋友，安妮不仅成为荣誉王室成员，宫廷的常客，更获得"国王亲爱的姐妹"（the King's Beloved Sister）之荣衔。

然而，托马斯·克伦威尔却因这桩婚姻及外交政策的失败陷入宫廷政敌的包围之中，最后，终以叛国罪于1540年7月28日被斩首。

第五次婚姻

亨利王不仅心肠冷硬，还总刻意让行为具有某种象征意义。1540年7月28日，克伦威尔被斩首当天，亨利王与诺福克公爵的侄女、安妮·博林的表妹，也是安妮当王后时的侍女凯瑟琳·霍华德结婚。国王对新王后很满意，把克伦威尔的大量田产赏给她，外加大批珠宝。然而此时，国王已过度肥胖，四年来，腿部感染日趋严重，婚后几个星期不与凯瑟琳见面。新王后寂寞难耐，遂与侍臣托马斯·卡尔佩珀（Thomas Culpeper）婚外偷情，并把以前长期保持实质婚姻关系的旧情人弗朗西斯·迪勒姆（Francis Dereham）聘为秘书。朝中有些大臣向来对信奉天主教的霍华德家族不满，委派克兰默调查此事。1541年11月2日，克兰默将凯瑟琳与迪勒姆通奸的证据写密信告知国王，国王起初不信。经过庭审，迪勒姆本人供认不讳。凯瑟琳也承认婚前曾与迪勒姆订婚。但凯瑟琳坚称，是迪勒姆强迫她与之通奸。迪勒姆又反过来揭发凯瑟琳与卡尔佩珀有奸情。

王后有通奸之实，国王的第五次婚姻宣告无效。11月22日，凯瑟琳失去王后头衔，关押监禁。12月1日，卡尔佩珀和迪勒姆受死，前者斩首，后者车裂，两人的头颅悬于伦敦桥之上。

1542年1月21日，议会通过《剥夺公权法案》（*Bill of Attainder*），

按其中一条法案，王后通奸即为叛国。2月10日，凯瑟琳押送伦敦塔。11日，亨利王签署《剥夺公权法案》立刻生效。13日早7点，伦敦塔，凯瑟琳被砍头。据说，行刑前夜，凯瑟琳不断练习如何把脑袋枕在断头的木砧之上。她的临终最后一句话是："虽以王后身份赴死，但我更愿以卡尔佩珀妻子之名而死。"

第六次婚姻

1543年7月12日，亨利王在汉普顿宫第六次结婚，迎来最后一任妻子，又一位名叫"凯瑟琳"的富有寡妇凯瑟琳·帕尔（Catherine Parr）。凯瑟琳的父亲是英王爱德华三世的后裔托莫斯·帕尔爵士（Thomas Parr），母亲莫德·格林（Maud Green）是亨利王原配妻子"阿拉贡的凯瑟琳"的侍从女官。

凯瑟琳前后结婚四次，可能是英格兰王国结婚次数最多的王后。在嫁给亨利王之前，已婚两次，初婚时17岁，嫁给盖恩斯伯勒的男爵二世爱德华·博罗（Edward Borough），婚后三年丧夫。1534年，二婚嫁给北约克郡斯内普的拉提默男爵三世约翰·内维尔（John Nevill），1543年，内维尔去世。后与苏德利的男爵一世、前王后简·西摩的兄弟托马斯·西摩相恋。不久，在亨利八世的女儿玛丽小姐家中与亨利王相遇，引起好感，后改嫁国王，加冕王后。亨利王去世六个月之后，得新国王爱德华六世许可，再与旧爱托马斯·西摩结婚。

凯瑟琳是个明事理的王后。经过她的努力，亨利王与两任前妻的两个女儿玛丽（未来的玛丽一世）和伊丽莎白（未来的伊丽莎白一世）缓和了关系，同时，她本人还与威尔士亲王（未来的爱德华六世）建立起良好感情。1544年，议会通过《第三部继承王权法案》，玛丽和伊丽莎白，虽仍被视为私生女，却回到了顺位继承人行列。最为重要的是，她在宗教问题上偏向新教，态度较为激进，国王丈夫却心存旧教，相对保守，当两口子拌嘴争执时，她懂得适时让步。否则，恐性命难保。

凯瑟琳是个有政治能力的王后。1544年7月到9月，亨利王最后一次远征法国失败，凯瑟琳被任命为摄政。在此期间，她有效地行使摄政权，稳妥地处理好亨利王征战法国期间的战时供给、财政等问题；签署了五份王室公告；同北部与苏格兰接壤的边境地区军官保持稳定的联络。

人们普遍认为，凯瑟琳王后在感情上的用心、摄政期间的能力作为，以及较为激进的宗教态度，都对继女、未来的伊丽莎白女王产生了深刻影响。

（2）遗产与影响

1547年1月28日，亨利八世在怀特霍尔宫病逝。这一天正值他父亲亨利七世90岁冥诞。亨利王与第三任妻子简·西摩合葬于温莎堡圣乔治礼拜堂。

亨利王死后，按《第三部继承王权法案》，他与简·西摩所生唯一合法的儿子、九岁的爱德华继位，成为英格兰王国史上第一位新教君主，即爱德华六世。新王年幼，无法亲政，18岁之前，由16位顾问大臣代王议政。简·西摩的哥哥、新王的大舅、第一代萨默赛特公爵爱德华·西摩（Edward Seymour，1500—1552）出任护国公。按照"法案"，爱德华之后的顺位继承人依次为："阿拉贡的凯瑟琳"之女玛丽及其后代；若玛丽无后，待其死后，王位由安妮·博林之女伊丽莎白及其后代继承；因亨利八世的姐姐玛格丽特·都铎（Margaret Tudor，1489—1541）嫁给苏格兰国王詹姆斯四世，成为苏格兰王后，其后代被剥夺英格兰王位继承权，若伊丽莎白无后，待其死后，王位则由亨利八世的妹妹、法兰西国王路易十二的第三任王后、后嫁给第一代萨福克公爵查尔斯·

布兰登的玛丽·都铎（Mary Tudor，1496—1533）的后代继承。

亨利八世无论生前还是身后，历史都演绎出令后人既感匪夷所思又百思不得其解的过程和结局！

首先，亨利王生前娶了六任王后，只生下一儿（爱德华）两女（玛丽和伊丽莎白），且均无后。

其次，1553年，16岁的爱德华六世临死之前，担心国家再度成为天主教的王国，任命表姐、亨利七世的外曾孙女、多赛特侯爵亨利·格雷的长女简·格雷（Jane Grey，1537—1554）为王位继承人，将同父异母的两个姐姐玛丽和伊丽莎白排除在外。简言之，7月6日，爱德华六世病亡。简·格雷宣布，根据爱德华六世颁布的诏书，她继任英格兰女王。随后，新教、旧教两股势力对决，兵戎相见。在此期间，原来表示支持新任女王的枢密院，于9月19日宣布玛丽公主为王位继承人。简·格雷因禁伦敦塔，1554年2月12日被秘密处死，年仅16岁。从爱德华六世之死到其王位遭废黜，历时13天；从她正式宣布继任女王到失去王位，只有9天，故在英格兰历史上，她被称为"十三日女王"或"九日女王"。这是英格兰第一任女王的命运。

再次，1553年10月1日，虔诚的天主教徒玛丽加冕，成为英格兰女王玛丽一世（Mary Ⅰ，1516—1558），罗马天主教在英格兰复辟，刚改革不久的英国新教遭废弃。

然后，1558年11月17日，被迫皈依天主教、内心却信奉新教的伊丽莎白加冕，成为英格兰女王伊丽莎白一世（Elizabeth Ⅰ，1533—1603），英格兰恢复新教。

最后，1603年3月24日，享有"童贞女王""荣光女王""英明女王"之美誉的伊丽莎白去世，享年70岁。死后，按其遗嘱，王位由其表侄女、苏格兰玛丽一世女王玛丽·斯图亚特（Mary

Stuart，1542—1587）之子、苏格兰国王詹姆斯六世继承，成为英格兰詹姆斯一世。至此，英格兰王国之王位最终落入苏格兰王室继承人詹姆斯·斯图亚特（James Stuart，1566—1625）之手，英格兰都铎王朝结束，英格兰与苏格兰联合，成为共主联邦，詹姆斯一世称之"大不列颠王国"（Kingdom of Great Britain）。

亨利八世对后世最大的影响莫过于新教改革。虽说这一改革有其身为一国之君、出于婚姻和继承人问题与罗马教廷赌气之嫌，何况他本人并未真正放弃天主教信仰，完全求"新"，但这一改革与之前的历代国王相比，乃最为激进并具有决定性。一方面，英格兰成为脱离教皇神权管束的新教王国，教权归属罗马的修道院被解散，教会土地充公，使英国经济和权力重心由教会转向贵族；另一方面，爱德华六世继位后，代王议政的新教朝臣们使新教改革得以持续进行。尽管稍后有"血腥玛丽"的短期复辟，但英格兰从此成为一个新教国度。

诚然，亨利王脱离罗马之举给整个王国带来一些麻烦，如陷入外交困境，曾先后引起两大天主教强邻法国和西班牙的大规模入侵。但这也使他得以强化海防，在与法国隔海对望的多佛（Dover）修筑城堡、壕沟、壁垒，沿东英格兰到康沃尔的南部海岸线，广为布防棱堡、炮台。同时，命人研制大型船用前装炮，因此，亨利王被称为英格兰第一位能建造海战舰船的国王。或许，这也算得上他为女儿伊丽莎白女王于1588年战胜西班牙"无敌舰队"打下的家底。

身为一国之君，亨利八世格外在乎仪式感。他是第一位使用"Majesty"（陛下）称呼的英格兰国王，并不时换用"Highness"或"Grace"。他改革了一些皇室礼仪，如他最初为自己设定的尊号是"亨利八世，蒙上帝之恩典，英格兰、法兰西国王，爱尔兰国王"（Henry Ⅷ, by the Grace of God, King of England, France and Ireland）。1521年，尚未陷入离婚困局的亨利王，为维护罗马圣座，撰文攻击马丁·路德，因此荣获教皇利奥十世（Pope Leo X，1513—1521在位）赐封"信仰之护卫者"（Defender of the Faith）。亨利王欣然受之，并将此殊荣加入名衔之中。虽说在英国脱离罗马之后，教皇保罗三世（Pope Paul Ⅲ，1534—1549在位）撤回这一称号，但英国议会仍视为有效。

亨利王似乎对冠以荣衔有瘾，《至尊法案》通过之后的1535年，他自封"英格兰教会在尘间之至尊首脑"（of the Church of England in Earth Supreme Head）。1536年，升格为"英格兰和爱尔兰教会在尘间之至尊首脑"。1541年，他敦促爱尔兰议会将其"爱尔兰领主"的头衔改为"爱尔兰国王"。直到去世，他的尊号头衔一直是"亨利八世，蒙上帝之恩典，英格兰、法兰西和爱尔兰国王，信仰之护卫者，英格兰和爱尔兰教会在尘间之至尊首脑"（Henry Ⅷ, by the Grace of God, King of England, France and Ireland, Defender of the Faith and of the Church of England and also of Ireland in Earth Supreme Head）。

亨利王算得上一个喜欢文艺、饶有情趣、博学多才、又富于创新的作家国王，能作曲、会写诗，年轻时好运动，喜欢摔跤、打猎和室内网球，还超级喜欢赌博、玩骰子。他作曲的《与好伙伴一起消磨时光》（Pastime with Good Company）最为有名，流传后世，被称为《国王的歌谣》。另外，他还有一大爱好，乐于参与新建一些重要建筑，如"无双宫"（Nonsuch Palace）、剑桥大学国王学院礼拜堂（King's College Chapel）和威斯敏斯特教堂。同时，他下令改建的建筑，主要是查抄的沃尔西红衣主教的房产，如牛津大学的基督教堂学院（原名红衣主教学院）、汉普顿宫、怀特霍尔宫和剑桥大学三一学院。

亨利八世留存世间的唯一遗物是一顶冠冕。1536年,他把这顶冠冕连同一把佩剑,赏赐给沃特福德市长。目前,这顶冠冕藏于沃特福德珍宝博物馆(Waterford Museum of Treasures)。

2. 舞台上时空错乱的戏说

莎士比亚为舞台演出编戏,对他来说,只要出于剧情需要,能把场景弄得紧凑、热闹,富于戏剧性,能以便宜的票价把主要是中下层的平民吸引进剧场看戏,哪怕冠名"历史剧"的"国王戏",是否尊重事实,也无关紧要。只要别把历史篡改得惹恼当朝君王,便万事大吉。某种程度上说,《亨利八世》是唱给亨利八世的颂歌,并顺便在剧终落幕之前,那么自然地讨好了伊丽莎白女王和当朝的詹姆斯一世。

莎士比亚凭怎样的戏剧技巧,把在霍林斯赫德《编年史》里篇幅占百页以上、时间跨度长达24年的历史叙事,浓缩进打乱时空的《亨利八世》五幕十七场之中?恰如梁实秋在其《亨利八世》译序中所言:"选择若干情节,编排起来,使戏里的动作集中在六七天之内的一段时间。因此时代的紊乱,次序的颠倒,乃成为不可避免之事。同时历史上24年的时间变化,在戏剧里也只好不加理会,例如,戏剧开始时是在1520年,国王只有29岁,年富力强,耽于逸乐,到了戏剧末尾时的1544年他是年老多病、雄心万丈的一位霸主。但是在戏里他从始至终是一个样子,没有任何变化。"

的确,把24年的历史压在六七天里,本身就是变戏法。由此,倒可以解释何为戏剧,又何为历史。没错,"六七天"是戏,"24年"是史。《亨利八世》如何打乱时空戏说历史?大致分以下四类:

第一类，打乱时间。比如，在莎剧中，阿伯加文尼抱怨英格兰与法国订立和平条约，所付代价太大，丝毫不值！白金汉接话说，会谈之前"那场可怕的风暴""弄湿了这次和平的外衣，预示和平将突遭破裂"。诺福克答话："裂痕有了，因为法兰西破坏盟约，在波尔多，已把我方商人的货物没收。"而在历史上，据霍林斯赫德《编年史》载，两位国王于1520年6月7日开始会谈，6月18日一场可怕的风暴袭来，许多人认为这是发生冲突的不祥之兆。然而，法国国王下令查没英国商人在波尔多的货物，发生在1522年3月，白金汉则于1521年5月17日被斩首。由此可见，这是莎士比亚只管剧情、不顾史实的戏说。再如，在第一幕第四场，沃尔西在其约克大主教官邸接见厅设晚宴，历史上的这场晚宴于1527年1月3日举行，在剧中，莎士比亚将举办晚宴的具体时间模糊掉。另外，第二幕第一场，庭审之后，对白金汉立刻执行死刑。白金汉恳请所有好心人为他祈祷，"我现在必须抛下你们。我这漫长疲惫生命的最后时刻已经来临。永别了！当你们想说些痛心之事，说说我如何被砍倒。"在历史上，白金汉的死刑在审判后第四天执行。不言自明，深谙舞台之道的莎士比亚绝不许节外生枝，白金汉之死必须服从剧情而非历史。

还有第三幕第二场，红衣主教沃尔西错把送教皇的密信送到国王手里，导致计划败露，自身陷入死局。宫务大臣对萨里伯爵、萨福克和诺福克两位公爵说："国王在这封信里，看出他如何为了一己私利，兜圈子，不走正道。但在这一点上，他的计谋全败露了，何况，病人死了，他才来送药。国王已经娶了那位漂亮小姐。"亨利八世与安妮·博林属秘密结婚，确切婚期难考。依据霍林斯赫德《编年史》，婚期为1532年11月14日。在历史上，沃尔西阴谋败露于1529年，因而失宠，并迅速倒台，次年去世。明摆着，因剧情之需，莎士比亚把亨利八世与安妮·博林的婚期提前了。再者，第四幕第一场，两位绅士在威斯敏斯特街头相遇。两人等着看参加安妮·博林加冕典礼的人流在仪式结束之后从威斯敏斯特教堂走出来。历史上，安妮·博林的王后加冕典礼于1533年6月1日在威斯敏斯特教堂举行。第四幕第二场，失去王后之位、身患重病的凯瑟琳对侍女格里菲斯抱怨："烦死了！我的双腿像不堪重负的树枝，弯到地上，真想丢弃这负担。拿把椅子来。——就这样。——现在，我想，我觉着舒服些了。你搀我的时候，格里菲斯，不是跟我说，那个，伟大的荣耀之子，沃尔西红衣主教，死了？"历史上，沃尔西死于1530年11月29日，五年之后，凯瑟琳去世。在此，莎士比亚编排剧情，让红衣主教沃尔西和凯瑟琳王妃一前一后死去，几乎同时。对他来说，戏台上根本不存在历史时间这一概念，只要剧情需要，谁早婚几年、晚死几年，都无足轻重。例如，在莎剧中，白金汉被押走行刑之后，绅士乙对绅士甲提起关于凯瑟琳王后早与亚瑟亲王订婚的"那个谣传"，说这一定是红衣主教或国王身边的人"出于对好心王后的怨恨，已把一个疑问灌进国王的脑子，一定要毁掉她。也是为巩固这一婚姻，坎佩尤斯红衣主教来了，刚来，大家都知道，专为此事而来"。据霍林斯赫德《编年史》载，当罗马教皇使节坎佩尤斯红衣主教于1528年10月来伦敦时，白金汉已死七年。显而易见，在戏说历史的舞台上，不论白金汉晚死七年，还是教皇使节早几年驾临伦敦，虽有悖事实，却都合乎剧情。

此外，第五幕第二场，伊丽莎白受洗之前，克兰默在枢密院会议室受辱，萨福克、加德纳、克伦威尔等大臣轮流向克兰默发难，指斥其为"异教分子"。最后由大法官拍板，枢密院全体同意"立刻把您押往伦敦塔，当一名囚犯"。若非克兰默按国王事先授意，拿出国王戒指，并由国王亲自裁决，此劫难逃。在历史上，克兰默受辱事件发生在1540年。

　　第二类，改变人物关系。比如，第一幕第一场，诺福克和白金汉两位公爵在伦敦的王宫前厅，谈起英、法两位国王在安德烈斯河谷会面的情形。白金汉"被一场疟疾关在屋里""错过了尘间荣耀之胜景"[1]。剧中此番"胜景"全由诺福克一人说出，"当时我在场，见两位国王骑着马行礼致敬，又见他们下了马，如何紧紧拥抱，好像要长在一起……"，随后对"光彩不差分毫"的两位国王及两个王国相互攀比的假面舞会、骑士比武盛况作了长篇生动描绘："一切尽显王家气派。事无巨细，一切安排妥帖。"戏剧台词只管预设戏剧冲突，说这么多，只为把即将登场亮相的"约克红衣主教"沃尔西引出来。在历史上，1520年6月7日至24日，英王亨利八世与法兰西瓦卢瓦王朝第九位国王弗朗索瓦一世（Francis Ⅰ，1494—1547）在安德烈斯河谷会面。河谷位于法国北部临近加莱（Calais）的两座城镇圭内斯（Guines）和安德烈斯（Ardres）之间。当时，圭内斯属英国，安德烈斯属法国。弗朗索瓦一世又称"大鼻子弗朗索瓦""骑士国王"，因其开明、多情，庇护文艺，被誉为法国历史上最著名、最受爱戴的国王之一。两位国王此次会面，仪仗繁盛，场面堂皇，布置奢华，故将安德烈斯河谷称为"金衣之地"。在此要说的是，历史上这次"双王会"期间，白金汉不仅未患疟疾，还曾列席多场仪式，倒是诺福克留在国内，错过了剧中诺福克所说的"荣耀之胜景"。显然，为剧情之需，莎士比亚轻摇鹅毛笔，让诺福克渡海参会，却把白金汉"关在屋里"。

1.文中所引《亨利八世》戏文，皆为作者新译。

又如，在莎剧中，布兰登要执法官履行职责逮捕白金汉，执法官对白金汉说："白金汉公爵兼赫特福德、斯塔福德及北安普顿伯爵大人，凭我们至尊国王之名义，我以叛国罪逮捕你。"此处表明白金汉在公爵封号之外，兼有赫特福德、斯塔福德和北安普顿三个伯爵封号。历史上的白金汉则兼有赫里福德（Hereford）伯爵封号，并非此处的赫特福德（Hertford）。另据霍林斯赫德《编年史》载，白金汉公爵于1521年4月16日被国王卫队长亨利·马尼爵士逮捕，布兰登只是国王马厩的总管。可见，莎士比亚没按史实出牌，他不仅为白金汉随意更换了一个伯爵封号，还在戏里赋予历史中的国王马厩总管很大权力，让他带着执法官逮捕白金汉。

第三类，改变历史事件。比如，第一幕第一场，白金汉在被捕之前，慨叹"我的管家背叛我。大权在握的红衣主教用金子收买他"。在历史上，白金汉公爵的亲戚查理·克尼维替他管理田产，因与佃农结怨遭解雇，遂寻机诬告他密谋弑君造反。无疑，是莎士比亚以戏说之笔，为凸显红衣主教陷害白金汉手段之毒，将真实生活中因私怨诬陷公爵谋反的公爵的亲戚，改为被红衣主教重金贿赂而出卖主人的管家。还有第三幕第二场，沃尔西候见国王。他觉察送错了信，深感大事不妙，把克伦威尔打发走，独自旁白："该是法兰西国王的妹妹，阿朗松女公爵，他应当娶她。——安妮·博林！不，我不想让他娶安妮·博林。在她美丽的面孔里，藏着更多东西！——博林！不，我们不要博林家的人。"历史上，阿朗松女公爵玛格丽特早于1527年便嫁给了纳瓦拉的国王亨利·德·阿尔贝特。顺便一提，中世纪时期，纳瓦拉王国位于今西班牙东北部和法国西南部。在此，出于剧情之需，莎士比亚让阿朗松女公爵在亨利王已秘密迎娶安妮·博林之时，依然待字闺中。在这一类中，最有趣的一个例子出现在第二幕第三场，安妮·博林向老妇人表示，"哪怕把天下的财富都给我"，也不想当王后。老妇人随口调侃："真奇怪，一枚弯曲的三便士就能雇我，甭看我老了，也能当王后。"在此，"弯曲的"（bowed）一词表明，这是一枚作废的、不能用的三便士硬币。另外"王后"（queen）与"妓女"（quean）谐音双关。老妇人言下之意是：一枚作废的三便士硬币就能雇我去当妓女。在历史上，币值三便士的硬币于1552年开始铸造发行，此时的岁月已进入爱德华六世时代，亨利八世死了5年。莎士比亚戏说历史连钱币也不肯放过。

第四类，变更地点。比如，第一幕第四场，亨利八世领着一群大臣，戴着面具，不请自来，出席晚宴。沃尔西起初不明就里，叮嘱宫务大臣："贵客临门，令寒舍增光。我为此一千次拜谢，请他们尽享欢乐。"随后，贵宾们戴着面具选女宾跳舞，亨利王选中安妮·博林。历史上，亨利八世与安妮·博林第一次相遇、跳舞，并非发生在约克大主教府邸的晚宴上。可见，是莎士比亚丢开了历史，按剧情之需，安排国王与安妮·博林第一次的浪漫相遇。再如，第四幕第二场，格里菲斯回复凯瑟琳的问话："听人说，死得还算平安，夫人。因为勇敢的诺森伯兰伯爵在约克将他逮捕之后，要把他当一名丢尽脸面的囚犯，押送去受审，他突然病倒，病得特别厉害，连骡子都骑不了。"历史上，沃尔西于1530年11月4日在卡伍德（Cawood），而非约克（York），被第六代诺森伯兰伯爵亨利·珀西逮捕，准备6日启程押送伦敦受审。途中，22日生病。26日抵莱斯特修道院入住，三天后病逝。

不过莎士比亚戏说历史偶尔也会讲原则。例如，第三幕第二场，沃尔西失势之后，萨里、萨福克、诺福克命其交出国玺，并逐一历数他所犯罪行。萨福克说："纯粹出于野心，您命人把您的圣帽印在国王的钱币上。"在历史上，彼一时期，红衣主教的确有权铸造辅助钱币,如半格罗特(half-groats)或半便士(half-pennies)。然而,沃尔西僭越王权,擅自铸造了币值一格罗特(groat)的银币,并铸印上其姓名的简写字母和圣帽(holyhat)。可见,沃尔西擅自造币确有其事,并非莎士比亚捏造罪名。总而言之,莎士比亚用编戏的神奇巧手,把所有剧情所需、前后相距遥远的史实捏在一处,使其戏剧化为一个整体。当然,最重要的是,戏里凡此种种的史实错误对剧情毫无影响。不难发现,聪明绝顶的莎士比亚从写历史剧的那一刻开始便算准了,不会有谁专门给戏说的历史挑错。

李尔王：莎剧中的李尔"原型"何其多

8

莎士比亚的《李尔王》绝非原创，是对之前有关李尔王的古老传说以及诸多与之相关的"原型"故事集大成的改编。如上所说，泰特对莎剧《李尔王》的改编几乎没有可取之处，实为庸碌之作，而从莎士比亚的改编则足以看出他那天才手笔的艺术创造。

上边提到的"老"《李尔王》（*King Leir*）或许是莎剧《李尔王》的主要来源，除此之外，进入莎士比亚的艺术视野并为其所用的材料可能还有如下几种：

1. 老故事的"旧说"

这的确是一个老故事！从传说中看Liyr（李尔）这个名字的拼写，可以推测"李尔"既有可能是威尔士神话中的一个人物，也有可能是一位神明，还有可能源于约在公元前500年开始进犯、占领并居住在不列颠诸岛的凯尔特人（Celts）（有一种说法认为"李尔"是凯尔特神话中的海神），他们比盎格鲁-撒克逊人（Anglo-Saxon）迁居英伦三岛的时间早了整整一千年。当时，英语还远没有形成。

《李尔王》戏剧第五幕第三场,李尔王(插画家 HC Selous)

换言之，关于"李尔"的老故事可能在非常久远的年代就已在凯尔特人中间流传了。在英格兰的民间传说里，李尔于公元前七八世纪登基为古不列颠国王，并在英格兰中部的索尔（Sore）河畔建都，也就是今天莱切斯特城（Leicester，意为"李尔之城"）的旧址。

关于这个老故事的最早文字记载见于1135年成书的《不列颠王国史》（*Historia Regum Brittaniae*，以下简称《王国史》），作者是威尔士蒙默思（Monmouth）的杰弗里（Geoffrey）。杰弗里的《王国史》将"Liyr"改为"Leir"。不过，他的兴趣点在于通过社会叙事来凸显政治寓意，因此，他更关注的是，李尔最初要通过划分王国来考量两个大女儿谁更爱他这一行为所导致的后果。

杰弗里详述的李尔故事，也可以称作"不列颠女王考狄拉传奇"。在杰弗里笔下，考狄拉（Cordeilla）是不列颠一位富于传奇色彩的、继李尔王之后的第二代执政女王。然而，没有任何史料能证明考狄拉女王的真实存在。

老故事是这样的：

考狄拉是李尔最疼爱的小女儿，高纳里尔和里根是她的两个姐姐。当李尔决定把王国划分给女儿、女婿时，考狄拉拒绝用奉承话讨好父王。作为回应，李尔不仅拒绝分给她不列颠的哪怕一寸土地，也拒绝向她未来的丈夫祝福。法兰克国王阿加尼普斯（Aganippus）不管这些，执意向她求爱，虽得李尔恩准同意了婚事，她却得不到任何嫁妆。考狄拉迁居高卢（Gaul），在那里生活了许多年。

划分王国最终导致康沃尔和奥本尼两位公爵女婿起兵叛乱，反对李尔，把他作为国王的权力、尊号统统剥夺。李尔被放逐，逃往高卢，与原谅了他的考狄拉重逢相聚，力图恢复王位。考狄拉举兵进攻不列颠，打败了两位执政的公爵，恢复了李尔的王位。三年后，李尔、阿加尼普斯相继去世，失去丈夫的考狄拉回到不列颠，加冕女王。

在考狄拉女王的统治下，不列颠王国度过了和平的五年。此时，考狄拉两个姐姐的儿子玛尔根（Marganus）和邱恩达古伊（Cunedagius）到了法定年龄，继任为年轻的康沃尔公爵和奥本尼公爵。这哥俩儿对女王统治不屑一顾，声称要恢复血统。两位公爵起兵谋反，经过了无数次战斗，孤军奋战的考狄拉最终被俘，囚禁狱中。最后，在悲痛中自杀身亡。玛尔根继而在自己统辖的亨伯河（Humber）西南称不列颠王，邱恩达古伊不甘示弱，将亨伯河东北广大的不列颠土地，收入治下囊中。很快，兄弟之间爆发了内战，大片国土因战事荒芜。最后，玛尔根战败被杀。又过了很长时间，王国在邱恩达古伊的统治下恢复了和平。

在杰弗里的《王国史》之后，李尔的故事又出现在拉丁文故事集《罗马人传奇》（也叫《罗马人的奇闻异事集》）（*Gesta Romanorum*）中，它是15世纪欧洲最为流行的著作之一。

2. 老故事的"新说"

即便莎士比亚没直接读过杰弗里这部拉丁文原著里关于李尔的老故事"旧说"，但也从几乎同一时代，甚至年龄与己相仿的其他作家那里对这个老故事的"新说"，直接或间接得了实惠。

1574年，诗人约翰·希金斯（John Higgins）所编诗集《行政长官的借镜》（*The Mirror for Magistrates*）出版，收录了不同的诗人对一些历史人物命运遭遇及其悲剧结局的描述，其中有李尔的故事，提到李尔王有三个女儿，其中小女儿考狄拉（Cordila）最漂亮。

1560年，由诗人托马斯·诺顿（Thomas Norton，1532—1584）与政治家、诗人、剧作家托马斯·萨克威尔（Thomas Sackville，1536—1608）合写的《高布达克》（*Gorboduc*）出版，这既是英国文学上最早的一部全篇以素体诗写成的诗剧，也是英国最早的一部悲剧，1561年1月18日，于内殿律师学院（Inner Temple）在伊丽莎白一世女王御前演出，该剧对已进入伊丽莎白女王时代的英国戏剧产生了重要影响。

《高布达克》以杰弗里的李尔故事为蓝本，讲述的是一位叫高布达克的不列颠国王的传奇：高布达克娶朱顿（Judon）为妻，育有费雷克斯（Ferrex）、波雷克斯（Porrex）二子。当高布达克年老体衰，两位王子为谁来接管王国起了内讧。波雷克斯设伏，试图杀死费雷克斯，费雷克斯逃命法兰西，后与法王叙阿丢（Suhardus）联手，进犯不列颠，战败，被波雷克斯所杀。随后不久，波雷克斯又被复仇的生母朱顿所杀。王国长时期陷于混乱之中。

《高布达克》像传统的李尔故事一样，意在警示伊丽莎白时代的英国人，国家因内讧陷入混乱有多么危险。

1577年，拉斐尔·霍林斯赫德（Raphael Holinshed，1529—1580）所著《英格兰、苏格兰及爱尔兰编年史》（*The Chronicles of England, Scotland and Ireland*）出版。十年后的1587年，该书增订再版，其中英格兰史卷部分的李尔故事，给莎士比亚带来了艺术灵感，为其日后写作《麦克白》和《辛白林》从素材上提供了养分。但在这个故事里，不仅没有李尔发疯的情节，也没有葛罗斯特的情节，没有遭放逐、化装追随老王的肯特，没有弄臣，更没有凄惨悲戚的结局。

1586年，诗人、律师威廉·沃纳（William Warner，1558—

1609）最重要的长诗《阿尔比恩的英格兰》（Albion's England）出版。（"阿尔比恩"在英国古语和诗歌用语中指英格兰或不列颠，源自希腊人和罗马人对该地的称呼。）

1605年，有伊丽莎白女王时代头号历史学家之称的古文物学者、地质学者威廉·卡姆登（William Camden，1551—1623）所著《不列颠历史拾遗》（Remaines of a Greater Worke, Concerning Britaine）出版。

以上两部书中，都有对李尔故事大同小异的细节描写。

事实上，在莎士比亚写《李尔王》之前，有不下50位诗人、作家、学者、史学家，写过李尔这位古不列颠国王的传奇故事。但所有这些故事，都被莎剧《李尔王》熠熠闪烁的艺术灵光遮蔽了，几乎再无人问津，仿佛莎剧《李尔王》本来就是莎士比亚奇思妙想的原创。显而易见，作为神话传说或民间故事代代流传的李尔王传奇，不过是一份几乎唾手可得的文学素材，但它却在莎士比亚鬼斧神工的艺术匠心下，化成了一部不朽的、感天动地的伟大诗剧。

3.《仙后》和《阿卡狄亚》

莎剧《李尔王》不是凭空而来，为他提供了素材来源和艺术滋养的，也不全是无名小辈，其中最大名鼎鼎的莫过于伊丽莎白一世女王时代的两位伟大诗人埃德蒙·斯宾塞（Edmund Spenser，1552—1599）和菲利普·西德尼爵士（Phillip Sidney，1554—1586）。

享有"诗人中的诗人"之美誉的斯宾塞，比莎士比亚年长12岁，他在其代表作长篇宗教、政治史诗《仙后》（The Faerie Queene）中开创的那一独特的14行格律形式，被称为"斯宾塞诗节"（Spenserian Stanza）。《仙后》是一部终未完稿的史诗，第一部前三卷于1590年出版，第二部后三卷于1596年出版。

李尔的故事在前三卷第二卷中的第10章第27至32诗节，但斯宾塞的写作与杰弗里的叙事有极其重要的两点不同：国王不经意地问询三个女儿对他的爱；考狄利娅最后在狱中被绞死。前者被莎士比亚直接拿来，巧意安排在了莎剧《李尔王》的第一幕开场：李尔王问三个女儿谁更爱她，他要以此决定如何划分王国领地；后者则安置在《李尔王》悲剧大幕落下之前的尾声：囚禁中的考狄利娅被埃德蒙下密令派人绞死，李尔抚尸痛哭。

还有一点不容忽视，莎士比亚的考狄利娅（Cordelia）与斯宾塞的考狄利娅名字的拼写一个字母都不差。由此不难想象，莎士比亚珍爱这个戏剧人物！他要赋予她天使般的灵性！他要让她在死里永生！

或许可以说，正是斯宾塞笔下的考狄利娅之死，激活了莎士比亚立意把《李尔王》写成人性、人情之大悲剧渐趋成熟的精妙构思，他不能让莎剧中塑造的"新"李尔，像杰弗里的老套故事和《李尔及其三个女儿》旧戏里的"老"李尔那样，在恢复王位之后寿终正寝；他要让李尔发疯，让考狄利娅战败、被俘，让考狄利娅被绞死，让考狄利娅之死令李尔肝肠寸断、心衰而亡！

比莎士比亚大10岁的诗人、学者、政治家西德尼爵士，最有名的代表作，除了蜚声文坛的《诗辩》（*The Defence of Poesy*），还有一部用散文和诗歌写成的富有田园浪漫情调的传奇故事《彭布罗克女伯爵的阿卡狄亚》（*The Countess of Pembroke's Arcadia*，简称《阿卡狄亚》）。遗憾的是，这两部名著当时均以手写的形式流传，待正式出版时，西德尼已过世多年。1590年出版的《阿卡狄亚》，后来成为英国文学最具代表性的早期田园诗；1595年问世的

《诗辩》则被视为伊丽莎白女王时代最佳的文学批评之作。

《阿卡狄亚》第二卷第10章，讲述了这样一个故事：

古代巴普哥尼亚（Paphlagonia）的国王育有两子，一为婚生、一为私生。国王被私生子普莱克伊尔图斯（Plexirtus）的谎言所骗，将嗣子（婚生子兼合法继承人）利奥纳图斯（Leonatus）驱逐；野心勃勃的普莱克伊尔图斯，在获得继承权以后，又篡夺了王位，并将父亲挖去双眼，放逐。至此，国王终于明白利奥纳图斯是被冤枉的。利奥纳图斯在旷野遇到双目失明的父亲，替他做向导。国王来到崖顶，欲跳崖自尽，被利奥纳图斯阻拦。父子俩同甘苦、共患难。最后，利奥纳图斯以一场骑士式的决斗，打败了普莱克伊尔图斯。普莱克伊尔图斯对过去的罪过表示忏悔，发誓痛改前非，利奥纳图斯宽恕了他。最后，老国王亲自把王冠交给利奥纳图斯之后，终因心力交瘁而亡。

显而易见，莎剧《李尔王》中作为主要副线穿插于剧情间的葛罗斯特伯爵与两个儿子——嗣子埃德加、私生子埃德蒙的故事，包括像埃德加引领盲父到崖顶，父亲欲跳崖，以及最后埃德加与埃德蒙决斗这样的细节，完全化用了西德尼《阿卡狄亚》中巴普哥尼亚国王及其两个儿子的故事。

事实上，莎士比亚从《阿卡狄亚》这个浪漫故事受惠、汲取的灵感还不止于此，比如，《阿卡狄亚》第20章中，安德罗玛娜女王（Queen Andromana）对皮洛克里斯（Pyrocles）和缪西多勒斯（Musidorus）充满肉欲的渴望，便被莎士比亚投射在《李尔王》中高纳里尔和里根对埃德蒙的欲火难耐之中；而当儿子帕拉迪乌斯（Palladius）被杀以后，她用匕首自杀身亡，又几乎映照在高纳里尔在埃德蒙决斗失败后的拔刀自刎。

必须给予专利认证的是，在《李尔王》中加入弄臣这个角色，

《李尔王》戏剧第一幕第四场,李尔王和高纳里尔(插画家 HC Selous)

并让亡命天涯的埃德加乔装成疯乞丐"可怜的汤姆",这两个堪称神来之笔的形象,以及由此而生发的一系列精妙剧情,的确是莎士比亚货真价实的原创发明!

1603年10月,正值莎士比亚埋头编剧《奥赛罗》期间,英格兰发生了一起引起轰动的民事诉讼案:肯特郡一位叫布莱恩·安斯利(Brain Annesley)的富人被大女儿一纸诉状告到法院,宣称父亲因精神失常无力料理家产,要由自己接管。诉讼得到其丈夫、妹妹、妹夫的全力支持。然而,安斯利的小女儿科黛尔(Cordell)极力反对,最后,她以写信求助的方式,成功阻止了这一诉讼。1604年7月,安斯利去世,他的大部分财产都留给了科黛尔。

莎士比亚是否了解此案不得而知,此案是否对他编写《李尔王》产生了影响,也无据可考。倒不妨推论一下,假如莎士比亚了解此案,安斯利的大女儿在丈夫、妹妹、妹夫支持下要通过起诉接管父亲的家产,这一对父不孝的忤逆之举,对此时可能已在构思如何处理剧中李尔及其三个女儿亲情关系的莎士比亚,有了灵感的触动:他要让李尔的长女、次女在靠阿谀谄媚的甜言蜜语赢得父王赏赐的王国领地之后,忘恩负义,二女同心,残忍无情地将放弃王权、只图悠哉悠哉颐养天年的李尔逼疯!

对于莎士比亚让李尔有两个坏女儿、一个有"灰姑娘"品格的好女儿,也有人认为他借鉴了著名民间故事《灰姑娘》(Cinderella)。希腊地理学家、哲学家、史学家斯特拉波(Strabo,前64—24)曾于公元前一世纪在其所著《地理志》(*Geogrphica*)中记述了一位希腊少女洛多庇斯(Rhodopis)远嫁埃及的故事,这向来被认为是《灰姑娘》的最早版本。后来,该故事逐渐在世界各地流传、演绎,中世纪阿拉伯人的《一千零一夜》里也有类似的故事。在欧洲,《灰姑娘》的故事最早见于那不勒斯诗人、童话采集者吉姆巴地斯达·巴希尔（Giambattista Basile，1566—1632）1635年出版的《五日谈》（Pentamerone），名为 La Gatta Cenerentola，也称《炉边的猫》（The Hearth Cat）。这个故事为后来法国作家夏尔·佩罗（Charles Perrault，1628—1703）《鹅妈妈的故事》（1697年）和德国《格林童话集》（1812年）中"可怜的灰姑娘"奠定了基础。由此，我们只能把《灰姑娘》视为莎剧《李尔王》的诸多原型之一，即便有借鉴，更大的可能是来自洛多庇斯的故事，毕竟考狄利娅像她远嫁埃及一样嫁到了法兰西；也可能来自《一千零一夜》。

1603年，还有一件大事对莎士比亚写《李尔王》十分重要，那便是由语言学家、词典编纂者约翰·弗罗洛（John Florio，1553—1625）翻译成英文的《蒙田随笔集》（The Essays of Montaigne）出版了。莎剧《李尔王》的戏剧语言及其中一些闪烁着睿智光芒的哲学理念，无不清晰显露出，莎士比亚在写《李尔王》之前，认真研读过蒙田（Michel Montaigne，1533—1592）——这位16世纪法国人文主义思想家的这部有"思想宝库"之誉的名著。

不难想象，对于像莎士比亚这样旷古罕见的编剧天才，有了足够丰富、手到擒来的"原型"故事，有了内涵宏阔、得心应手的哲思语言，他的《李尔王》没有理由不跻身伟大戏剧之列。

麦克白:"三女巫"与"麦克白故事"

1850年,美国散文家、诗人爱默生(Ralph Emerson,1803—1882)出版了一本演讲集《代表人物》(*Representative Men*),共收七篇,第一篇讨论"伟人"在社会中担当的角色,其余六篇都是对他心目中具有美德的六位伟人的赞美,这六位伟人是:古希腊"哲学家"柏拉图(Plato,前427—前347);瑞典科学家、哲学家、"神秘主义者"伊曼纽尔·斯韦登伯格(Emanuel Swedenborg,1688—1772);法国随笔作家、"怀疑论者"蒙田(Montaigne,1533—1592);英国"诗人"莎士比亚(William Shakespeare,1564—1616);法国"世界伟人"拿破仑(Bonaparte Napoleon,1769—1821);德国"作家"歌德(Goethe,1749—1832)。

关于伊丽莎白一世女王时代整个的戏剧情形,以及莎士比亚如何写起戏来,大体如爱默生所言:"莎士比亚的青年时代正值英国人需要戏剧消遣的时代。戏剧因其政治讽喻极易触犯宫廷受到打压,势力渐长、后劲十足的清教徒和虔诚的英国国教信徒们也要压制它。然而,人们需要它。客栈庭院,不带屋顶的房子,乡村集市的临时围场,都成了流浪艺人现成的剧院。人们喜欢由这种演出带来的新的快乐，……它既是民谣、史诗，又是报纸、政治会议、演讲、木偶剧和图书馆，国王、主教、清教徒，或许都能从中发现对自己的描述。由于各种原因，它成为全国的喜好，可又绝不引人注目，甚至当时并没有哪位大学者在英国史里提到它。然而，它也未因像面包一样便宜和不足道而受忽视。"包括托马斯·基德（Thomas Kyd，1558—1594）、克里斯托弗·马洛（Christopher Marlowe，1564—1993）、本·琼森（Ben Jonson，1572—1637）在内的一大批莎士比亚同时代，且名气并不在他之下的诗人、戏剧家，突然全都涌向这一领域，便是它富有生命力的最好证明。

爱默生还提到一个颇值得玩味的事，在莎士比亚生活和创作的伊丽莎白一世女王时代，英才云集、诗人辈出，但他们却未能以自己的才能，发现世上那个最有才华之人——莎士比亚。在他死后一个世纪，才有人猜测他是这个世界上最具才华的诗人，等又过了一个世纪，才出现能称得上够水准、够分量的对他的评论。"由于他（莎士比亚）是德国文学之父，此前不可能有人写莎士比亚历史。德国文学的迅速发展与莱辛（Gotthold Lessing，1729—1781）把莎士比亚介绍给德国，与维兰德（Christoph Wieland，1733—1813）和施莱格尔（A.W.von Schlege，1767—1845）把莎剧译成德文密切相关。进入19世纪，这个时代爱思考的精神很像活着的哈姆雷特，于是，哈姆雷特的悲剧开始拥有众多好奇的读者，文学和哲学开始莎士比亚化。他的思想达到了迄今我们无法超越的极限。"

爱默生认为，莎士比亚有着令人匪夷所思的、出类拔萃的才智，"一个好的读者可以钻进柏拉图的头脑，并在他脑子里思考问题，但谁也无法进入莎士比亚的头脑。我们至今仍置身门外。就表达力和创造力而言，莎士比亚是独一无二的。他丰富的想象无人能及，他具有作家所能达到的最敏锐犀利、最精细入微的洞察力"。

对于这样一个有着出类拔萃的非凡才智，有着独一无二的表达力和创造力，想象力无人能及，洞察力又最犀利、最透彻的莎士比亚来说，"借鸡生蛋"不过小菜一碟。像《李尔王》一样，《麦克白》这枚悲剧之"蛋"，也是从编年史作者拉斐尔·霍林斯赫德（Raphael Holinshed，1529—1580）那部著名的"编年史"之"鸡"身上"借"来的。

霍林斯赫德与人一起合编的这部《英格兰、苏格兰及爱尔兰编年史》(*The Chronicles of England, Scotland and Ireland*) 1577年初版，十年后的1587年，增订再版。如果说是其中英格兰史卷部分的"李尔故事"催生出了莎剧《李尔王》，那里面的"麦克白（Makbeth）故事"则直接孕育了莎剧《麦克白》。

这部"编年史"虽以两卷本出版，内容则分三卷，第一、第三卷记述诺曼人征服英格兰之前、之后的历史，第二卷描绘苏格兰和爱尔兰的历史，其中"苏格兰历史"的两处叙事，被莎士比亚顺手擒来巧妙地化入了他的《麦克白》中。

要说明的是，霍林斯赫德的"麦克白故事"源自苏格兰哲学家、史学家赫克托·波伊斯（Hector Boece，1465—1536）所著、1526年在巴黎出版的拉丁文史著《苏格兰人的历史》(*Historia Gentis Scotorum*)。该书先被译为法文，而后，苏格兰作家约翰·贝伦登（John Bellenden，1533—1587）从拉丁文将其译成英文，书名改为《苏格兰编年史》(*Croniklis of Scotland*)，这是用现代苏格兰英语所写、迄今为止留存下来的最古老的一部散文。同时，苏格兰诗人威廉·斯图尔特（William Stewart，1476—1548）将其译成诗体史书。这一"散"体一"诗"体两部苏格兰史书，莎士比亚可能都看过。

　　事实上，在波伊斯的苏格兰史之前，还有两部更老的、在当时很有影响的苏格兰史，一部是苏格兰编年史家、福顿的约翰（John of Fordun，约1360—1384）于1384年出版的拉丁文版《苏格兰编年史》（*Chronica Gentis Scotorum*），该书将1040—1057年的苏格兰历史及传说加以综合，但其中有些内容纯属虚构；另一部是苏格兰诗人、温顿的安德鲁（Andrew of Wyntoun，1350—1425）于1424年出版的诗体《苏格兰原始编年史》（*Orygynale Cornykil of Scotland*）。福顿的约翰在其苏格兰史中写到了"麦克白故事"，麦克白梦到三个预言未来的女人，这个梦叫他胡思乱想，并促使他谋杀了邓肯。而在安德鲁的苏格兰史里，并没有写到三个女人，即莎剧《麦克白》中的"三女巫"。

　　不过，一般来说，书写历史对于后世晚生的史学家，至少在史料广博宏富的掌握上更占便宜。霍林斯赫德正是这样一个得以享有前人史料的受益者，他的"编年史"吸收了约翰、安德鲁、波伊斯这三位前辈史著中的相关内容，包括"麦克白故事"及其中的"三女巫"。

　　先说"三女巫"。莎士比亚写这决定了麦克白悲剧命运的"命运三姐妹"的灵感来源，除了霍林斯赫德1577年初版的"编年史"，可能还有第二年1578年出版的另一部拉丁文《苏格兰史》（*History of Scotland*），该书作者是苏格兰史学家、罗马天主教主教约翰·莱斯利（John Lesley，1527—1596）。他关于苏格兰早期历史的书写，借鉴了波伊斯和约翰·梅杰（John Major，1467—1550）的史书。约翰·梅杰是苏格兰著名哲学家，他的拉丁文《大不列颠史》（*History of Greater Britain*）于1521年在巴黎出版。

　　然而，真正激活莎士比亚的戏剧构思，使他决意要把"三女

《麦克白》戏剧第四幕第一场,麦克白和女巫(插画家 HC Selous)

巫"搬上舞台，并让她们将麦克白引向地狱，最直接、最有力的外因恐怕莫过于国王造访牛津。

1605年8月，詹姆斯一世、安妮王后携王位继承人威尔士亲王访问牛津。为表示对国王临幸的由衷谢忱，牛津大学特意委请马修·格温（Matthew Gwinne，1558—1627）医师赶写了一部庆典短剧，并安排在圣约翰学院门前表演。

这一天，当国王一行来到学院门前，三位"林中女巫打扮"的女大学生开始表演，她们先以拉丁文开场，随后改说英语。剧情很简单："三女巫"走到国王面前，宣称她们是当初向班柯预言其子孙将万世为王的那"命运三姐妹"现世化身，又特来向国王预言，他及后人亦将万代为王，永享荣耀。随后，"三女巫"高举手臂，依次向国王致敬：

  第一女巫 向您，苏格兰王致敬！
  第二女巫 向您，英格兰王致敬！
  第三女巫 向您，爱尔兰王致敬！
  第一女巫 您拥有法兰西王的尊号，万岁！
  第二女巫 分裂已久的不列颠统一了，万岁！
  第三女巫 伟大的不列颠、爱尔兰、法兰西王，万岁！

当时，这个简短的演出脚本，还曾配以红绒装帧分赠随行而来的亲王贵胄，说不定后来有一本就落到了莎士比亚的手里。因为他的《麦克白》几乎原封不动地"再现"了这一情景，第一幕第三场，荒原中的"三女巫"一见到麦克白，便冲口而出：

  女巫甲 祝福，麦克白！向您致敬，格莱米斯伯爵！

女巫乙　祝福，麦克白！向您致敬，考德伯爵！
女巫丙　祝福，麦克白！向您致敬，未来的国王！

彼情此景，何其相似！

莎士比亚这样写"三女巫"，应是有意讨好国王。理由有二：一是莎士比亚很可能读过国王在当苏格兰国王时御笔写下的那部《恶魔学》（有的译作《鬼神学》，也有的译作《论魔鬼和巫术》）(*Daemonologie*, 1597)，若此，他自然了解国王对巫术十分痴迷；二是国王对自己是班柯的后人深信不疑，这一点并不是什么宫廷绝密，否则，莎士比亚也不会如前提到的那样，在第四幕第一场，让"三女巫"为麦克白精心上演一出"八代国王的哑剧"，按舞台提示，"最后一位国王手持魔镜；班柯的幽灵紧随其后"。在哑剧中，班柯的后人、"八代国王"头戴王冠，逐一出现，第八代国王手里"拿着一面魔镜，镜子里有更多头戴王冠的人，其中有一个左手持两个金球，右手执三根权杖"。这是令麦克白"毛骨悚然的景象"，他看明白了，"头发上沾满血污的班柯冲我微笑，向他的后世子孙表明，他们将世袭这金球和权杖所象征的王权"。但同时，这是令詹姆斯一世喜上眉梢的"景象"，他也看明白了，他这位班柯的后人，以及他的后人，即魔镜中"更多头戴王冠的人"，将永享王权。

由班柯，再说麦克白。

首先，可以肯定，莎士比亚并不是把苏格兰历史编入戏剧的第一人，还在霍林斯赫德"编年史"初版前的1567年，掌管宫廷娱乐的官员记录显示，曾为一部演绎苏格兰国王的悲剧制作过背景。

其次，在莎士比亚的"麦克白的悲剧"之前，已有人把有关苏格兰历史，尤其"麦克白故事"，转化成文艺作品，1596年8月27日"伦敦书业公会"的记录簿上，已有《麦克多白之歌》（Ballad of Macdobeth）一项登记在册。不论这"歌"是不是"剧"，至少实证说明，"麦克白故事"早已有之。

最后，比莎士比亚大四岁、与他同年去世的恩斯洛（Philip Henslowe，1550—1616），是伊丽莎白一世女王时代的一位剧院承包人兼经理人，身后留下一本"日记"，这可是文艺复兴时期，特别是1597—1609年这段时间伦敦戏剧界极有价值的第一手信息来源。里边记载，1602年，伦敦曾有一部关于苏格兰国王玛尔康的剧目上演。在1998年英美合拍的奥斯卡获奖影片、浪漫喜剧电影《恋爱中的莎士比亚》（Shakespeare in Love）中，还出现了恩斯洛这个角色。

必须一提的是，在苏格兰詹姆斯六世国王成为英王詹姆斯一世国王之后的第二年，即1604年，伦敦曾有过一部描写苏格兰高里伯爵（Earl of Gowrie）叛变的戏剧。这位高里伯爵的爵位，于1581年，由当时的苏格兰詹姆斯六世国王（也就是如今的英王詹姆斯一世）晋封。三年之后的1584年，高里伯爵因叛国罪被处死，财产充公、爵位撤销。在莎剧《麦克白》中，有一位因参与谋反，以叛国罪被邓肯国王下令处死的考德伯爵（thane of Cawdor），其被撤销的"考德伯爵"尊号"为高贵的麦克白赢得"。这似乎又是莎士比亚为讨国王欢心的刻意之举，原因不外有二：第一，国王当然乐于看到被自己处死的高里伯爵，化身为反贼"考德伯爵"被莎士比亚写入《麦克白》；第二，"考德伯爵"这个贵族尊号注定就是叛国者的代名词，麦克白因战功显赫，得邓肯封赏，承袭了这一爵位，但在他谋杀邓肯的那一刻，他又成了谋逆叛国的"考德伯爵"，最终被麦克德夫砍下头颅。这个结局，自然也是国王乐于看到的。

对于莎士比亚来说，有了"三女巫"和"麦克白故事"这两大"原型"，已足以支撑戏剧结构，剩下的唯一问题是：如何塑造麦克白。

1582年出版的苏格兰史学家、人文学者乔治·布坎南（George Buchanan，1506—1582）的拉丁文《苏格兰史》（*Rerum Scoticarum Historia*），对莎士比亚的麦克白产生了直接触动。布坎南的这部苏格兰史，在波伊斯对早期苏格兰传奇历史的基础上，有了很大拓展，比如写到麦克白时，布坎南认为，他是"具有天赋洞察力，……却又野心勃勃的一个人"。显然，这就是莎士比亚想要的麦克白！

为让这样一个麦克白在舞台上产生强烈的吸引力、冲击力、震撼力，莎士比亚必须对霍林斯赫德"编年史"里"麦克白故事"做移植手术。他这样做，也许并不是考虑要让这个人物具有永久的艺术生命力。不过，莎士比亚的确把霍林斯赫德"编年史"里"苏格兰历史"部分，叙述国王达夫（King Duff）的"统治与被谋杀"、麦克白的"崛起和统治"这两个"故事"，进行了恰到好处的移花接木。

在第一个故事里，贵族"邓沃德"（Donwald）一向对达夫国王（King Duff）忠心耿耿、"深受信任"，却受到妻子唆使，要他去谋杀国王，"并向他详述如何在最短时间内杀掉国王"。邓沃德"被妻子的话燃起怒火"，秘密杀死国王，把尸体偷运出城堡，埋在一处河床下。然而，正当这个"编年史故事"里的邓肯（Duncan）怀揣入侵美梦却"谈判失利"之际，丹麦士兵因喝了掺药的酒，整支军队"很快酩酊大醉，酣睡不醒"。

极为相似的是，在莎剧《麦克白》中，麦克白夫人一边怂恿

155

"深得宠信"的丈夫行刺邓肯（Duncan）国王，一边承诺保证把贴身守卫国王的两个"寝宫侍卫"灌醉，醉得"像海绵一样泡在酒里"。

霍林斯赫德在此强调了三点：达夫信任邓沃德；国王与女巫纠葛不断；阴郁黑暗、怪事频出（诸如马之间嗜食同类，以及发生在鸟类之间怪异的不平等残忍竞争）一直困扰着苏格兰，直到达夫国王的尸体被发现，安葬之后，这一切才告结束。在莎剧《麦克白》第二幕第四场，邓肯被杀后，罗斯和老人有段对话，罗斯说邓肯那几匹"体型俊美，奔跑如飞"的"宝马良驹"变得"十分怪异"，"突然野性大发，撞破马厩，冲了出来，四蹄乱蹬，难以驯服，好像要向人类挑战"。老人回应，"据说还互相撕咬"。写出此等怪异情景的灵感，八成又是莎士比亚"借来的"。

第二个故事，在霍林斯赫德的笔下，是野心勃勃的麦克白夫人影响了麦克白的生涯：妻子"极力撺掇他"弑君，"只因她自己野心膨胀，想当王后的欲望之火，一旦点燃，便无法熄灭"。按霍林斯赫德的描述，班柯是个十足的同谋。不过，没过几个章节，他就被杀了，因为麦克白怕他"会像自己背叛国王那样，也把他给杀了"。

与莎剧《麦克白》不同的是，霍林斯赫德在"编年史"里，丝毫没有提及班柯的幽灵打断皇家盛宴，也只字未提麦克白夫人的梦游，他只对麦克白在位十余年，是一位治国有方的好的统治者，对男女巫师信任有加，玛尔康"考验"麦克德夫，伯南姆森林移到邓斯纳恩，等等，作了详尽描述。他还写了许多其他的事情，包括写到被化入莎剧《麦克白》的一些短语。霍林斯赫德甚至一度打乱叙事，呈现出一份翔实的血统宗谱，包括"谱系上最早的那些国王，从中得知他们的后代传人……比如班柯的后人"，这份宗谱最后以苏格兰国王詹姆斯六世结束。无疑，它使莎士比亚创意构思《麦克白》第四幕第一场的"八代国王的哑剧表演"，来得更加轻而易举。

在国王宗谱中位列达夫和邓肯之间的统治者是肯尼斯（Kenneth），他虽是一位好国王，却还是为让亲生儿子继位，秘密毒死了达夫的儿子。然而，良知"刺痛"着肯尼斯的心灵，此处，霍林斯赫德这样写道："那传闻真的发生了，每当夜幕降临，他刚一在床上躺下，就有个声音对他说：……'想想吧肯尼斯，你邪恶地谋杀了玛尔康·达夫，要是这事儿被永恒而全能的上帝知道：你是害死无辜者的主谋……就算你眼下秘而不宣，也无济于事……'这个声音使国王毛骨悚然，再也无法安然入眠。"

稍微比较一下不难发现，莎剧《麦克白》第二幕第二场，麦克白谋杀邓肯之后，立即被"敲门声"的幻听错觉吓得惊恐不安，他听到"整个屋子都是那声音"，"一有声音就吓得够呛"。在这样的细微处，那个饱受心灵折磨的肯尼斯国王，为莎士比亚的麦克白提供了绝佳素材。

前曾提到1582年乔治·布坎南出版的一部《苏格兰史》，就在这一年，还有另外一本与之同名的《苏格兰史》(*Rerum Scoticarum Historia*) 出版，作者是只比莎士比亚小两岁的戏剧同行、演员爱德华·阿莱恩（Edward Alleyn，1566—1626）。阿莱恩在书中对肯尼斯国王的心灵痛苦，作了更为详细的描述。按理，莎士比亚在写《麦克白》之前，应该读过此书。

莎剧《麦克白》第五幕第七场，写到小西华德对战麦克白被杀，及父亲老西华德听到儿子死讯时的反应，源于这样两处已知的史料，一是霍林斯赫德"编年史"卷一结尾，写诺曼人入侵之前的那段历史；二是1605年出版的古文物收藏家、史学家、地志学者威廉·卡姆登（William Camden，1551—1623）所著历史文集《不列颠遗事》（*Remains Concerning Britain*）。

　　单从时间上推算，此时（1605年）的莎士比亚，即便还没动笔开写《麦克白》，应该也差不多想好该从哪些史料源头（或"原型故事"）借鉴什么，如何改写，他应该把麦克白之死都设计好了。没错，霍林斯赫德笔下"麦克白故事"的结尾，连莎士比亚麦克白之死的"原型"都预备好了："麦克德夫（Makduffe）骑着马，拦住麦克白的去路，手持利剑，说：'麦克白，结束你那永无尽头的残忍的时刻到了，因为我就是巫师对你说的那个人，我不是我妈生的，我是从娘胎里剖出来的。'话音未落，打马向前，斜肩砍下麦克白的人头，挑在杆子上，来到玛尔康面前。这就是麦克白的下场，他对苏格兰17年的统治从此结束。"

　　假如莎剧《麦克白》里的麦克白也像这样，一言不发就被砍了头，那他绝不属于莎士比亚。毕竟他在成为暴君之前，是一位驰骋疆场、披坚执锐、骁勇善战的将军，死也要死得壮烈："我不投降；我不能在小玛尔康的脚下屈服，任由那帮乌合之众随意诅咒唾骂。尽管伯南姆森林已经移到邓斯纳恩，尽管你这非要跟我交手的东西，偏又不是女人生的，我也要决一死战。……猛攻吧，麦克德夫，谁先喊'够了，住手'，谁受诅咒下地狱！"

　　对，这才是莎剧中的麦克白！

　　既然命运诅咒他活该死在"不是女人生的"麦克德夫手里，他还是要拼死一战。这也是他在第三幕第一场对命运抛下的赌注："还不如索性与命运拼杀，一决生死！"

　　这何尝不是人类悲剧的实质：明知抗不过命运，却非要与命运相抗。

　　如果说，以上这些苏格兰历史中的"原型故事"，为莎剧《麦

《麦克白》戏剧第五幕第七场,麦克白对战麦克德夫(插画家 HC Selous)

克白》提供了丰厚的琼浆滋养，那古罗马著名斯多葛学派哲学家、政治家、悲剧家卢修斯·塞内加（Lucius Seneca，前4—65年）的"流血悲剧"，则为莎氏悲剧提供了必不可少的几大元素，这几大元素莎士比亚在《麦克白》之前的"三大悲剧"（《哈姆雷特》《奥赛罗》《李尔王》）中已屡试不爽。诚然，这样的悲剧元素自古希腊悲剧直到今天，似乎从不曾变过。以塞内加为例，他常用屠杀、恐怖、出卖、复仇的场景凸显主题，常用幽灵和巫术增强悲剧氛围，他的人物也常陷入内心撕裂的极度痛楚，这些元素《麦克白》样样俱全。甚至有莎学家指出，连莎剧《麦克白》的有些细节，像"满手的血污"、睡眠是"抚慰繁重劳苦的沐浴，是疗救受伤心灵的药膏"等，都可能是模仿了塞内加的悲剧《阿伽门农》（*Agamemnon*）和《疯狂的赫拉克勒斯》（*The Madness of Hercules*）中的某些段落。

恺撒：从普鲁塔克的"故事"到莎士比亚戏剧 10

1. 恺撒简史

盖乌斯·尤里乌斯·恺撒（Gaius Julius Caesar，前100年7月12日—前44年3月15日），罗马共和国末期军事统帅、政治家，是导致罗马共和国消亡、罗马帝国崛起的关键人物，史称"恺撒大帝"或"罗马共和国独裁者"，也是拉丁文散文作者。

恺撒出身贵族，历任财务官、大祭司、大法官、执政官、监察官、独裁官等职。公元前60年，与庞培、克拉苏结成"前三头同盟"，随后出任高卢总督，费时8年，征服高卢（今法国），跨越莱茵河攻袭日耳曼（今德国），横渡英吉利海峡入侵不列颠（今英国），最远到达日斯巴尼亚（Espana，今西班牙）、托勒密王朝统治的上埃及。公元前49年，率军占领罗马，击败庞培，集权一身，实行独裁，制定"罗马儒略历"（Julian calendar），后来的公历（阳历）纪年即由此而来。

公元前44年，恺撒被布鲁图斯和卡西乌斯领导的一群反叛的元老院成员刺杀身亡。此后不久，在罗马共和国最后一场内战中，恺撒的甥孙及养子屋大维（Octavian）击败安东尼，开创罗马帝国,成为开国皇帝。

恺撒家族源出尤里亚(gens Julia)一脉,声称先祖尤里斯(Julus),乃传说中的特洛伊王子、罗马神话中的爱神维纳斯之子埃涅阿斯(Aeneas)之后。"尤里"(Julii)源出阿尔班(Alban),为阿尔班几大家族之一,随着亚伯隆加(Alba Longa)的覆灭,于公元前7世纪中期定居罗马,与其他高贵的阿尔班家族一起享有贵族地位。尤里家族还存在于早期古城博威尔塞(Bovillae)区域,古城剧场祭坛上的一条铭文显示,尤里家族曾按照阿尔班法律,或阿尔班仪式,举行过献祭。按《自然史》作者老普林尼(Pliny the Elder)所说,"恺撒"(Caesar)这个姓氏源于一位通过剖腹产出生的祖先。罗马后期罗马皇帝列传《奥古斯都的历史》(*Historia Augusta*)给出三种替代解释:第一位恺撒有一头浓密的头发(caesaries);他有一双明亮的灰眼睛(oculis caesiis);或这位"恺撒"曾在"布匿战争"(Punic War, i.e. "Caesai";摩尔人的"恺撒")期间,杀死过一头大象。"布匿战争"指历史上古罗马与迦太基王国争夺地中海西部统治权的战争,分别于公元前264—前241年、前218—前201年、前149—前146年发生过三次,以迦太基亡国告终。从恺撒发行过带大象图案的硬币不难看出,他自己更喜欢最后这种对"恺撒"姓氏的解释。

尽管自身血统古老,但直到公元前1世纪初,尤里家族一直没什么特别的政治影响力。恺撒的父亲,也被称作盖乌斯·尤里乌斯·恺撒,统治着亚细亚(Asia)行省,恺撒的姑姑尤莉娅(Julia),嫁给共和国最杰出人物之一、元老院平民派领袖盖乌斯·马里乌斯(Gaius Marius,前157—前86)。恺撒的母亲奥蕾莉亚·科塔(Aurelia Cotta,前120—前54)家庭背景强大,其祖父卢修斯·奥雷利乌斯·科塔(Lucius Aurelius Cotta)曾于公元前144年任两执政官之一,其父亲于公元前119年,再次担任同一官职。

有关恺撒的童年记录极少,大致情形如下:同那个时代的罗马贵族儿童一样,7岁之前,受母亲教育的影响。7岁时,入读贵族学校。恺撒是个小学霸,脑子灵、思路活,总喜欢问各种问题,文学、历史、地理等科目的成绩门门拔尖儿。姑父马里乌斯是小恺撒心目中的英雄,他喜欢缠着舅舅讲出兵打仗的故事。在母亲的用心教育下,恺撒的学业日益精进,十几岁已写得一手好文章。恺撒酷爱古希腊文化,尤其是古希腊文学,除此之外,他喜欢体育运动,体魄强健,肌肉发达,精通骑马、剑术。15岁时,按罗马习俗,开始穿成人的白长袍。

公元前85年,恺撒父亲的突然去世使恺撒在16岁成为一家之主。成年以后,赶上姑父马里乌斯与强大的政敌、罗马将军卢修斯·柯尼利乌斯·苏拉(Lucius Cornelius Sulla,前138—前78)内战。双方不论何时占据权力优势,都对政敌进行血腥清除。当恺撒被提名为新的朱庇特神大祭司(Flamen Dialis)时,马里乌斯和他的盟友卢修斯·柯尼利乌斯·辛纳(Lucius Cornelius Cinna)控制着罗马,恺撒与辛纳的女儿科尼莉娅(Cornelia)结婚。这桩婚姻使恺撒在元老院中获得平民派成员的支持。

然而,随着苏拉取得内战胜利,恺撒与旧政权的联系使他成为新政权的目标,遗产、妻子陪嫁和祭司一职均被剥夺。但恺撒拒绝与妻子离婚,无奈之下躲藏起来。在妻子娘家人(包括苏拉的支持人和维斯塔贞女祭司长)的干预下,对恺撒的威胁解除。但苏拉不情愿放弃,据说他曾宣称在恺撒(地名)见过许多次马里乌斯。失去祭司职位使恺撒得以从军,因为身为"朱庇特神大祭司",不许碰马匹,不许在自己的床之外睡三晚,或在罗马之外睡一晚,也不许探访军队。

为确保自身安全，恺撒决定离开罗马，于公元前82年前往东方，在亚细亚的马库斯·米努修斯·瑟莫斯（Marcus Minucius Thermus）和西里西亚（Cilicia）的瑟维利乌斯·伊索里库斯（Servilius Isauricus）手下服兵役。前80年，随军前往米蒂利尼（Mytilene），因其在围城战中的英勇贡献，赢得了用橡树叶编织成的公民桂冠。后奉命前往比提尼亚（Bithynia）以确保尼科米德国王（King Nicomedes）的舰队援助罗马。任务圆满完成，恺撒在尼科米德的王宫待了很长时间，以至于传言说恺撒是同性恋，在很久之后恺撒作为统帅的一次凯旋仪式中，还有士兵称这位统帅是"所有女人的男人，所有男人的女人"。

前78年，苏拉去世，恺撒回到罗马。遗产被没收，缺乏经济来源，但他在罗马下层街区苏布拉（Subura）买了一栋简易房。他转向法律援助工作，凭充满激情的手势、激昂高亢的嗓音，以非凡的雄辩演讲，向因勒索和腐败而臭名昭著的前总督发起无情的起诉，由此名声在外。

前76年，恺撒再次前往东方。前75年，在罗德岛拜名师阿波罗尼乌斯（Apollonius）进修雄辩学。航行爱琴海途中，被齐利奇亚（Kilikya）海盗绑架、关押，遭勒索20"塔兰特"银币做赎金。恺撒嘲笑海盗赎金开价太低，因自己的身价至少值50银币。海盗欣然接受。在等待赎金的38天里，恺撒每天开心地与海盗同吃同住，饮酒作乐。一次酒后微醺，恺撒说迟早要将海盗们钉上十字架，遭海盗群嘲热讽。赎金到，海盗放了恺撒。恺撒很快组织一支舰队，杀回齐利奇亚，将海盗全部活捉，钉上十字架。据说为减轻他们钉十字架的痛苦，恺撒事先割断了海盗们的喉咙。

前74年，恺撒返回罗马，很快继承了舅舅的祭司职位。前72年，经选举担任罗马官制中最低级的军事保民官（military

tribune），迈出从政第一步。前70年，32岁的恺撒再次参与选举，顺利当选罗马官制中第一个正式官职，年满30岁以上方能竞选，任期一年，胜者自动获得元老院议员资格。前69年春夏之交，恺撒之妻科尼莉娅去世，葬礼过后，恺撒作为总督副手前往伊比利亚半岛（Hispania），担任财政主管。居所，某一天，恺撒在一处赫拉克勒斯神庙中见到亚历山大大帝的雕像，想到亚历山大在他这个年纪已将世界踩在脚下，而自己还一无所成，不由心生感慨，遂请求解除职务，于前67年回到罗马，后与苏拉的孙女庞培娅（Pompeia）结婚。六年后，因庞培娅卷入博纳德亚（Bona Dea）丑闻，恺撒以"恺撒之前不容怀疑"为由，与她离婚。

前65年，恺撒当选市政官（Aedile）。为取悦平民阶层，恺撒自掏腰包，举办最受罗马人欢迎的罗马赛马大赛。一年后，恺撒带着巨大的荣耀和破产的身家离任。前63年，恺撒竞选大祭司长，位列古罗马宗教四大祭司之首。尽管有两位强有力的元老院议员参与竞争，但是竞选者遭到受贿指控，恺撒最后轻松获选。同年稍后，获任执政官一职，管理伊比利亚半岛西部。

负债累累的恺撒不得不向罗马最有钱的人马库斯·李希尼乌斯·克拉苏（Marcus Licinius Crassus，前115—前53）将军求助。克拉苏支付了恺撒部分账务，并为其他人提供担保，以此换取恺撒在政治上支持他反对庞培的利益。在伊比利亚半岛，恺撒征服了当地两个部落卢西塔尼（Lusitani）和加拉埃西（Gallaeci），获得大量战利品，被军队誉为"大将军"（Imperator）。在罗马共和国，这是一种军事指挥官的荣誉头衔。当军队在战场大获全胜之后，军队拥戴指挥官为大将军，大将军可以此向元老院申请凯旋的仪式。但此时，选举日临近，恺撒正欲竞选罗马共和国执政官，他面临选择：要么戎装在身，在罗马城外等待举行凯旋仪式；要

《恺撒》戏剧第二幕第二场,恺撒和卡尔普尼亚(插画家 HC Selous)

么以公民身份进城,竞选执政官。恺撒选择后者,放弃凯旋仪式,以获取选举资格。

前60年,恺撒如愿当选共和国执政官。但这引起元老院贵族派的忌惮。恺撒抓住时机,使长期敌对的庞培和克拉苏言归于好,对他来说,他既需要庞培的声望,也需要克拉苏的金钱。由此,三人订立盟约,规定"国家每项措施均不得违反三人之一的意愿",史称"前三头同盟"。为巩固这一联盟,50岁的庞培娶了恺撒年仅14岁的独女尤利娅。恺撒也再次结婚,娶了另一位有权势的元老的女儿卡尔普尼亚(Calpurnia)。

恺撒提出一项将公共土地重新分配给穷人的法律——如有必要,可通过武力——这一提案得到庞培和克拉苏的支持,"三巨头"公开亮相。庞培在城里布满士兵,这个举动吓坏了政敌。在元老院会议上,与恺撒一起当选另一执政官的马库斯·卡尔普尔尼乌斯·比布鲁斯(Marcus Calpurnius Bibulus,前102—前48)试图宣布这是不祥之兆,从而使新法律无效,却被恺撒的支持者赶出元老院。随后,为保全性命,比布鲁斯宣布退出所有政治活动,躲在家中,偶尔通过信使向元老院发出"不祥之兆",直到任期结束。后来,罗马讽刺作家称这一年是"尤里乌斯和恺撒两位执政者任期之年"(the Consulship of Julius and Caesar)。

恺撒独揽大权。执政官任期结束,在政治同盟帮助下通过的《关于恺撒行省的瓦蒂尼法》(*Lex Vatinia de Provincia Caesaris*)使恺撒出任总督,管理(阿尔卑斯)山南高卢(Cisalpine Gaul,今意大利北部)和伊利里库姆(Illyricum,今巴尔干半岛亚得里亚海沿岸地区)五年,后又增加(阿尔卑斯)山北高卢(Transalpine Gaul),四个军团归恺撒指挥。

随后,恺撒发动高卢战争,这一战争持续了9年(前58—前

50年）。前56年春，罗马一度处于动荡之中，恺撒的政治同盟即将瓦解，三巨头召开"卢卡会议"（The Lucca Conference），更新了"前三头同盟"，将恺撒总督任期再延长五年。

前55年，恺撒击退两个日耳曼部落对高卢的入侵，随后在莱茵河上建造了一座桥，并在日耳曼领土上展示武力，然后返回，又拆除桥梁。同年夏，在征服另两个部落之后，恺撒挥师进攻不列颠。这两项战绩，使恺撒同时成为第一个跨过莱茵河进攻日耳曼人、第一个横渡英吉利海峡入侵不列颠的罗马人。9年高卢战争，恺撒夺取了约等于今天法国全境的整个高卢地区，把以比利牛斯山、阿尔卑斯山、赛文山、莱茵河和罗讷河为界，周长超过3000英里的地区，变成高卢行省。

恺撒在不列颠期间，他女儿、庞培之妻尤利娅死于难产。恺撒打算再把自己的曾侄女嫁给庞培，以重新获得庞培支持，遭拒。

前53年，克拉苏未经元老院批准，率军东征，入侵安息（Arsakides），与帕提亚帝国（Parthian Empire）进行卡莱战役（Battle of Carrhae）。克拉苏兵败身亡，大部分士兵阵亡、被俘。卡莱之战是持续近300年罗马—安息战争的第一场战役，也是古罗马军团最惨的败仗之一。

克拉苏之死直接导致"前三头同盟"瓦解，罗马瞬间处于内战边缘，危情之下，元老院任命庞培为唯一的执政官，并把恺撒政治对手的女儿嫁给庞培。

前50年，由庞培领导的元老院以恺撒高卢总督任期已满为由，命令恺撒遣散军队，返回罗马。恺撒致信元老院，表示希望延长总督任期。元老院拒绝，并发出最后忠告，如不立刻返回罗马，即宣布恺撒为国敌。

前49年1月10日，恺撒仅率一个军团——双子座13军团抵达国境线卢比孔河（Rubicon）。按罗马法律，没有元老院命令，任何指挥官不得率军过河，否则即叛国。恺撒率军渡河，渡河前说出一句传之后世的名言"Alea iacta est"（模具已造好）。庞培和元老院共和派议员大为震惊，许多议员对庞培新组建的军队缺乏信心，纷纷逃往南方。恺撒进入罗马，要求剩余的议员选举他为独裁官（Dictator）。

庞培逃出罗马。恺撒被任命为独裁官，马克·安东尼出任骑兵统帅（Master of Horse）。恺撒主持了自己第二执政官任期的选举，并于11天后辞去独裁官一职，在马克·安东尼的控制下，离开意大利，前往伊比利亚。经过惊人的27天徒步行军，恺撒率军击败庞培的副将，返回东部。前48年7月10日，在伊利里亚（Illyria），恺撒挑战庞培，在"迪尔哈奇乌姆之战"（the Battle of Dyrrhachium）中避免了一场灾难性惨败。8月9日，转战"法萨卢斯"（Pharsalus），恺撒击败庞培，一路追击，追到埃及。埃及国王托勒密十三世为讨好恺撒，好帮他除掉姐姐克里奥佩特拉，于是派人刺杀庞培，将人头献给恺撒。见庞培被杀，恺撒大怒，处死了刺客。

然而，恺撒很快卷入在托勒密十三世国王与既是姐姐，又是妻子，还兼共同摄政的克里奥佩特拉王后之间的埃及内战。起因是恺撒下令，要这位后来的"埃及艳后"与托勒密十三世共享王位。或许恺撒心里十分清楚，克里奥佩特拉想借助他的力量获取埃及王权，但对他来说，以权力获取美色，何乐不为！但前47年初，法老的军队围攻亚历山大，亚历山大战役爆发。待援军赶到，恺撒一举击溃国王的军队，托勒密十三世阵亡。遗憾的是，恺撒的士兵的炮火击中了亚历山大图书馆，60余万册书毁于一旦。

恺撒任命克里奥佩特拉与托勒密十四世共享埃及王位。克里奥佩特拉成了恺撒的情人和埃及最高统治者。前47年春，恺撒和克里奥佩特拉在尼罗河上举行凯旋游行庆祝胜利。随后，恺撒征讨破坏埃及与罗马之间协约的本都国王（the King of Pontus），灭了本都王国，恺撒致信元老院，只写了三个词："VENI VIDI VICI"（我来，我见，我征服）。

在经过一系列征服胜利之后，前46年，恺撒回到罗马，进行长达10天的凯旋仪式。恺撒被任命为独裁官，任期十年。

当恺撒仍在伊比利亚半岛征战时，元老院开始授予他荣誉。恺撒并未剥夺政敌的公权，而是几乎赦免了所有人，也没有公众对他表示强烈反对。前45年3月17日，恺撒率军在西班牙南部的蒙达（Munda）击败由庞培的两个儿子发动的叛乱，肃清庞培的残余势力。4月，为纪念恺撒蒙达战役的胜利，在罗马举行了盛大的游戏和庆祝活动。按普鲁塔克的说法，许多罗马人认为恺撒的胜利不值一提，因为在内战中失败的不是外国人，而是罗马同胞。9月，恺撒返回罗马之后，提交了一份遗嘱，立他的甥孙屋大维（后称奥古斯都·恺撒）为主要继承人，留下大片地产和包括自己名字在内的财产。遗嘱中，还为罗马公民留下一大笔丰厚礼物。

元老院允准恺撒举行凯旋仪式，表面上是为其征服高卢、埃及、法纳西斯王国（Pharnaces）和朱巴王国（Juba）的胜利，并非为战胜了罗马的政敌。当埃及前女王、阿尔西诺伊四世（Arsinoe Ⅳ，前68—前41）戴着镣铐游街时，观者盛赞其仪态雍容，令人悲悯。凯旋游戏包括狩猎400头狮子和角斗士比武，一场海战在战神马尔斯运动场（the Field of Mars）一处洪水泛滥的盆地上举行。在大竞技场（Circus Maximus），战俘被分成两队——每队200人，200匹马，20头大象——直至战死。有些观者再次抱怨，这是恺撒式的挥霍无度。一场暴乱发生，最后以恺撒将两名暴徒交给祭司们在马尔斯运动场献祭，才告停止。

在前49年恺撒率第13军团渡过卢比孔河到前44年被暗杀的5年间，恺撒制定了一部新宪法，旨在分别实现三个目标：第一，镇压各行省所有武装抵抗，恢复共和国秩序；第二，在罗马建立强大的中央政府；第三，把所有行省结成一个凝聚的群体。第一个目标，在他肃清庞培残余之时，已经实现。为实现后两个目标，他必须通过增加自己的权威确保对政府的控制。随之，他颁布了一系列要解决长期被忽视的问题的改革措施，其中最重要一项是改革罗马历。旧罗马历，基于月亮的运行来调节，改革将以基于太阳的埃及历取而代之，此举有利于农民的季节性耕种。新历通过在每四年的2月底增加一个闰日，将一年的长度设置为356.25天。为使日历与季节保持一致，恺撒下令在前46年增加三个月（2月底的普通闰月和11月之后的两个月），新历自前45年1月1日开始。此即"儒略历"（尤里乌斯日历），与现在西方通行的日历几乎相同。

恺撒下令进行多项改革：进行人口普查，以此迫使减少粮食救济金；规定陪审员只能来自议员和骑士团阶层；限制购买奢侈品；奖励多生子女；除那些古老的基金会，取缔职业公会，因其中许多都是破坏性的政治俱乐部；通过一项适用于总督的任期限制法；通过一项债务重组法；计划给15000名退伍军人分配土地；等等。

可用于公共讨论的恺撒广场（the Forum of Caesar），及与之配套的维纳斯母亲神庙（Temple of Venus Genetrix）建了起来。若非遇刺，恺撒还将下令建造一座前所未有的马尔斯神庙、一座巨型剧场、一座与亚历山大图书馆规模相当的图书馆。除此之外，恺撒还有一些未竟之梦：他想把奥斯蒂亚（Ostia）变为主港口；想在柯林斯地峡开凿一条运河；想在军事上征服达契亚王国（Dacia）和帕提亚王国（Parthia）。

恺撒遇刺前不久，元老院为对他表示敬意，将他指定为终身监察官（censor）、独裁官和"祖国之父"（Father of the Fatherland），并将古罗马历的"昆蒂利斯"（Quintilis）月改为"七月"（July）。除此之外，他还被授予更进一步荣誉，这些可在以后用于证明遭暗杀的是一位"未来的神圣君王"（would-be divine monarch）：带有恺撒像的钱币开始铸造；他的雕像与历代国王像并列；获准在元老院安放一把黄金座椅，可随时身穿凯旋服，并可享受一种半官方或大众崇拜的形式，由马克·安东尼出任大祭司。

前44年，为雪前53年克拉苏兵败卡莱之耻，为拯救此战被俘的罗马士兵，恺撒宣布将远征帕提亚。但按占卜官的说法，"唯王者方可征服帕提亚"，引起元老院共和派议员的担忧，认定恺撒必自封为王。2月，在一次庆典中，执政官安东尼将一月桂花环献给恺撒，称呼恺撒为王。尽管恺撒婉拒桂冠，但这加剧了反恺撒派的恐惧，于是密谋除掉恺撒。

恺撒将于3月15日出席元老院会议。头天晚上，马克·安东尼从一名叫塞维利乌斯·卡斯卡（Servilius Casca）的惊恐的解放者嘴里，模糊地获知这一阴谋，担心最糟的情况发生，打算阻止恺撒。但密谋者们已有预料，担心安东尼帮助恺撒，特委派特瑞博尼乌斯预先在庞培剧场的门廊拦住他。安东尼听到元老院会议厅发生骚乱，溜之大吉。

罗马帝国时代的希腊作家、哲学家、史学家普鲁塔克（Plutarch，46—120）在其《希腊罗马名人传》里，将阻拦安东尼任务派给了布鲁图斯·阿尔比努斯（Brutus Albinus）。按普鲁塔克所说，恺撒到元老院时，图利乌斯·泽姆贝尔（Tillius Cimber）向他提交一份请愿书，要求召回自己被流放的兄弟。同谋者围过来表示支持。与普鲁塔克同时代的另一位罗马历史学家苏维托尼乌斯（Suetonius，69—122）在其《罗马十二帝王传》（又名《十二恺撒传》）（The Twelve Caesars）中，对此做了同样描述：恺撒此时挥手叫众人离开。但泽姆贝尔抓住恺撒的肩膀，拉下他的外衣。恺撒对泽姆贝尔喊道："为什么，这是暴力！"（Ista quidem vis est!）卡斯卡掏出匕首，瞥了一眼这位独裁官的脖颈。恺撒速转身，一把抓住卡斯卡的手，说："卡斯卡，你这恶棍，你在做什么？"卡斯卡吓坏了，高喊："救命，兄弟！"随即，布鲁图斯在内的一群人向恺撒发起攻击。恺撒想逃跑，但鲜血模糊了双眼，他被绊倒在地。他毫无防备地倒在门廊较低的台阶上，这群人继续刺他。据4世纪的罗马帝国晚期史学家尤特罗庇乌斯（Eutropius）称，大约有60人参与刺杀，恺撒身中23刀。

恺撒死后，阴谋者们本想把他的尸体丢进台伯河，却因忌惮执政官马克·安东尼和骑兵统帅勒比多斯，没敢这样做。

恺撒的遗体被火化。火葬仪式在古罗马广场（Roman Forum）主广场东面举行，这里聚集起一群人。马克·安东尼发表葬礼演讲。早在恺撒征服高卢之前，他便在罗马中下层民众中广受欢迎，民众对一小群贵族杀死他们拥戴之人十分愤怒。听完安东尼的演讲，他们开始往火葬恺撒的柴堆上投放干树枝、家具，甚至衣物，导致火势失控，烧毁了广场和临近的一些建筑。随后，暴民攻击了布鲁图斯和卡西乌斯的住宅，尽管被艰难击退，但这无疑是内战的火花。恺撒葬礼之后不久，罗马广场竖起一尊真人大小的恺撒雕像，将身上被刺的23处伤口展示出来。几年之后，此处建起恺撒神庙。如今仅存祭坛。

参与谋杀的刺客们没人料到，恺撒之死促成罗马共和国的终结。每个刺客，无一人在恺撒死后活过三年，所有人均被判刑，并以不同方式死于非命：有的死于海难；有的死于屋大维和其他恺撒手下发动的战争；有的用刺死恺撒的同一把匕首或短剑自杀。

前43年11月27日，由安东尼、屋大维和恺撒的骑兵统帅勒比多斯组成"后三头同盟"。

在恺撒死后的混乱中，马克·安东尼和屋大维与布鲁图斯和卡西乌斯之间，安东尼与屋大维之间，爆发过两场决定未来罗马帝国命运的大决战。

第一场大决战发生在前42年马其顿王国的腓利比城以西，史称"腓利比之战"（Battle of Phillippi），对阵双方，一方是马克·安东尼和屋大维统帅的19个罗马军团及33000骑兵的"安、屋联军"，一方是布鲁图斯和卡西乌斯招募的由17个罗马军团及17000骑兵组成的共和派军队。最终，"安、屋联军"大获全胜，布鲁图斯和卡西乌斯双双自杀。从此，共和派退出罗马政治舞台。

此后，安东尼与恺撒的情人克里奥佩特拉结盟，试图以富庶的埃及为基地，称霸罗马，这直接导致前31年9月2日发生在安东尼与屋大维之间的第二场大决战，史称"阿克提姆海战"（Battle of Actium）。海战地点位于希腊西海岸，对阵双方，一方是罗马统帅阿格里帕（Agrippa）所率400艘战船，一方是安东尼所率500艘战船。最后，安东尼的舰队几乎全军覆灭，"安、奥联军"失败。奇怪的是，海战过程中，恰在安东尼舰队受挫之时，克里奥佩特拉乘船离开战场，驶回埃及。前30年，屋大维进攻埃及，包围亚历山大。安东尼见大势已去，拔剑自刎。克里奥佩特拉万念俱灰，相传她命忠诚的侍女把一条叫"阿普斯"的毒蛇装在无花果的篮子里送到她面前，她抓起小蛇放到胸部，中毒身亡。

同年，元老院任命屋大维为"终身保民官"。前29年，获"罗马皇帝"（Imerator）称号，前28年，元老院赐封其为"奥古斯都"（意即"神圣伟大"）。

历史的神奇之处在于，恰是恺撒之死使恺撒成了罗马帝国的奠基者，被一些史学家视为罗马帝国的无冕之王，甚至有史学家称其为罗马帝国第一位皇帝，以其就任终身独裁官的日子，定为罗马帝国诞生日。此即为"恺撒大帝"称谓之由来。恺撒死后，屋大维是第一位以"恺撒"作为皇帝称号的罗马皇帝。及至后来，德意志帝国和俄罗斯帝国君主，均以"恺撒"作为皇帝称号。

恺撒是历史上第一位被正式神化的罗马人。前42年1月1日，罗马元老院颁布法令，为他追授一个头衔"神圣的尤里乌斯"（拉丁文为"Divus Lulius"，英文为"the Divine / Deified Julius"）。在为纪念他这一荣耀举行的赛会中，一个彗星的出现被视为这一神性的明证。尽管恺撒神庙直到恺撒死后才落成，但显然，恺撒在生前既已获得神圣的荣誉：如前所说，在恺撒遇刺前不久，安东尼被指定为恺撒的祭司。马克·安东尼和屋大维都促进了"神圣的尤里乌斯"崇拜。恺撒死后，身为恺撒养子的屋大维获享"神之子"（拉丁文为"Divi Filius"，英文为"Son of the Divine"）的称号。

2. 从原型故事到戏剧人物

（1）普鲁塔克与莎士比亚的"罗马剧"

在莎士比亚编创《恺撒》之前，恺撒的形象不止一次在英国戏剧舞台上出现过。衣料商兼日记作者亨利·马奇恩（Henry Machyn，1496—1563）曾在其一篇真实性似乎值得怀疑的日记中，提及"1562年2月1日晚"上演过一部关于尤里乌斯·恺撒的戏。若这条记载属实，这意味着，莎士比亚在1564年于英格兰中部沃里克郡斯特拉福德镇出生前两年,恺撒戏已在伦敦上演。

除此之外,另有三条记录。英国讽刺作家斯蒂芬·格桑(Stephen Gosson,1554—1624)曾在其1579年10月刊行的小册子《诲淫学校的简短道歉》(*A Short Apologie of the Schoole of Abuse*)中,提到关于恺撒与庞培的戏。

英国教士、曾任牛津大学伍斯特学院(Worcester)院长的理查·艾德思(Richard Eedes,1555—1604),写过一部拉丁文悲剧《恺撒被杀》(*Caesar Interfectus*),1582年在牛津基督教堂学院(Christ Church)上演。

伊丽莎白时代伦敦著名的剧场承包商兼经理人菲利普·亨斯洛(Philip Henslowe,1550—1616),在其因记载那个时代伦敦整体戏剧情形而闻名的《亨斯洛日记》中透露,其所属"海军上将剧团"曾上演过分成上、下两部的恺撒戏。

也许,莎士比亚看过这部戏。也许,他在《哈姆雷特》中提及的就是这部戏。《哈姆雷特》第三幕第二场,哈姆雷特问波洛涅斯:"您说过读大学的时候演过戏吧?"波洛涅斯答:"是的,殿下,还有人说我是个好演员。"哈姆雷特问:"您演的什么角色?"波洛涅斯答:"我扮演尤利乌斯·恺撒,最后被布鲁图斯在元老院杀死。"由此,可进一步假设,也许,在这部戏里,恺撒遇刺事件发生在"元老院"(Capitol)。《哈姆雷特》于1602年首演,但莎士比亚在1599年编《恺撒》时,他把恺撒遇刺这场戏,改在临近元老院的庞培剧场外的"庞培廊"(Pompey's porch)。

诚然,改旧戏、编新戏,从来是天才编剧莎士比亚的拿手好戏。简单一句话,莎士比亚的戏剧生涯就是在乐此不疲地改编各种素材来源(原型故事)中度过的。《恺撒》戏当然也不例外。

事实上,一方面,恺撒的故事早已广为人知;另一方面,对英国人来说，或许1579年是恺撒进入大众视野一个重要的时间节点。这一年，由英国治安法官、翻译家托马斯·诺斯爵士（Thomas North，1535—1601）从法文转译的，罗马帝国时代的希腊作家、哲学家、史学家普鲁塔克（Plutarch，46—120）希腊文原著《比较列传》在英国出版。该书希腊文原名 οἱ βίοι παράλληλοι，英文通称 Parallel Lives（《比较列传》）或 Plutarch's Lives（《普鲁塔克名人传》），全称 Lives of the Most Noble Grecians and Romanes，汉译《希腊罗马名人传》或《希腊罗马英豪列传》。

诺斯爵士何以要翻译这部"列传"？英国当代莎学家乔纳森·贝特（Jonathan Bate）在为其所编"皇家莎士比亚剧团版"《莎士比亚全集》（简称"皇莎版"）之《尤里乌斯·恺撒的悲剧》所写导论中，开篇指出："伊丽莎白女王（Queen Elizabeth）的内阁大臣弗朗西斯·沃尔辛厄姆（Francis Walsingham，1532—1590）建议研究历史要着眼于当代应用：'阅读历史，你主要为了标记重大事情如何在那一时期的政府中通过，由此，你要把这些应用到当下国务之中，并看其如何适用我们的时代。'托马斯·诺斯爵士正是以这种精神，译出了普鲁塔克的《希腊罗马名人传》，书中所述导致尤里乌斯·恺撒、布鲁图斯、马库斯·安东尼斯（马克·安东尼）与他所爱的克里奥佩特拉（Cleopatra），以及盖乌斯·马蒂乌斯·科里奥兰纳斯（Caius Martius Coriolanus）之死的事件，是莎士比亚编剧的主要来源。《尤里乌斯·恺撒的悲剧》于1599年在环球剧场上演，这是莎士比亚紧随普鲁塔克，探索罗马历史变迁关键时刻的三部戏中的头一部。"[1]

1.［英］莎士比亚：《尤里乌斯·恺撒的悲剧》，乔纳森·贝特、埃里克·拉斯马森编，外语教学与研究出版社2008年版，第1801页。

其实，这一点早已明确，莎士比亚所编四部"罗马剧"(《尤里乌斯·恺撒》《安东尼与克里奥佩特拉》《科里奥兰纳斯》《雅典的泰蒙》)皆出自同一，也几乎是唯一的源头——普鲁塔克的《希腊罗马名人传》。换言之，托马斯·诺斯英译本《普鲁塔克名人传》，是莎士比亚四部"罗马剧"的源头活水。因为并没有资料显示，莎士比亚从苏维托尼乌斯的《罗马十二帝王传》中借了什么材料，若戏言之，则可说，普鲁塔克是莎士比亚欠下巨债的几位"大债主"之一，是其"罗马剧"的唯一债主。

梁实秋在其所写《〈朱利阿斯·西撒〉序》中，对莎剧《恺撒》的"故事源头"做过简略梳理，摘引如下：

"普鲁塔克生于纪元46年。书里包括46篇希腊罗马名人合传，大部分于篇末附简短之比较评论的文字。这些传记不是正式传记的体裁，常常缺乏正确的时间、地点与事实的记载，只好算是传记的或心理的研究。普鲁塔克假设读者早已知悉大部分的史实，他所致力的是人物描写。所以他搜集名言轶事，他认为一个人的真实性格往往在琐碎的言行中表现出来，比轰轰烈烈的攻城略地的大事更能表现得清楚。这样的传记正合于戏剧家的要求，因为传记本身注重人物性格描写，已经有了浓厚的戏剧意味。莎士比亚从普鲁塔克取得题材，有时甚至逐字逐句地袭取了普鲁塔克。

莎士比亚利用了普鲁塔克，但是他更进一步把故事编排得更紧凑生动，剧中最伟大的一景，安东尼发表演说煽动群众暴动的一景，可以说是莎士比亚的匠心独运。把布鲁图斯写成一个斯多葛派哲学家，把卡西乌斯写成一个伊壁鸠鲁派哲学家，这也是有趣而独创的写法。为了戏剧的需要，莎士比亚把恺撒于纪元45年9月凯旋罗马至两年后第二次腓利比战役之间的史实大为简化。历史人物的戏剧，其中的主人翁通常总是在第五幕死去而结束全剧，

《恺撒》戏剧第二幕第一场,布鲁图斯(插画家 HC Selous)

但是莎氏此剧至第三幕而恺撒被刺,此后两幕虽云有恺撒的精神笼罩,就是以布鲁图斯等的覆亡为主题,这也是莎士比亚融会普鲁塔克几篇传记的结果。伊丽莎白时代的观众对于政治是有兴趣的,对于罗马的政潮起伏的经过尤其感兴趣。莎士比亚所编排的《尤里乌斯·恺撒》正适合当时观众的要求。"[1]

由梁实秋所言,可归纳两点:第一,莎士比亚编排《恺撒》,出于"三为":迎合观众,给剧团创收,为自己挣钱;第二,为写快戏,从普鲁塔克顺手取材,甚至"逐字逐句地袭取"。这正是莎士比亚编戏之诀窍,全部莎剧,无一例外。

(2) 普鲁塔克《名人传》[2]与莎剧《恺撒》之异同

普鲁塔克是希腊人,原名卢修斯·马斯特里乌斯·普鲁塔克斯（Lucius Mestrius Plutarchus, 46—120）,普鲁塔克（Plutarch）这一常用名源于英译。生于古希腊中部城邦贝奥蒂亚（Boeotia）小镇齐罗尼亚（Chaeronea）,用他自己的话说:"我始终住在一个小镇,希望继续留在那里,如果连我都搬走,岂不是显得它更为微不足道。"在他生活的时代,希腊早已成为罗马帝国一个行省,写作的时间正是涅尔瓦（Nerva, 30—98）、图拉真（Trajan, 53—117）和哈德良（Hadrian, 76—138）三位古罗马皇帝在位的30余年间,但他一直坚持用希腊文写作,声称毫无闲暇学习罗马语言,直到暮年才开始阅读拉丁文书籍。

关于写作《名人传》的初衷,诚如中文译者席代岳在译序中

---

1. [英]莎士比亚:《莎士比亚全集》（第八卷）,梁实秋译,中国广播电视出版社1995年版,第107—108页。引文中人名按今之通译。
2. 此节所述,参见席代岳译普鲁塔克著《希腊罗马英豪列传》之译序及所译章节,安徽人民出版社2012年版。

所言："普鲁塔克身为希腊民族最优秀的分子，自幼接受哲学的熏陶，唯恐希腊昔日的光辉在衰亡过程之中，成为明日黄花。他相信一个伟大民族经历考验，必然留下令后人景仰不已的丰功伟业，古代英雄豪杰的勇气、智慧、刚毅和仁慈所留下的事迹，不能让它就此湮灭无踪，基于这个动机才有这部书的写作。"美国作家拉尔夫·爱默生（Ralph Emersom）称这部《名人传》为"英雄的圣经"。

"圣经"如何写呢？简言之，以传书史。普鲁塔克在《名人传》首篇《忒修斯》中明确提出："所幸我生长在这块文明辐辏的土地，能够站在人类历史的立足点，掌握真正可以接触到的资料，要对希腊和罗马的英雄豪杰，就他们的平生加以记载和评述。还可以更进一步的说明：'我要不这样努力去做，那么以后除了传奇和神话，其余的史实都无法留存下来。每个市民都以大诗人和寓言家自居，他们的叙述完全不值得采信，都是一些无中生有的传闻。'"然而，普鲁塔克又在《名人传》第17篇《亚历山大》中刻意强调："亚历山大和恺撒这两位显赫的人物可供颂扬的伟大事迹实在无法胜数，只能将他们一生当中最为人津津乐道的传闻逸事概约加以描绘，无法对每一项傲世惊人的丰功伟业都做详细的记载。大家应该记得我是在撰写传记而非历史。我们从那些最为冠冕堂皇的事功之中，并不一定能够极其清晰看出人们的美德或恶行，有时候一件微不足道的琐事，仅是一种表情或一句笑谈，比起最著名的围攻、最伟大的军备和最惨烈的战争，使我们更能深入了解一个人的风格和习性。如同一位人像画家进行细部的绘制，特别要捕捉最能表现性格的面容和眼神，对于身体其他的部位无须刻意讲求。因之要请各位容许我就人们在心理的迹象和灵魂的征兆方面多予着墨，用来追忆他们的平生，把光荣的政绩和彪炳的战功留给其他作家去撰写。"

　　这两段话似乎有点自相矛盾,在头一段话里,普鲁塔克意在说明,为避免仅留存"一些无中生有的""传奇和神话",他要努力留下"史实";在后一段里,他又旨在表明,他写的是"传记而非历史"。事实上,他对"传"与"史"之间的暧昧关系,心知肚明,恰如他在《名人传》第5篇《伯里克利》中所言:"历史的著作要想每一件事务都能辨明真伪是非常困难的工作,一方面是因为后世的史家被漫长的时间遮断他们的目光;另一方面是有关行谊和事迹的当代记载,出于嫉妒或恶意或是包庇和奉承,总是扭曲事实的真相。"

　　历史从来如此!对此,希腊人和罗马人何尝不该负些责任?正如席代岳在译序中指出的:"希腊人和罗马人都将历史看成文艺的一个分支,所以他们的著述不在于历史的观点和法则,完全采用文学的表达方式或戏剧的表演手法,甚至像是西塞罗(Cicero,前106—前43)这样的大学者,将历史纳入修辞学的范畴,他曾经明确指陈:'修辞学家有权校订和改变历史的事实,进而达到更佳的叙述效果。'即使像是李维(Titus Livius,前59—17)和塔西佗(Tacitus,56—117)这些史学家,并不认为要忠于史实做客观的描绘,第一手或目击的资料对他们而言可有可无,文学表达的成效较之内容的正确与否更为重要。"由此,席代岳特别提到,这部《名人传》在"传记有关纪年"上存在问题:"我个人认为普鲁塔克这本著作,最大的缺失在于没有明确指出事件发生的年代。"

　　这样的"缺失"对于最擅长"戏剧的表演手法"的莎士比亚来说,正求之不得!何况如席代岳所言:"列传之中不断出现逸闻轶事和流传的八卦消息,作者经常脱离主题,描述不实的传闻和无中生有的故事。"同时,"普鲁塔克相信神谶、征兆、托梦和显灵，经常发生占卜的结局会影响到会战的行动"。八卦、轶事、传闻、故事、神谶、征兆、托梦、显灵，等等，都是滋润莎士比亚戏剧生命的天然养料，对这些能让莎剧热闹好看的戏剧元素，莎士比亚顺手拿来就用，毫不客气。以下将莎剧《恺撒》如何从普鲁塔克《名人传》中移花接木，做一梳理。

第一，普鲁塔克在其《名人传》中，花68节篇幅写《恺撒》、53节篇幅写《布鲁图斯》、87节篇幅写《马克·安东尼》。

莎剧《恺撒》篇幅不长，虽写了五幕戏，但恺撒在第三幕第一场开场不久便被杀死。之后，第四幕第三场，在腓利比决战前不久，恺撒的幽灵在布鲁图斯营帐里出现。可以说，这部戏名为"恺撒"，实则只写了恺撒之死。由取材更可看出，莎士比亚从恺撒消灭庞培的两个儿子、肃清所有庞培余部"凯旋"罗马开始编戏，剧情主要取自《名人传》中的《安东尼》第11—22节、以及《布鲁图斯》中不长的篇幅。

第二，莎剧《恺撒》从恺撒生平最后一次"凯旋"罗马开场，这处细节无疑源自普鲁塔克《恺撒》第56节这段描述："这是恺撒所打的最后一场战争，为了庆祝胜利举行的凯旋仪式，使得罗马人相当不悦，因为不是击败外国的将领或蛮族的国王，只是绝灭一个何其不幸的罗马伟大人物的子女和家属。这样一来，他等于拿凯旋仪式来庆祝自己国家的灾难，他对自己所发起的战争，除了确有所需之外，没有任何言辞可以向神明或人民辩解，还要为血腥的成果而兴高采烈，实在说不过去。"[1]

在莎剧中，莎士比亚让穆雷利乌斯把心中的这股怒火，向一

---

[1] ［古希腊］普鲁塔克：《希腊罗马英豪列传》，席代岳译，安徽人民出版社2012年版，第6卷，第306页。

些准备观看凯旋仪式的平民发泄:"凭什么庆祝?他带了什么胜利回国?哪国的进贡者[1]随他回了罗马,在牢笼囚车[2]里,为他装点战车的车轮?你们这些木块,你们这堆石头,比没知觉的东西更糟!啊,你们这帮硬心肠,你们这群残忍的罗马人,你们不记得庞培[3]了?……现在,你们自己把今天定为节日?现在,你们为战胜庞培的骨肉血亲[4]胜利归来的那个人,沿途撒花?走开!跑回自己家,双膝下跪,祈祷众神,停止势必降在这一忘恩负义之上的瘟疫[5]。"这是为恺撒遇刺埋下的伏笔。

第三,在历史上,恺撒这次返回罗马发生在前45年9月,但在剧中,莎士比亚把这次凯旋设定在6个月之后的前44年罗马"卢帕克节"(Lupercal,"牧神节"2月15日)这一天。也正是在这一天,元老院和市民大会通过提案,任命恺撒为"终身独裁官",剧中对此却只字未提。

从第二幕第二场开场舞台提示中的"马克·安东尼预备奔跑[6]"及整个这场戏的剧情发展来看,莎士比亚的灵感来自《名人传·

---

1. 进贡者(tributaries):历史上专指战败后附庸国的国王、诸侯等人。
2. 每当罗马大军胜利归来,战俘均被监禁在木笼囚车里,以宣示胜利。此句原文为"What tributaries follow him to Rome, / To grace in captive bonds his chariot wheels?"朱生豪译为"他的战车后面紧缚着几个纳土称臣的俘囚君长?"梁实秋译为"可有什么俘虏系在他的战车上跟随他到罗马来?"
3. 庞培(Pompey):公元前48年8月9日,古罗马内战中决定性的战役"法萨卢斯之战"(Battle of Pharsalus)爆发,最后,恺撒战胜"伟大的庞培"(Pompey the Great)。庞培逃往埃及后,遭谋杀。
4. 庞培的骨肉血亲(Pompey's blood):在此主要指被恺撒击败的庞培的两个儿子。
5. 此句原文为"Pray to the gods to intermit the plague / That needs must light on this ingratitude."朱生豪译为"祈祷神明饶恕你们的忘恩负义吧,否则上天的灾祸一定要降在你们头上了。"梁实秋译为"祷告神明把惩罚忘恩负义而无可避免的一场瘟疫给停止吧。"
6. 预备奔跑(for the course):意即安东尼仅身裹一山羊皮,准备在牧神节挥舞羊皮鞭绕山奔跑。

布鲁图斯》第9、10两节和《名人传·安东尼》第12、13两节。

普鲁塔克在《布鲁图斯》中描述："卡西乌斯就是这种天不怕地不怕的脾气。布鲁图斯之所以会振作精神采取行动，那是受到知心朋友的劝说和鼓舞，还有就是不认识的市民所写的信件和说贴。他的祖先布鲁图斯是推翻王权统治的英雄人物，有心人就在古老的雕像上面写着嘲讽的字句：'啊！我们的布鲁图斯现在在哪里！'以及'啊！布鲁图斯还活在世上！'布鲁图斯是法务岗，在他的法庭里面，每天早晨都发现留言，像是'布鲁图斯，你还在睡觉'以及'你是冒牌的布鲁图斯'。……卡西乌斯要求朋友参加反对恺撒的阴谋组织，大家接受的条件是要布鲁图斯出面领导。……卡西乌斯反复思考有关的问题，决定前去拜访布鲁图斯，……他就问布鲁图斯是否会在3月的望日出席元老院的会议，据流传的消息，说是恺撒的朋友打算在那天提出动议，要让恺撒登上国王的宝座。……布鲁图斯回答道：'我的职责不再是维护社会的安宁，应该勇敢站起来，为了国家的自由权利不惜牺牲自己的性命。'卡西乌斯听了非常感动，说道：'怎么会有罗马人舍得让你去死？……只要你明确表示不会辜负他们的托付，他们已经准备好愿意为你忍受所有的痛苦。'这番话说服了布鲁图斯，两个人拥抱在一起，从此以后，开始对他们的朋友进行试探的工作。"[1]

不难发现，莎士比亚由以上描述写出卡西乌斯与布鲁图斯会面、以期结成政治同盟反对恺撒称王这场戏。在剧中，为怂恿布鲁图斯出面，卡西乌斯刻意提起"他的祖先布鲁图斯"："布鲁图斯和恺撒，'恺撒'那名字算什么？凭什么这名字该比您的名字更

---

1. ［古希腊］普鲁塔克：《希腊罗马英豪列传》，席代岳译，安徽人民出版社2012年版，第8卷，第215—217页。

为传扬？把它们写一起，您的名字同样好看。听起来，同样顺嘴。称一称，分量一样。……啊！您和我都听父辈说过，从前有位布鲁图斯[1]，本来能容忍那坏透了的魔鬼[2]保住在罗马的王位，这像容忍一位国王那么容易[3]。"不过，在这场戏最后，莎士比亚把卡西乌斯写成彻头彻尾的阴谋家："今晚我要把不同笔体的字条扔他窗子里，那些字条好像出自多位公民之手，写的全是罗马对他的名望持有极高赞誉——将恺撒的野心藏在字里行间。"

莎士比亚懂得如何制造舞台效果，他让因恺撒三次拒绝"有人献给他一顶桂冠"引起的罗马市民一阵一阵的"全体欢呼"，来刺激卡西乌斯、布鲁图斯和卡斯卡三人。以下节选卡斯卡与布鲁图斯二人对话：

卡斯卡　　哎呀，有人献给他一顶桂冠[4]，献上去的时候，他用手背，推开了，就这样[5]，随后民众一阵欢呼。

1.布鲁图斯：即卢修斯·朱尼厄斯·布鲁图斯（Lucius Junius Brutus）。公元前六世纪，罗马王国第七任国王卢修斯·塔克文·苏佩布（Lucius Tarquinius Superbus，公元前535—前496）当朝期间，其子塞克图斯·塔克文（Sextus Tarquinius）作恶多端，带亲信进入罗马城内贞洁少妇卢克蕾提娅（Lucretia）的家，将其强奸。之后，卢克蕾提娅来到中心广场，将塔克文的暴行公之于众，割喉自杀。罗马震惊。布鲁图斯率领民众将塔克文（Tarquins）家族逐出罗马。公元前509年，布鲁图斯成为罗马共和国第一任执政官，是罗马共和党的缔造者，罗马政体从此改为"执政官和元老院体制"。
2.坏透了的魔鬼（eternal devil）：可能指因强奸卢克蕾提娅激起民怨的塞克图斯·塔克文。
3.原文为"There was a Brutus that would have brooked / Th'eternal devil to keep his state in Rome / As easily as a king."朱生豪译为"从前罗马有一个勃鲁托斯，不愿让他的国家被一个君主所统治，正像他不愿让它被永劫的恶魔统治一样。"梁实秋译为"当年有过一位布鲁特斯，他宁可容忍恶魔在罗马称孤道寡，也不愿有人来作皇帝。"傅浩译为"从前有位布鲁图本可以像国王那样 / 轻而易举在罗马坐朝廷，只要他 / 容忍那永恒的魔鬼。"
4.桂冠（crown）：月桂树枝编织的冠冕，王权的象征。
5.此处没有舞台提示，应是卡斯卡边说边做手背推开的手势。

布鲁图斯	第二阵声音为的什么？
卡斯卡	哎呀，也为这个。
布鲁图斯	他们喊了三回，最后一次为什么喊？
卡斯卡	哎呀，还为这个。
布鲁图斯	桂冠献了三次？
卡斯卡	对，真的，献了三回，他推开三次，一次比一次谦恭。每推开一次，我那些诚实的朋友就一阵喊。
布鲁图斯	谁给他献的桂冠？
卡斯卡	哎呀，安东尼。

此处安东尼向恺撒三献月桂花环的剧情，来自普鲁塔克的《安东尼》："恺撒从西班牙班师返朝，罗马所有的政要都要走好几天的路程前去欢迎，安东尼在其中是最受他礼遇的人，恺撒让安东尼和他共乘一辆车，全程都是如此。……安东尼无意中提供遂行阴谋最好的借口，使得叛徒师出有名。恺撒穿着举行凯旋仪式的盛装，坐在罗马广场的讲坛上面，观看正在进行的各种活动。许多年轻的贵族和官员，赤裸上身涂着油膏，手里拿着一条皮鞭，按照习俗到处奔跑遇到人就轻轻抽打。安东尼参加这项活动，他没有遵照传统的方式去做，却用月桂叶编成一顶冠冕，然后跑到讲坛的前面，旁边的人把他高举起来，要将那顶冠冕戴在恺撒头上，好像借着象征的方式册封恺撒为国王。恺撒装模作样表示拒绝向旁边让了一下，避开戴上那顶王冠，这时民众便高声向他喝彩。安东尼再度把王冠往他头上戴，他还是加以婉拒。他们两人你来我往的互动又继续一些时候。安东尼虽然努力献上王冠，只受到少数朋友在那里鼓掌捧场，恺撒拒绝接受册封的形式，却受

到民众普遍的高声欢呼。……恺撒对当时所发生的事感到窘惑不堪,就从座位上站起来,将长袍向下拉,把颈部裸露出来,然后对大家说道,要是他怀着称王登基的念头,任何人都可以对他施以致命的一击,血溅五步。"[1]

从莎剧《恺撒》中的相关剧情来看,莎士比亚做了简化处理,他没在舞台提示中标明安东尼与恺撒同乘一辆车;没直接呈现安东尼向恺撒献桂冠的场景;更没让恺撒说出"血溅五步"拒绝称王的豪言,他只是让恺撒对继承人问题表现出一些焦虑,他先叮嘱老婆卡普妮亚,等赤裸上身、手拿皮鞭的安东尼跑起来,一定"要面朝他站好",随后接着叮嘱安东尼,跑起来别忘了"碰一下卡普妮业"[2]。听长辈们说,在这神圣的奔跑中,不孕女被碰到,就能甩掉不育的"诅咒"。显然,这个剧情细节直接"袭取"普鲁塔克:"许多年轻的贵族和官员,脱去上衣光着膀子,在城市里面跑来跑去,用皮鞭轻轻抽打他们遇到的人,当成一种游戏。许多妇女甚至那些贵妇人,都故意站在道路中间,像是被老师责罚的学童一样,伸出手接受鞭打,据说经过这种仪式以后,怀胎的妇女可以顺利生产,尚未生育的妇女很快受孕。"[3]

第四,普鲁塔克在他的《恺撒》传里写道:"有位预言家要他当心3月望日那个危险的日子;到了那一天,恺撒在前往元老院的途中遇到那位预言家,就用嘲笑的口吻对他说:'3月望日已经到了。'预言家平静地回答道:'不错,这一天是到了,可是还没有

---

1. [古希腊] 普鲁塔克:《希腊罗马英豪列传》,席代岳译,安徽人民出版社2012年版,第8卷,第73—75页。
2. 按牧神节传说,恺撒希望安东尼绕山奔跑时,用鞭子碰一下卡普妮亚,让她尽快怀孕生子。
3. [古希腊] 普鲁塔克:《希腊罗马英豪列传》,席代岳译,安徽人民出版社2012年版,第6卷,第309页。

过去。'他在被刺前一天与马库斯勒比多斯共进晚餐,他躺卧在那里进食之际,按照平日的习惯要签署一些信件,这时他们转换话题,讨论哪一种死法最好,恺撒不等旁人开口马上发表他的意见:'猝死'。"[1]

在莎剧《恺撒》第一幕第二场,莎士比亚除了没将恺撒与勒比多斯共进晚餐时讨论死法写进剧情,直接将上述描写改为舞台对白。"牧神节"仪式开始前,一位预言者提醒恺撒:

预言者　　当心3月15号。
恺撒　　　那是什么人?
布鲁图斯　一个预言者叫您当心3月15号。
恺撒　　　带过来,让我看一眼他的脸。
卡西乌斯　伙计,从人群里出来,拜见恺撒。(预言者上前。)
恺撒　　　刚才跟我说什么?再说一遍。
预言者　　当心3月15号。
恺撒　　　他是个空想家。不理他。——咱们走。(仪仗号。除布鲁图斯与卡西乌斯,众下。)

第三幕第一场,10天之后,恺撒在去元老院的路上,又遇见预言者,对他说:"三月十五到了。"预言者回答:"对,恺撒,但还没过去。"此处,莎士比亚完全照搬普鲁塔克。

第五,3月14日夜里、3月15日清早发生了什么? 普鲁塔克以

---

[1]. [古希腊]普鲁塔克:《希腊罗马英豪列传》,席代岳译,安徽人民出版社2012年版,第6卷,第311页。

62、63两节文字做出描述，莎士比亚据此写成第二幕第二场发生在恺撒家里的这场戏。

普鲁塔克在第62节中写道："那天晚上，他与妻子同床共寝，房间的门窗突然打开，他被响声和射进房中的光线惊醒，就从床上坐起来，看见月光照耀之下卡普妮亚仍在熟睡，听到她在梦中发出含糊的言语和低沉的呻吟，因为她梦到自己抱着被杀害的丈夫，正在哀伤饮泣。……天亮以后，她恳求恺撒尽可能不要外出，元老院的会议可以延期举行，即使对她的梦境并不重视，为了使她安心起见，借着献祭或其他方式探知自己的命运。恺撒本人难免会产生疑惑和恐惧，因为卡普妮亚竟然会如此惊惶，她以前从未出现任何带有女性意味的迷信。后来祭司向他报告，已经宰杀好几头牺牲，肠卜的征候呈现凶兆，他决定派遣安东尼通知元老院休会。"[1]

莎士比亚把以上"故事"戏剧化。开场的舞台提示是"电闪雷鸣。尤里乌斯·恺撒穿睡袍上。"恺撒上场独白："夜里天地都不平静。卡普妮亚梦中三次惊叫：'救命，喂！他们谋杀恺撒！'"随后，卡普妮亚上场，劝住恺撒："您什么打算？想出门？今天不准您出家门。"恺撒执意前往元老院："恺撒要向前[2]。威胁我的东西只敢在我背后窥望，一见恺撒的脸，它们就消散。"卡普妮亚："恺撒，我从不看重预兆，但这次我却吓坏了。不算我们所听、所见的那些事，梦里有个人，讲到守夜人所见最可怕的景象。一只

---

[1] ［古希腊］普鲁塔克：《希腊罗马英豪列传》，席代岳译，安徽人民出版社2012年版，第6卷，第311—312页。
[2] 恺撒要向前（Caesar shall forth.）：与下一句威胁在背后对应。

母狮在街头下崽儿；坟墓裂开[1]，死人全从坟里吐出来；凶猛的火红勇士[2]在云端交战，排兵列队，正是打仗的阵势，血像毛毛细雨洒在元老院上[3]；战斗的喧嚣在空气中回荡，战马嘶鸣，垂死之人发出呻吟，幽灵在街头嘎吱嘎吱厉声尖叫。啊，恺撒！这些全都超乎寻常，我真怕！"恺撒嘴里说着不怕，却让仆人命占卜官进行占卜。不久仆人来报："他们劝您今天切莫移步前往。他们从一献祭动物身上拽出内脏，在这野兽体内，没找见心脏。"恺撒这才勉强听劝，同意派安东尼替他去元老院告假："为了您这怪念头，我待家里。"

既如此，恺撒为何最终还是去元老院送了命？普鲁塔克在第63节写道："就在这个时候，绰号叫作阿尔比努斯（Albinus）的德西乌斯·布鲁图斯（Decinus Brutus）来到恺撒家里，他原是恺撒最信任的人，被列为第二顺位继承人，可是却加入另一个布鲁图斯和卡西乌斯的叛逆活动。布鲁图斯非常担心，如果恺撒要元老院延期举行会议，他们的密谋可能外泄。所以布鲁图斯先嘲笑占卜官大惊小怪，然后又责备恺撒对元老院不应授人以柄，让议员有借口蔑视他们，……即使他如果觉得这个日子确实不够吉利，最好亲自到元老院去一趟，由他本人宣布延期举行。布鲁图斯一边说着话，一边拉着恺撒的手，导引他向外走去。"

莎士比亚真会写戏，不添加任何零碎，让德西乌斯开门见山：

1.参见《新约·马太福音》27：50—52："耶稣又大喊一声，就断了气。……大地震动，岩石崩裂，坟墓震开，许多已死的圣徒，复活了。"
2.火红勇士（fiery warriors）：代指彗星。彗星被喻为不祥之兆。
3.原文为"Fierce fiery warriors fight upon the clouds / In ranks and squadrons, and right form of war, / Which drizzled blood upon the Capitol."朱生豪译为"凶猛的骑士在云端列队交战，他们的血淋到了圣殿的屋上。"梁实秋译为"凶猛的火亮的武士在云端打斗，还列成了阵势，把血滴在大庙之上。"

"早安，尊贵的恺撒。我来接您，去元老院。"恺撒不肯以谎言搪塞，只告知理由就是"恺撒不想去"。接下来这段则是典型莎士比亚式的戏剧对白：

德西乌斯　最强大的恺撒，跟我说个什么理由，免得这样转告让人笑话。

恺撒　理由在我的意志里，——我不想来，这足以满足元老院。但为满足您个人，出于我对您的友情，我要让您知道。——卡普妮亚，我妻子，让我待在家里。她昨夜梦见我的雕像，像一座百孔喷泉，淌出纯血[1]，许多强壮的罗马人微笑着前来，在血里洗手。她把这些当成警告、预兆和近在眼前的祸端，凭膝盖乞求我，今天得待在家里。

德西乌斯　这梦整个解释错了。它是个幻象，吉祥而幸运。您的雕像从好多喷嘴里喷血，又有那么多微笑的罗马人在血里洗手，这预示伟大的罗马将从您身上吸取复兴之血，许多大人物将围在一起用手绢蘸血，把染血的手绢当作精气、纪念品、圣物，以及族徽标志[2]。卡普妮

---

1. 纯血（pure blood）：即鲜血。
2. 原文为"that great men shall press / For tinctures, stains, relics, and cognizance."朱生豪译为"许多有地位的人都要来争夺您的纪念品。"梁实秋译为"许多显耀人物都来蘸一点血作为纪念作为光荣。" "tinctures"：为炼金术语，指（古代炼金术士认为能炼人物质中去的）精气。 "stains"：指染血的纪念物。 "relics"：指圣徒的遗物、圣物、圣骨之类的纪念物。 "cognizance"：指贵族的家族纹章。德西乌斯为撺掇恺撒前往元老院，用这种说法把恺撒喻为圣人。旧时，常有基督徒把蘸过殉道者血的手绢（手帕；手巾）当作纪念物。

亚的梦透露的是这个。

看似轻描淡写,莎士比亚便把普鲁塔克的"故事"变成"戏"。恺撒不仅被说动,还对卡普妮亚挖苦一番:"您的恐惧现在来看有多蠢,卡普妮亚!竟顺从了您那番话,我感到羞愧。——给我袍子,我要去。"

第六,普鲁塔克《恺撒》第64节很短,只有一小段文字描述:"科尼多斯(Cnidos)的阿特米多鲁斯(Artemidorus)是一位希腊逻辑学教师,和布鲁图斯那批人非常熟悉,知道很多秘密,他为了揭发此事,就将整个状况写在一个陈情书的奏折上面,要当面交给恺撒。根据他的观察,恺撒只要接到这类文件,总是交给随行的奴仆,所以他尽可能走近恺撒,并且对他说道:'赶快读这份陈情书,不要让别人看,里面有很重要的信息,与你有密切的关系。'恺撒接过以后一直想读,许多人走过来与他讲话,使他始终抽不出空来。他只有把那份奏折握在手里直到进入元老院。有些人则说,把这份文件交给恺撒的是另一个人,因为阿特米多鲁斯被群众挡在外围,根本无法走近恺撒的身边。"

莎剧《恺撒》第二幕第三场,是全剧最短的一场戏,只写阿特米多鲁斯这位"科尼多斯—智者"读着自己写好的这封信——"恺撒,当心布鲁图斯;留意卡西乌斯;别靠近卡斯卡;留心辛纳;别信任特瑞博尼乌斯;格外注意梅特鲁斯·泽姆贝尔;德西乌斯·布鲁图斯对你并没好感;你冤枉过卡西乌·斯利加里乌斯。这些人全都一个心思,矛头对准恺撒。倘若你并非不朽之身,就看好左右。过分自信等于给阴谋引路。愿强大的众神保护你!你忠诚的好友,阿特米多鲁斯。"——自言自语:"我要站在这儿,等恺撒经过,像请愿者似的把这个给他。我心悲悼,美德终逃不过嫉妒的牙齿[1]。若读此信,啊,恺撒,你尚能活命,/否则,命运三女神[2],必与叛徒密谋。"

莎士比亚从不轻易放过轻易送上门的现成材料,他不仅在这场戏里替普鲁塔克写出这封出自阿特米多鲁斯之手的"要命信",把"布鲁图斯那批人"全写在信里,更在第三幕第一场,在恺撒步入元老院之前,再次让阿特米多鲁斯上场:

恺撒	(向预言者。)三月十五到了。
预言者	对,恺撒,但还没过去。
阿特米多鲁斯	恺撒安好!读这份文字。
德西乌斯	特瑞博尼乌斯希望您,——得了闲空——读他这封谦恭的请愿书。
阿特米多鲁斯	啊,恺撒,先看我的,因为我的请愿,能更近触动恺撒。读它,伟大的恺撒。
恺撒	触及我个人的事,留待最后看。
阿特米多鲁斯	别耽搁,恺撒,立刻读。
恺撒	怎么,这家伙疯了?
普布利乌斯	(向阿特米多鲁斯。)小子,让路。

显然,莎士比亚此处让预言者和阿特米多鲁斯二位同时出现,意在最具戏剧性地写出,恺撒必为"布鲁图斯那批人"所

---

1. 原文为 "My heart laments that virtue cannot live / Out of the teeth of emulation." 朱生豪译为"我一想到德行逃不过争胜的利齿,就觉得万分伤心。"梁实秋译为"我心里很难过,好人逃不过嫉妒的陷害。"
2. 命运三女神(Fates):古希腊神话中掌管万物命运的女神三姐妹,小妹克洛托(Clotho)司未来和生命之线,二姐拉克西丝(Lachesis)司生命线之长短,大姐阿特洛波斯(Atropos)司死亡,掌管切断生命之线。

害,乃命中注定之事。这当然是戏剧手段,莎士比亚这样写,只为让预言者的"寓言"、卡普妮亚的"噩梦"和阿特米多鲁斯的"请愿",与"布鲁图斯那批人"的阴谋,进行毫无胜算的抵抗。

第七,普鲁塔克《恺撒》第65节对发生在元老院中刺杀恺撒事件,描述较为详细:"这一次谋杀的场所,就是元老院那天开会的地点,里面有一尊庞培的雕像,整个建筑物是庞培建造,连同剧院一并奉献给公众使用。从这件事看来,无形之中有一种超自然的力量在指导所有的行动,经过安排要发生在那个特定的地点。据说卡西乌斯在动手之前,望了一下庞培的雕像,默默祈求他的协助。虽然他服膺伊壁鸠鲁的理论,不应该有迷信的举动。然而在情绪紧张的场合,加上迫切的危险,无法保有原来的理性,这种念头也不过是灵机一现而已。安东尼忠于恺撒而且身强力壮,被布鲁图斯·阿尔比努斯(实应为盖乌斯·特瑞博尼乌斯Caius Trebonius)设法挡在外面,故意同他没完没了地说个不停。

恺撒走进会场,全体议员起立向他致敬。布鲁图斯的同谋之中,有些人走到他的座椅附近或站在后面,还有些人前去接他,在一边帮腔来声援蒂留斯·泽姆贝尔(Tillius Cimber)的陈情,请求赦免他遭到放逐的兄弟。他们就这样一边喋喋不休,一边随着他走到他的座位。恺撒坐下来以后,拒绝他们的请求,他们还是在旁边据理力争,恺撒摆出严厉的态度责备他们。此刻蒂留斯用两手抓住他的袍子,从他的脖颈上面扯下来,这就是动手的暗号。卡斯卡(Casca)对着他的颈部砍第一刀,倒是没有产生致命的危险,因为刚刚开始发起大胆的行为,情绪难免非常紧张。恺撒转身将那把匕首抢过来,紧紧握在手里。两个人同时大叫起来,受到攻击的人用拉丁语喊道:'可恶的卡斯卡,你在干什么?'行刺的人用希腊语对兄弟喊道:'老弟,快来帮忙。'这场围杀的行动就此开始,没有参与密谋的元老院议员,看到这幕情景感到无比惊愕和恐惧,他们不敢跑开也不敢对恺撒施以援手,甚至连一句话都不敢说。

  那些准备参与密谋行动的人员,手里拿着出鞘的匕首,从四面八方把他团团围住。不论他转到哪个方面都会遭到攻击,看到他们的刀剑对准他的面孔和眼睛劈刺过来,他的处境就像陷入落网中的野兽。他们事先经过商量,每个人都要动手刺一刀,染上他的血表示愿意负起犯上的责任。布鲁图斯用匕首刺中他的鼠蹊部位,有人提到恺撒对于所有人员的攻击,都竭力自卫,左右闪躲避开对方的刺杀,同时高声求救,当他看到布鲁图斯拔剑相向,便用衣袍将面孔掩盖起来,不再做任何挣扎,让自己慢慢倒下去。可能是出于巧合,也许是谋杀他的人士有意把他挤到那个方向,正好在庞培雕像的下面,整个基座沾染鲜血。看起来好像是庞培在主持报复行动,他的敌手现在躺在他的脚下,身体一共挨了23刀,这么多的伤口使恺撒陷入垂死的状态。成群的密谋者因为抢着刺杀同一个人,混乱之中有许多人竟然互相砍伤。"[1]

  事实上,今天来看,普鲁塔克的叙事手法并不十分讲究,以"人物分传"形式来写,恐只能如此。仅以刺杀恺撒为例,《恺撒》和《布鲁图斯》两者叙述部分内容多有重复,诚然,细节上既有不同,也有补充丰富。细节多了,自然方便莎士比亚编排取舍。不过,到今天,一般的读者/观众,似乎只喜欢对莎剧《恺撒》津津乐道,对普鲁塔克到底写了怎样的细节,尤其这些细节如何孕育出莎士比亚的恺撒,兴趣不大。故此,不惜篇幅将普氏、莎氏

---

1. [古希腊]普鲁塔克:《希腊罗马英豪列传》,席代岳译,安徽人民出版社2012年版,第6卷,第313—315页。

两个恺撒在对照中呈现出来。

比如，普鲁塔克《布鲁图斯》第17节，对刺杀恺撒的历史现场这样描述："元老院议员都已在大厅就座完毕，只剩别有用心的人围在恺撒座椅的四周，摆出一副他们要向他请愿的样子，卡西乌斯的面孔正对着庞培的雕像，据说他的口中念念有词，像是雕像有灵能够明了他的祈祷。这个时候，特瑞博尼乌斯在门口向安东尼殷勤致意，绊住他在外面谈话。等到恺撒进入议事厅之际，整个元老院的成员都站起来恭迎，恺撒刚刚坐下来，这些人挤成一团围在他的周边，就让参与阴谋的蒂留斯·泽姆贝尔，去为他那受到放逐的兄弟讲情说项，他们全都加入恳求的行列，用手抓住恺撒亲吻他的头部和胸膛。开始的时候恺撒对他们的请求不予理会，后来他看到他们还是纠缠不休，用力挣扎站了起来，蒂留斯双手抓住他的长袍，从他的肩上扯了下来，站在后面的卡斯卡拔出短剑，下手刺出第一刀，使得他的肩膀受了轻伤，恺撒一手抓住剑柄，用拉丁话大声叫道：'可恶的卡斯卡，你要干什么？'卡斯卡用希腊话叫他的兄弟，喊他们上来帮忙。

恺撒在这个时候发现很多只手对他施加打击，环顾四周是不是有机会可以突出重围，当他看到布鲁图斯拔出剑来刺他，于是放开卡斯卡被他抓紧的手，用长袍蒙住抓紧的脑袋，任凭他们用短剑猛戳他的身体，大家一起向恺撒冲杀过去，很多支短剑乱砍一气，还有人因而受伤。特别是布鲁图斯的手挨了一剑，每个人的身上都是血迹斑斑。"[1]

以上描述，对要在舞台上表演刺杀恺撒场景的莎士比亚来说，

---

1. ［古希腊］普鲁塔克：《希腊罗马英豪列传》，席代岳译，安徽人民出版社2012年版，第8卷，第223—224页。

实在足够了！他删繁就简，只通过以下六个人物间干净、利落的对白、动作，便将"恺撒之死"定格在舞台上。这也堪称（莎士比亚式）戏剧表演力超越（普鲁塔克式）文学故事的绝好例证之一：

卡西乌斯　特瑞博尼乌斯懂得时机。因为，您瞧，布鲁图斯，他把马克·安东尼拉开了。（安东尼与特瑞博尼乌斯下。恺撒和元老们入座。）

德西乌斯　梅特鲁斯·泽姆贝尔在哪儿？让他去，（恺撒入座。）立刻把请愿书呈送恺撒。

布鲁图斯　他准备好了。靠上去，帮把手。

辛纳　　　卡斯卡，您头一个举手[1]。

恺撒　　　大家都准备好了？眼下，有什么过错，非要恺撒和他的元老们纠正？

梅特鲁斯　最高贵、最伟大、最强有力的恺撒，（上前。）梅特鲁斯·泽姆贝尔在您座前（跪地。）呈献一颗谦卑之心，——

恺撒　　　我必须阻止你，泽姆贝尔。……要知道，恺撒从不冤枉谁，没有理由，也休想叫他信服。

梅特鲁斯　难道这儿没有声音比我自己的更高贵，让伟大的恺撒的耳朵听起来更甜美，能把我遭放逐的兄弟召回？

布鲁图斯　我吻你的手，但这不是谄媚，恺撒。（跪地。）请求你，立刻特许召回普布利乌斯·泽姆贝尔。

1.举手（rears your hand）：从后文看，此处"举手"应指以举手招呼大家齐动手刺杀恺撒之意。梁实秋直接译为"下手"。

恺撒	怎么,布鲁图斯!
卡西乌斯	允准,恺撒!允准,恺撒!卡西乌斯俯身跪倒在你脚下,(跪地。)乞求释放普布利乌斯·泽姆贝尔。
恺撒	我若像你们一样,定会深受感动。我若能以恳请打动人,恳请者自会打动我。但我像北极星一样坚定,……我曾认定泽姆贝尔理应放逐,现仍坚持原判,不准召回。
辛纳	啊,恺撒,——(跪地。)
恺撒	走开!莫非你要举起奥林波斯山[1]?
德西乌斯	伟大的恺撒,——(欲下跪。)
恺撒	布鲁图斯下跪不也白搭?
卡斯卡	让这只手替我说话!(卡斯卡挑头,众刺恺撒,布鲁图斯最后。)
恺撒	"你也,布鲁图?"[2]——那倒下吧,恺撒!(死。)

需要说明的是,普鲁塔克所言密谋者刺杀恺撒"那个特定的地点",指的是与元老院连在一起的庞培剧场的庞培拱廊。庞培剧场(Theatrum Pompei)是庞培在公元前55年修建的罗马第一座石建剧场,可容纳4万人,剧场各入口处有为观众提供庇护的石柱门廊,亦称"庞培廊",这处大回廊位于剧场东侧。在以恺撒名字命名的"尤里乌斯会堂"完工之前,元老院会议常在"庞培廊"

---

1. 奥林波斯山(Olympus):古希腊神话中的众神之山。
2. 原为拉丁文"Et tu, Brute?""Brute"字面义为"野蛮人"。

召开。显然，为戏剧效果之需，剧中将恺撒之死安排在元老院议事厅，而非庞培廊。但用心编戏的莎士比亚，并未在此处忽略掉庞培雕像的重要性，这一非同寻常的象征性在恺撒死后布鲁图斯的一句台词"摊开四肢躺在庞培雕像底座旁"中呈现出来。除此之外，剧中角色对历史人物稍有改动，如把蒂留斯·泽姆贝尔（Tillius Cimber）改为梅特鲁斯·泽姆贝尔（Metellus Cimber）。

在普鲁塔克笔下，恺撒身上有23处伤口。另据苏维托尼乌斯描述，有位医生后来证实恺撒身上的致命伤只有一处，第二处是胸部的伤口。

对于恺撒死前最后遗言到底是什么，似乎并不能确定。苏维托尼乌斯描述了一种说法：恺撒死前对扑上来的布鲁图斯，说了一句希腊语短语"你也，孩子？（καὶ σὺ τέκνον）"但苏维托尼乌斯本人认为，恺撒什么话也没说。按普鲁塔克描述，当恺撒在密谋者中见布鲁图斯拔剑相向时，什么话没说，只是用长袍遮住面孔。

但在英语世界中，此处最著名的版本是恺撒死前对布鲁图斯说了一句拉丁文短语"你也，布鲁图？"（Eu tu, Brute?）莎士比亚将此说法收入囊中，在剧中，他让恺撒死前对布鲁图斯说了一句拉丁文、英文混在一起的话："'你也，布鲁图？'——那倒下吧，恺撒！"（"Et tu, Brute?"——then fall, Caesar.）时至今日，人们早已把这句经典台词的发明权归于莎翁，认定此乃专为恺撒之死所设计，却几乎无人知晓，"你也，布鲁图？"乃这位天才编剧直接从理查·艾德思那部拉丁文悲剧《恺撒被杀》中，一字不改照抄过来的。

第八，在历史上，刺杀恺撒发生在罗马历3月15日（The Ides of March）；遗嘱于3月18日公布；葬礼在3月20日举行；屋大维5月抵达罗马。

在普鲁塔克笔下,"刺杀""遗嘱""葬礼""屋大维抵罗马"四件大事,均未写明具体发生时间。这正中莎士比亚下怀,不妨戏言,普鲁塔克早在一千五百年前,便为莎士比亚编"罗马剧"预先埋好伏笔,拿《恺撒》来说,莎士比亚为舞台之需、戏剧之效,将刺杀、葬礼、布鲁图斯演说、安东尼演说、展示恺撒的伤口和遗嘱,以及屋大维到来几场戏,不仅一股脑全都紧凑地安排在同一天,且编排它们一出接一出连续上演!

普鲁塔克的《布鲁图斯》。普鲁塔克以第18、19、20、21四节笔墨长篇描述恺撒死后直到"年轻的屋大维抵达罗马"这一过程:"恺撒在无人援手的状况下被杀,布鲁图斯从他们当中走出来,打算发表演说,叫回元老院议员,鼓励他们留下来。所有的议员这时惊恐万分,……整个场面是一片混乱,……布鲁图斯反对赶尽杀绝的手段,……这样一来等于布鲁图斯救了安东尼的性命。在当时惊慌失措的状况下,安东尼换上平民的服装赶紧逃走。布鲁图斯和他的党羽列队登上卡皮托利诺(Capitolino)的神庙,一路上展现染满鲜血的双手和出鞘的佩剑,宣称人民已经获得自由。……群众开始聚集起来,布鲁图斯向他们发表演说,能够赢得民众的认同,有助于稳定当前的局势。群众齐声赞扬他的演说,……虽然他们的心情非常复杂,有意要掀起一场动乱,基于对他的尊敬,在他讲话的时候还是能保持安静,非常注意聆听他的演说,但是大家很明确地表示,并不赞同血腥的谋杀行动。……翌日元老院在'大地之母'神庙(The Temple of the Earth)集会,安东尼、普兰库斯(Plancus)和西塞罗都发表演说,呼吁大家和谐相处并且颁布大赦,……元老院再次召开会议的日期很快来到,安东尼的斡旋遏制一触即发的内战,……这些事情办理妥当,他们开始考量恺撒的遗嘱,讨论葬礼的有关问题。……安东尼的意见是公开宣读,遗体不能交由家人私下安葬,免得更激起民众的怒气。虽然卡西乌斯强力反对,布鲁图斯还是接受这些安排,任凭安东尼去处理。……事后遭到同伴的指责,说是给他们留下一个极其危险而又难以制伏的敌人。现在他容许举行葬礼,更是难以挽回和影响深远的重大失策。让大家知道恺撒在遗嘱中要致赠每一位罗马市民75德拉克马,同时将台伯河对岸的公园送给公众,整个城市对他燃起炽热的思慕之情,感到他的亡故是城邦最大的损失。恺撒的遗体运到罗马广场,按照习俗,安东尼发表葬礼悼词,颂扬恺撒的志业和功勋,等到他发现群众深受感动,运用引起同情的声调,展开恺撒染血的长袍,向大家指出上面有多少个洞孔,恺撒身上就有多少个被刺穿的伤口。现在的场面是整个陷入混乱之中,有些人大叫要去杀死谋害恺撒的凶手,还有人拆下四周店铺的门窗和桌椅,堆集起来成为一个很大的火葬堆,将恺撒的遗体放在上面然后举火点燃,广场的四周有很多庙宇和纪念物,尸体在这里火化可以说是最神圣的仪式。很快升起熊熊的大火,那些来自城市各处聚集起来的群众,从火葬堆中抽出仍旧燃烧的木材,跑到城市里面要去烧掉凶手的房屋;……除非安东尼的策略有所改变,报复的行动产生的作用,主要在于使布鲁图斯和他的党羽提高警觉,要想获得安全就得离开城市。他们的打算是暂时停留在安廷姆(Antium),民众的愤怒升到最高点就会消退,那时他们可以再回到罗马。……就在这个时候,民众发现安东尼的言行有偏向君主专制的迹象,因而对他感到不满。……"[1]

普鲁塔克的《安东尼》。普鲁塔克仅以第14节单节篇幅,对

---

1. [古希腊]普鲁塔克:《希腊罗马英豪列传》,席代岳译,安徽人民出版社2012年版,第8卷,第224—228页。

恺撒死后直到"布鲁图斯和手下的党羽得知众怒难犯,赶紧逃离罗马"的过程做出描述:"全部都按计划顺利执行,恺撒死于元老院的议场,安东尼一看大事不妙,马上穿上奴隶的服装躲藏起来。他发觉谋逆者在卡皮托利诺的神殿集会商议,没有意图要进一步对其他人士采取行动,他就出头劝他们下来,并且将自己的儿子交给他们充当人质。那天晚上,卡西乌斯和布鲁图斯分别前往安东尼和勒比多斯的家进餐。安东尼召集元老院议员开会,发言主张既往不咎,委派布鲁图斯和卡西乌斯到行省担任总督。元老院通过稳定政局的成议,同时决定对于恺撒制定的决策和法令不做任何修改。安东尼走出元老院之际,俨然成为罗马最显赫的人物,大家认为他已经遏止一场内战;……没过多久,基于民众对安东尼表现出的热烈拥护的态度,使得他打消温和妥协的主张,他当时怀有非分的念头,如果能把布鲁图斯打倒,毫无疑问可以坐上罗马政坛第一把交椅。在把恺撒的遗体安葬之前,安东尼按照惯例在罗马广场发表丧礼演说,发现自己所讲的话在听众之间产生了很大的影响力,便趁着这个机会,在赞美恺撒的言辞之上加上悲伤的语句,对于所发生的事情表示极大的愤慨;演讲快要结束的时候,他撩起死者的内衣,让大家看看斑斑血迹以及刀剑所戳出的许多洞眼。他称呼那些元老院议员是手段残忍的恶棍,施展暴行的凶手。群众在听到煽动的言辞,痛心疾首到无法控制的程度,大家不愿让这场葬礼拖延时间,就从广场附近找来很多桌椅门窗,堆积起来举火将恺撒的尸体焚化,然后每个人拿起一根燃烧的木头,跑到那些阴谋分子的家中,要把他们找出来算账。"[1]

---

1. [古希腊]普鲁塔克:《希腊罗马英豪列传》,席代岳译,安徽人民出版社2012年版,第8卷,第76—77页。

普鲁塔克的《恺撒》。普鲁塔克以第66、67两节篇幅描述恺撒死后直到布鲁图斯和卡西乌斯离开罗马的情形："恺撒断气以后，布鲁图斯站到前面，要为他们所做之事作一番解释，元老院成员不肯听他的话，大家赶忙跑到门外，人民是如此的惶恐和紧张，有些人关起大门，还有一些人离开柜台和店铺，全部都在街头奔跑，有些人到现场去看那悲惨的景象，还有些人看完以后就回家去了。恺撒两个最忠实的朋友安东尼和勒比多斯，偷偷溜走躲在朋友的家中。布鲁图斯和他的追随者刚完成轰轰烈烈的行为，情绪还是激昂慷慨，全体持着刀剑从元老院走到卡皮托利诺神殿，带着自信满满的神色，不像是要逃走的样子。他们在行进的途中，号召人们恢复应有的自由权利，遇见地位较高的人士，邀请加入举事的行列。……布鲁图斯和其他的人员在傍晚时分从卡皮托利诺神殿下来，向人们发表演说，大家在倾听的时候没有显出欢乐或憎恶的样子，只是神色木然表示同情恺撒而且敬重布鲁图斯。元老院通过议案，决定对过去的事不必追究，采取适当的步骤，使各方面和解能够相安无事。他们颁布命令要对恺撒受到封神的敬拜，执政期间制定的法律不得稍加更改；同时他们委派布鲁图斯和他的追随者，担任行省的总督和其他重要的职位，这样一来大家认为整个事件已经获得圆满的解决。恺撒的遗嘱公开宣布，大家才晓得他对每个罗马公民都有丰厚的馈赠，等到他的遗体被抬着经过市民广场，民众看到伤痕累累和血肉狼藉的惨状，再也无法保持安静和秩序。他们把一些桌椅板凳和门窗栏杆堆聚起来，将恺撒的尸体放在上面举行火葬。（恺撒的国葬在3月20日举行，安东尼发表葬礼演说，市民得知每人可得到300塞斯退司的馈赠，顿时群情激昂，要找谋杀恺撒的凶手算账。21日晨，西塞罗、布鲁图斯和卡西乌斯逃离罗马。——原译注）然后他们从火堆里面拿起一些仍在燃烧的木条,有些人前去放火焚毁那些密谋者的房舍,还有人走遍全城去寻找杀人的凶手,要将他们碎尸万段。那些参与阴谋的人士为了保命都躲藏起来,一个也没有找到。……目前发生的状况使布鲁图斯和卡西乌斯感到极其恐惧,几天以后离开罗马。"[1]

莎士比亚的《恺撒》。普鲁塔克以上这些大叙事,对莎士比亚来说,太过冗长、啰嗦、零碎,他大刀阔斧,把所有不利于舞台表演的枝蔓砍去,将一切有利于表现戏剧冲突的环节全部浓缩进第三幕。这也使第三幕成为全剧篇幅最长、戏份最重的一幕。

恺撒死后的混乱场面,莎士比亚通过几个人物几句台词便全方位呈现出来:

——解放!自由!暴政死了!——跑出去,宣告,满街高喊。(辛纳)
——几个人去公共演讲台,高喊"解放,自由,公民权!"(卡西乌斯)
——公民和元老们,不要怕。别逃,都站住。——野心的债清算了。(布鲁图斯)
——去公共演讲台,布鲁图斯。(卡斯卡)
——不要让任何人受罚,这事是我们干的。(布鲁图斯)
——安东尼在哪儿?(卡西乌斯)
——吓得逃回家里。男人,女人,孩子,全都瞪圆眼睛,边跑边喊,好像到了世界末日。(特瑞博尼乌斯)

---

1. [古希腊]普鲁塔克:《希腊罗马英豪列传》,席代岳译,安徽人民出版社2012年版,第6卷,第316—317页。

此后，莎士比亚以布鲁图斯的独白，把谋杀者的"激昂慷慨"展示出来："我们缩减了恺撒恐惧死亡的时间，倒成了他的朋友。——弯腰，罗马人，弯腰，让我们在恺撒的血里浸洗双手，浸到胳膊肘，用血涂抹剑身。然后咱们出发，前往中心广场[1]，（众人用恺撒的血涂抹双手和武器。）让我们在头顶挥舞血红的武器，齐声高喊，'和平，自由，解放！'"然后，安东尼的仆人前来，向布鲁图斯表达其主人"将不会像爱活着的布鲁图斯那样，爱死去的恺撒，唯愿以全部真正之忠诚，追随高贵的布鲁图斯的命运和事务，穿过这前所未有的国事危情"[2]。

这之后，是莎士比亚为安东尼和布鲁图斯设计的对手戏，但显然，安东尼表现出示弱服软的态度，他甚至向布鲁图斯求死："我恳求你们，如果对我心怀歹意，现在，趁你们猩红的手还冒着热气和雾气[3]，实现你们的意志。"布鲁图斯表示愿意和解："虽说我们的手臂有仇恨之力，我们的心却怀有兄弟之情[4]，要以全部温情的友爱、善念和尊敬欢迎您。"然而，布鲁图斯并不信任安东尼，他计划先由自己登上演讲台，"指出我们杀死恺撒的理由"，再由安东尼"把恺撒的遗体带走。您不能在葬礼演说里指责我们，但可以说一切为恺撒设计的好话，还要说，您这样做，得到我们允许"。面对恺撒的遗体，安东尼内心感到愧疚："啊！宽恕我，你

---

1. 中心广场（the market-place）：古罗马人公共生活的中心，此处既是市集广场，也是集会之所，设有公共演讲台（论坛）。
2. 原文为"but will follow / The fortunes and affairs of noble Brutus / Thorough the hazards of this untrod state / With all true faith."朱生豪译为"他将要竭尽他的忠诚，不辞一切的危险，追随着高贵的勃鲁托斯。"梁实秋译为"愿以全部的忠诚，冒着未可逆料的艰险，追随于布鲁特斯之后。"
3. 热气和雾气（reek and smoke）：趁血气的热乎劲儿。
4. 原文为"Our arms in strength of malice, and our hearts / Of brothers' temper."朱生豪未译出。梁实秋译为"我们的胳膊，有伤害人的力量，可是我们的心充满了友爱。"

这块淌血的泥土，我竟对这些屠夫谦和友善！"

似乎一切在按布鲁图斯的计划进行。第二场，罗马中心广场，面对众平民，布鲁图斯先向民众发表演说，说出那段面向"罗马同胞们"的经典告白："假如那位朋友此刻发问，布鲁图斯为何起来反对恺撒，这就是我的回答：——并非我对恺撒爱得少，而是我更爱罗马。你们都宁愿恺撒活着，自己为奴而死，而不愿恺撒死去，人人为自由而生？恺撒爱我时，我为他落泪；他成功时，我为他高兴；当他身为勇士，我以他为荣；但当他生出野心，我杀了他。"

民众似乎是满意的，因为当安东尼运来恺撒的遗体，布鲁图斯说出"将由马克·安东尼治丧哀悼。尽管他没插手恺撒之死，却能由恺撒之死获益，在共和国享有一席之位。你们中有谁不想得到好处吗？临走之前，我放下这句话：既然我为罗马的利益杀了我最好的朋友，我为自己备好同一把短剑，一旦国家需要我死，就用它取悦国家"[1]。之后，民众的回应是热烈的："布鲁图斯活下去，活下去，活下去！""用欢庆把他送回家。""给他立一尊雕像，跟他祖先们放一起。""叫他成为恺撒。""恺撒最优秀的品质要在布鲁图斯身上加冕。""我们要用叫喊和喧闹送他回家。"

随后，布鲁图斯请民众不要离开，"让恺撒的遗体蒙受神恩[2]，恭听马克·安东尼讲述恺撒的荣耀，——经我们允许，他可以发表演说。我恳请你们，除我之外，谁也别离开，听安东尼讲完"。

---

[1] 原文为"that as I slew my best over for the good of Rome, I have the same dagger for myself, when it shall please my country to need my death."朱生豪译为"要是我的祖国需要我的死，那么无论什么时候，我都可以用那同一把刀子杀死我自己。"梁实秋译为"将来我的国家需要我死的时候，我就用这一把刀子结束我的生命。"

[2] 原文为"Do grace to Caesar's corpse."朱生豪译为"我们应该尊敬恺撒的遗体。"梁实秋译为"向恺撒的遗体致敬。"

正是这句话，让布鲁图斯为自己挖好了坟墓。这自然是莎士比亚独运的匠心，他先让布鲁图斯把恺撒刺死在庞培雕像的底座上，后让安东尼利用恺撒的遗体、伤口和遗嘱战胜杀死了恺撒的布鲁图斯。莎士比亚让安东尼在对罗马公众的演说中，把普鲁塔克的"故事"展示出来，堪称全剧的神来之笔。整个后半部戏的剧情，皆从恺撒葬礼上的安东尼演讲开启。此处，莎士比亚为安东尼谱写出五段真切、哀感、极具煽动性的演讲，堪称全剧的高潮。

演讲开始，安东尼貌似坦诚地告诉大家："朋友们，罗马人，同胞们"，"我来埋葬恺撒，不是来赞美他"。随即正话反说，表明所谓恺撒的野心只是"可敬之人"布鲁图斯眼里的野心："你们都亲眼见过，在'卢帕克节'[1]上，我把一顶君王般的桂冠[2]，向他献上三次，他三次拒绝。这是野心吗？可布鲁图斯说，他有野心，诚然，布鲁图斯是位可敬之人。"

安东尼观察着民众的反应。他见许多人动了情，认为"恺撒受了大冤枉"，"在罗马，没人比安东尼更高贵"。便貌似不经意地引出恺撒的遗嘱："但这儿有张羊皮纸，盖着恺撒的印，（展示遗嘱。）我在他内室找见的，是他的遗嘱。但凡常人听了这遗嘱，——请原谅，我无意宣读——他们会去吻死去的恺撒的伤口，把手绢浸在他神圣的血里，甚至，乞求他一根头发做纪念物。而且，临终之际，还会在遗嘱中提及此物，拿它当一件丰厚遗产传给子女。"

众平民强烈要求："遗嘱！遗嘱！我们要听恺撒的遗嘱。"安东尼表示不能读遗嘱，民众听了会"燃烧"、会"发疯"，因为民众自己正是恺撒的继承人。这太煽情了！

1.即开场时提到的古罗马牧神节。
2.一顶君王般的桂冠（a kingly crown）：朱生豪译为"一顶王冠"；梁实秋译为"一顶王冕"。

恺撒：从普鲁塔克的"故事"到莎士比亚戏剧

安东尼感觉时机已到，站在演讲台上，假意征求民意："这么说，你们要强迫我，读遗嘱？那在恺撒遗体周边围成一圈，让我向你们展示一下立遗嘱的这个人。我能下来吗？[1]你们准许吗？"到了民众中，安东尼继续演说，这下他不再掩饰，直接揭露"卡西乌斯的短剑""狠毒的卡斯卡""深受爱戴的布鲁图斯"如何杀死了恺撒："啊，现在你们哭了，我看出你们感受到悲悯的力量。这些是贤德的泪滴。善良的灵魂，怎么，刚看到恺撒衣服上的创伤，你们就哭了？你们看这儿，（揭开披风，露出尸体。）这是他本人，如你们所见，毁于叛徒之手。"民众震惊了，愤怒了，不停发出此起彼伏的怒吼：

——啊，悲惨的场景！
——啊，高贵的恺撒！
——啊，痛心的日子！
——啊，叛徒，恶棍！
——啊，最血腥的景象！
——我们要复仇！
——复仇！——行动！——搜寻！——烧掉！——开火！
——杀死！——痛击！——叛徒一个不许活！

安东尼等待的那一刻终于来临！安东尼在第五段演说中，开头先规劝："好心的朋友们，亲爱的朋友们，别让我把你们激成一股如此突发的暴乱的洪流，干这件事的人都是可敬之人。"随即直接激起暴动："我把亲爱的恺撒的伤口，那些可怜的、可怜

---

1. 意即：我能（从演讲台）下来吗？

209

的、哑了的嘴巴[1],给你们看,叫它们替我说话。可如果我是布鲁图斯[2],布鲁图斯是安东尼,那就会有一个安东尼,激怒你们的灵魂,在恺撒每一处伤口里插上一条舌头,把罗马的石头都鼓动起来[3],暴动[4]。"

罗马的民众高喊:"我们要暴动。""我们要烧掉布鲁图斯的房子。""那走啊,来,去找阴谋家。"此时此刻,安东尼又变得十分冷静,他再次貌似不经意地提起恺撒遗嘱:"恺撒因何值得你们这般敬爱?唉,你们有所不知。——那我必须告诉你们。——你们忘了我说的那份遗嘱。"

众平民　对极了。遗嘱!——咱们等一下,先听遗嘱。
安东尼　遗嘱在这儿,有恺撒的印。——他赠给每位罗马市民,每个人,75枚德拉克马[5]。
平民乙　最高贵的恺撒!——我们要为他的死报仇。
平民丙　啊,尊贵的恺撒!
安东尼　耐心听我说。

1.安东尼把恺撒身上的多处伤口比喻成"可怜的、可怜的、哑了的嘴巴"(poor poor dumb mouths)。
2.布鲁图斯是一位能言善辩、卓有技巧的演说家。
3.参见《新约·路加福音》19:40:"耶稣说:'我告诉你们,这些人若沉默不语,连石头都要叫出来。'"
4.原文为"there were an Antony / Would ruffle up your spirits, and put a tongue / In every wound of Caesar, that should move / The stones of Rome to rise and mutiny."朱生豪译为"那么那个安东尼一定会鼓起那么的愤怒,让恺撒的每一处伤口里都长出一条舌头来,即使罗马的石头也将要大受感动,奋身而起,向叛徒们抗争了。"梁实秋译为"那么就会有一个安东尼煽动你们的情绪,在恺撒的每一伤口里安放一根舌头,把罗马的石头都会激起暴动。"
5.德拉克马(drachma):一种古希腊银币。75枚德拉克马(seventy-five drachmas)即75枚银币。

众平民　安静，嘘！

安东尼　此外，他把台伯河那边，他的所有园林，他的私人花园和新栽植的果园，都留给了你们。他把这些都留给你们，由你们的后代永久继承，——供你们自己散步、享乐的公园。这是曾几何时的恺撒！何时再有这么一位？

平民甲　永不，永不再有！——来，走，走！咱们找处神圣之地把他遗体火化，然后用燃烧的原木火烧叛徒们的房子。抬起遗体。

平民乙　去取火种。

平民丙　拆毁长凳。

平民丁　长凳、百叶窗，有什么拆什么。（众平民抬尸体下。）

安东尼　现在，让它发挥效力。——罪恶，你动起来了，走到哪一步，随你所愿！——

罗马暴动了！

到这场戏结尾处，莎士比亚让安东尼的仆人向主人禀报："布鲁图斯和卡西乌斯骑马逃出了罗马城门，像疯子一样。"真是一句胜千言。然后，安东尼对仆人说出全剧最大一场戏的最后一句台词："我如何煽动民众，估计他们得了消息。带我去见屋大维。"为安东尼和屋大维与布鲁图斯和卡西乌斯之间的腓利比大决战，设下伏笔。

第九，在历史上，安东尼、屋大维与骑兵统帅勒比多斯于公元前43年10月底，在波诺尼亚（Bononia）境内亚诺（Reno）河上的一个小岛会面，达成同盟协议，形成三人执政团，即"后三巨头"。顺便一提，今天意大利历史名城博洛尼亚（Bologna），在公元190年被罗马人占领之前，一直叫波诺尼亚。

在剧中，莎士比亚为避免增加额外的剧情发生地，更为避免剧情时间拖长，他改变历史，不仅把三人会面地点改在罗马，把会面时间前移到恺撒被杀当天，更把历史上相隔20天的两次腓利比之战，都安排在同一天——恺撒遇害次日。

这也是莎剧《恺撒》第四、五两幕的主要剧情，在其中，莎士比亚刻意写了腓利比大战前出现的恺撒幽灵，特意写了卡西乌斯和布鲁图斯兵败腓利比之后双双自杀的结局。在此不得不说，莎士比亚以其戏剧诗人之天赋，对这三个戏剧场景做了精彩描绘。却也必须说明，普鲁塔克为这枚艺术勋章至少贡献出一半功劳。

普鲁塔克《恺撒》第68节这样描写："所有曾经动手行刺和出谋划策的人士，全部都受到惩罚。卡西乌斯的遭遇是人世最怪异的巧合，他在腓利比战败的时候，就是用刺死恺撒的那把佩剑自戕。……出现在布鲁图斯面前的幽灵，让大家知道谋杀的行为使得神明极其不悦。这件事情的经过有如下描述：

布鲁图斯率领军队从阿布杜斯（Abydos）渡海前往另一个大陆，有天夜里像平常一样躺在帐篷里面，……他觉得自己听到帐篷的入口有响声，借着几乎要熄灭的微弱灯光，朝着那个方向望过去，看到令人畏惧的影像，是个身材非常高大的男子，面貌和表情特别的严酷。开始布鲁图斯有点害怕，由于那个影像没有任何动作也不说话，只是很安静地站在那里，布鲁图斯壮胆问他是什么人。那个幽灵说道：'布鲁图斯，我是给你带来凶兆的厉鬼，你会在腓利比（Philippi）见到我。'布鲁图斯很勇敢地说道：'好吧，我们后会有期。'那个幽灵立即消失无踪。

不久以后，他在腓利比附近列阵与安东尼和屋大维接战，首仗获胜，击溃敌军并且洗劫屋大维的营地。第二次会战的前夜，幽灵出现在布鲁图斯的面前，一言未发。布鲁图斯知道自己的死期不远，不顾自己的安全，情愿冒会战矢石交加的危险。他并未死于战斗之中，看到他的部下战败知道大势已去，走上一座山岩的顶端，用佩剑刺进自己的胸膛，据说有一位朋友在一旁帮忙，能够戳得更深一点，就此结束他的性命。"[1]

关于恺撒的幽灵，普鲁塔克在《布鲁图斯》中又做了补充描述："就在他离开亚洲之前，有个晚上，夜深之际只有他单独在帐篷里面，微弱灯光照耀之下，整个营地寂静无声，他正陷入沉思冥想之中，一时心血来潮感觉有人进入，抬起头来望着帐篷门口，看到一个不可思议和充满威胁的形体，面容是如此的恐怖和怪异，站在那里一言不发，布鲁图斯鼓起勇气问道：'你是谁？无论是人是神，找我有什么事？'这个幻影回答道：'我是给你带来厄运的厉鬼，布鲁图斯，你会在腓利比见到我。'布鲁图斯像是一点都不在意，说道：'那么我们后会有期。'"[2]

那在此先说恺撒的幽灵。莎剧《恺撒》中，第一个提及恺撒幽灵的人是安东尼。第三幕第一场，恺撒死后，安东尼来到广场，对着恺撒的尸体说："恺撒的幽灵为复仇四处游荡，埃特[3]急火火从地狱冲出，与他相伴，将在这些地区，凭一声魔王的嗓音高喊'屠杀！'，放出战争的猛犬[4]，这邪恶的行为，将同为葬礼呻吟的腐

---

1. ［古希腊］普鲁塔克：《希腊罗马英豪列传》，席代岳译，安徽人民出版社2012年版，第6卷，第317—318页。
2. ［古希腊］普鲁塔克：《希腊罗马英豪列传》，席代岳译，安徽人民出版社2012年版，第8卷，第244页。
3. 埃特（Ate）：古希腊神话中的争斗女神，制造事端和复仇。
4. 战争的猛犬（dogs of war）：拟人说法，必要战争如猎犬一般撕咬、吞噬。

尸死肉一起，在大地上散出恶臭[1]。"这自然是莎士比亚为腓利比之战预设的伏笔。

第四幕第三场，腓利比之战即将打响，布鲁图斯临睡前，恺撒的幽灵出现在他的营帐。莎士比亚这样描写：

布鲁图斯　这蜡烛烧得多病态[2]！哈！谁来了？我想，是我眼睛的毛病，才造出这奇异的怪影。它向我冲来。——你是什么东西？你是何方天神、何方天使，或何方魔鬼，使我血液变冷，毛发直立？跟我说，你是什么东西？

幽灵　　你邪恶的灵魂，布鲁图斯。

布鲁图斯　你为何前来？

幽灵　　来告诉你，你将在腓利比见到我。

布鲁图斯　好。那我又能在腓利比见到你？

幽灵　　对，在腓利比。

布鲁图斯　哦，那就，腓利比见。（幽灵下。）我刚鼓足勇气，你却消失不见。恶毒的幽灵，我倒想跟你多聊几句。

第五幕第三场，腓利比决战，卡西乌斯兵败逃走，军营被安东尼占领。绝望中，卡西乌斯对他当年从帕提亚俘虏来的品达罗

1.原文为"let slip the dogs of war, / That this foul deed shall smell above the earth / With carrion men, groaning for burial."朱生豪译为"让战争的猛犬四处蹂躏，为了一个万恶的罪行，大地上将要弥漫着呻吟求葬的肉体的腐臭。"梁实秋译为"并且任由士兵战火摧残一切；这一桩罪行，将要和有待掩埋的无数的尸首一切在地面上冒出臭味。"
2.原文为"How ill this taper burns！"朱生豪译为"这蜡烛的光怎么这样暗！"梁实秋译为"这烛光好暗淡！"

斯下达指令："来吧，捍卫你的誓言！此刻，身为一个自由人，用这把刺透过恺撒内脏的好剑，探查这个心窝[1]。别等回话。这儿，拿剑柄，（品达罗斯接剑。）我一蒙上脸，像现在这样，（蒙脸。）你便引剑来刺[2]。——（品达罗斯用剑刺。）恺撒，你报了仇，就用杀你的那把剑。（死。）"此后不久，蒂提尼乌斯手持卡西乌斯刺杀恺撒，并用来自杀的同一把剑，嘴里说着："来，卡西乌斯的剑，找准蒂提尼乌斯的心[3]。"自此而死。布鲁图斯获知此情之后，仰天长叹："啊，尤里乌斯·恺撒，还是你强大！你的幽灵四处游荡，把我们的剑转向自己的内脏[4]。"

第五幕第五场，全剧最后一场戏，腓利比战场，"后三巨头"胜局已定，布鲁图斯自感"我的时候到了"，便预先想好死法。他先向克利图斯耳语，叫他杀了自己。克利图斯拒绝："给我全世界也不干！""我宁愿杀了自己"。他再向达尔达尼乌斯耳语，求助他来杀自己，再次遭拒。这时，战斗警号低鸣，布鲁图斯恳求好心的沃勒姆尼乌斯："你肯定记得当初咱们一起去上学。就算为昔日的友情，我求你，握住我的剑柄，等我冲上来。"沃勒姆尼乌斯不肯。这时，战斗警号持续响起，所有人都四散逃命，布鲁图斯恳求斯特拉图："我请你，斯特拉图，留在你主人身边。你是个名声很好的人，生活里尝过些荣耀的滋味[5]。那就，握住我的剑，等我扑上来，你把脸转过去。好吗，斯特拉图？"布鲁图斯以身扑剑，

---

1. 探查这个心窝（search this bosom）：刺入我心脏。
2. 你便引剑来刺（Guide thou the sword）：你就用剑杀了我。
3. 找准蒂提尼乌斯的心（find Titinius' heart）：刺入我的心。
4. 参见《旧约·诗篇》37：15："但他们的刀剑将刺穿自己的心，/他们的弓箭将被折断。"
5. 原文为"Thy life hath had some smatch of honour in it."朱生豪译为"你的为人还有几分义气。"梁实秋译为"你一生颇有几分义气。"

自杀身亡。

事实上，在普鲁塔克笔下，在"后三巨头"会面之前、在两次腓利比大战之前，发生过一系列事件，莎士比亚把所有这些在他看来与剧情毫无关联的"零碎"都去掉了。简单一句话，莎士比亚背离史实，缩短时间，压缩事件，只为使戏好看，为极力增强戏剧效果，他把来自普鲁塔克的这些"故事"，浓缩在几个戏剧冲突的典型场景里。

诚然，对这些"故事"中的细节，莎士比亚有着猎鹰般的锐利眼光，凡可用者，便俯冲而下，一抓在手。比如，普鲁塔克《布鲁图斯》第37节描述布鲁图斯将"夜间看到的状况"告知卡西乌斯，卡西乌斯说了一大段话安抚他，随后，"等到部队刚刚上船，飞来两只老鹰栖息在位置最前的两面鹰帜上面，跟着他们渡过海洋，接受士兵的喂食视为团体的成员，一直来到腓利比，就在战争的前一天，两只老鹰飞走不见踪迹"。莎士比亚则在第五幕第一场，把这一细节精妙地植入卡西乌斯的独白中："从萨第斯来的路上，有两只英勇的雄鹰俯冲而下，落在最前头的军旗上，落在那儿，从士兵手里啄食、吞吃，陪我们一路来到腓利比这儿。今天清晨，飞走不见，一群渡鸦、乌鸦和鸢鸟[1]替代它们，从头顶飞过，俯视我们，好像我们成了有病的猎物。投下的阴影，仿若一顶最不吉利的华盖，我们的军队在那下面，随时准备放弃灵魂[2]。"这种

---

1. 渡鸦、乌鸦、鸢鸟，这三种食腐肉的鸟均被视为不祥的预兆。
2. 随时准备放弃灵魂（ready to give up the ghost）：随时准备去送死。旧时西方人认为，每人体内住有一个灵魂，人死则灵魂脱离肉身，升天堂或下地狱。"放弃灵魂"意味着自动送死。原文为"their shadows seem / A canopy most fatal, under which / Our army lies, ready to give up the ghost." 朱生豪译为"它们的黑影像是一顶不祥的华盖，掩覆着我们末日在迩的军队。"梁实秋译为"他们的阴影像是一顶不祥的华盖，笼罩着我们的自趋灭亡的军队。"

"袭取"如此不落痕迹，若不读普鲁塔克，能有谁对莎士比亚的艺术原创力产生丝毫质疑？但又不得不赞佩，莎士比亚这拿来借用的功力如此了得，他以戏剧诗的形式把腓利比之战前卡西乌斯对未来战局的不祥预感昭示出来。这种挖掘戏剧人物内心的独白，真不愧大手笔！

遗憾的是，普鲁塔克从未对恺撒形象做出描绘。庆幸的是，苏维托尼乌斯在其《罗马十二帝王传》中，给恺撒画过一纸素描："身形高大，皮肤白皙，四肢匀称，面庞丰满，目光锐利。"

附录

傅光明：还原一个俗气十足的"原味儿莎"

傅按：这篇专访在发表前，经台湾大学戏剧系暨研究所专任教授朱静美女士审读，朱教授提出了一些宝贵的建设性意见，特此致谢。

卞若懿：我们常说"时势造英雄"，那莎士比亚戏剧的成功与其时代背景有什么样的关系呢？

傅光明：莎士比亚的成功与他生活的时代背景显然是分不开的。作为一位天才的戏剧诗人——其实，我现在更愿用"天才的编剧"来称呼他——莎士比亚幸运地生活在女王伊丽莎白一世统治下。今天回眸历史，会发现当时英国的文艺复兴运动正进入全盛期，人文主义思想日趋成熟，文学史称之为"伊丽莎白时代"。加上大航海时代商业的兴盛与海盗和殖民地的财富大量涌进，也使封建制度在非战争的情况下有所松动。在这样的背景下，英国诗歌、散文，尤其是戏剧，进入了发展的黄金期。

这其中，有这样几个时间节点我们需要了解：1558年，25岁

戴面具的伊丽莎白——莎士比亚戏剧中的真历史

的伊丽莎白加冕英格兰女王，六年后的 1564 年，莎士比亚出生。1567 年，"红狮客栈"更名为"红狮剧院"后开张，这是伦敦第一家提供定期戏剧演出的专业剧院。此后，在王室积极策动下，剧院数量逐渐增多。进入 16 世纪 80 年代后，随着各类私人的、公共的、宫廷的剧院不断涌现，大量诗人、作家、职业编剧、舞台演员应运而生，剧作家接近 180 人，剧本数量超过 500 部，蔚为可观。这是由于市场需求与稳定的收入吸引大学才子们投身其中，才拉升了整个戏剧演出的水平层次。

出生在这样一个重视戏剧艺术的环境中，莎士比亚真算得上是为戏而生的幸运儿。1585 年，21 岁的莎士比亚从他的出生地——英格兰中部埃文河畔的斯特拉福德小镇——只身来到伦敦，在剧院当学徒、打杂。1588 年，英国海军打败强大的西班牙无敌舰队，莎士比亚亲眼见证了国人血脉喷涌的爱国主义热情，见证了英国这艘新的世界海上霸主的巨轮扬帆起航，"日不落帝国"开始显露雏形。1589 年，25 岁的莎士比亚开始写戏。1590 年，他成为"内务大臣剧团"的演员、编剧。1599 年，莎士比亚所属剧团的"环球剧场"（The Globe）开张。1603 年，詹姆斯一世国王继位之后，亲自担任剧团赞助人，"内务大臣剧团"升格为"国王剧团"。这时，莎士比亚已是名满全英的诗人、剧作家，自然也是剧团的金字招牌和大股东。1613 年，莎士比亚退休，回到家乡，颐养天年。1616 年辞世。这是莎翁大致的戏剧生涯。

卞若懿：您新译莎剧的一个特别之处在于，作为译者，您为每部新译的莎剧都写了长篇导读，已先后结集、出版《天地一莎翁：莎士比亚的戏剧世界》和《戏梦一莎翁：莎士比亚的喜剧世界》，这是之前的译本所没有的，您觉得这两部导读合集对读者理解莎士比亚作品有怎样的作用？

傅光明：首先，莎剧中有非常多的希腊、罗马神话或人名、或典故、或故事的借用、化用，以及许多许多对双关语的妙用，他活脱脱是一个双关语大师！除此之外，一些用词也有其特定的时代背景，并暗含隐晦的真意。当时，因受到文艺复兴时期古希腊罗马戏剧的出土与重生再复兴的影响，人人深深向往。再加上欧陆国与国之间贸易频繁密集，也促使许多意大利、丹麦、地中海等地的风土人情传说故事流入英国，蔚为风尚。

以上两点在朱生豪先生的译本中几乎没有体现出来。这自然由他译莎时的客观条件所限。试想，朱前辈翻译时，手里只有一部不带注释的1914年老"牛津版"《莎士比亚全集》和一本词典。而到目前为止，不算以前的版本，仅英语世界已有许多为莎迷熟知且津津乐道的莎剧全集，比如颇具代表性的"皇家版""新剑桥版"等标注着"权威版本""注释完备"字样的版本。因此，若想真正步入、研究莎士比亚的戏剧世界，从阅读上来说，势必离不开丰富注释和翔实导读。

其次，几乎可以说，没有《圣经》，便没有莎剧。英国文学教授彼得·米尔沃德牧师曾断言："几乎《圣经》每一卷都至少有一个字或一句话被莎士比亚用在他的戏里。"

的确，莎士比亚对《圣经》烂熟于心，完全到了信手拈来、出神入化的境地。由于他父母的缘故，他更是兼善天主教（母亲）与英国新教（父亲）的信仰信念与教义教条，《哈姆雷特》鬼魂台词中对天主教葬礼仪式（如死前未领圣餐、未涂油膏）的描述、奥菲莉亚因自杀不能受完整葬礼仪式，等等。在全部莎剧中，几乎没有哪一部不包含、不涉及、不引用、不引申《圣经》的引文、典故、释义。仅举两个简单的例子，不管《罗密欧与朱丽叶》

中耶稣基督式的心灵救赎，还是《麦克白》中对"偷尝禁果"与"该隐杀弟"两大"原罪"意象、典故的化用，都体现出《圣经》在莎剧中的重要位置。我们要做的，是努力、尽力去寻觅、挖掘、感悟和体会莎士比亚在创作中如何把从《圣经》里获得的艺术灵感，微妙、丰富而复杂地折射到剧情和人物身上。因此，倘若不能领略莎剧中无处不在的《圣经》意蕴，对于理解莎翁，无疑要打折扣。但对于大多数中国读者来说，由于不具备基督教的宗教背景和对《圣经》的完备知识，若没有译本之外的补充信息，恐很难理解不时潜隐在莎剧中的《圣经》意蕴。

从这个角度说，丰富的注释、翔实的导读不失为解读、诠释莎剧的一把钥匙，也是开启他心灵世界精致、灵动的一扇小窗。

卞若懿：您提出要呈现一个有别于被定位为高雅文学的、充满了世俗烟火气的"原味儿莎"。这为我们提供了看待莎士比亚作品的全新视角。您能否介绍一下您关于"原味儿莎"的看法？

傅光明：先从语言的角度来简单谈一下"原味儿莎"的概念。这本是我的一个玩笑提法，源于我每天都要喝一小盒三元原味酸奶。酸奶有许多口味，我喜欢原味儿。由此，我忽然想反问一句，之前的莎译所呈现的可能是"朱莎"（朱生豪译本）、"梁莎"（梁实秋译本）、"孙莎"（孙大雨译本）、"卞莎"（卞之琳译本）、"方莎"（方平主译本）、"辜莎"（辜正坤主编本），等等，这些都是"原味儿莎"吗？

目前，莎士比亚戏剧在国内被定位为经典文学，没错，莎剧经历了一个漫长的被经典化的过程，早已由"通俗"升入"高雅"的艺术殿堂。以中译本来说，这与译本中采用的语言和文体有很大关系。20世纪80年代初，我怀着顶礼膜拜的心情阅读了"朱译本"。朱前辈英文系出身，是位诗人。他的语言凝练、优雅，尤其对莎剧中韵诗部分的翻译，每行十个汉字，文体整齐漂亮。2000年，河北教育出版社出版了方平主译的《莎士比亚全集》。2016年，恰逢莎翁忌辰400周年，外研社出版了辜正坤主编的《莎士比亚全集》。方、辜"主译""主编"的两部莎翁全集均是"诗体翻译"。这里，我觉得至少需要思考两个问题：是否漂亮、优雅甚至高贵的中文就意味着对原著的忠实？是否把散文语言断成一行一行的就是诗？再有，比如，有的译者特别爱用现成的汉语成语，我想这得分具体情形。拿《亨利四世》中的福斯塔夫来说，让这样一个粗俗、没什么文化的没落骑士，一张嘴就是成串的成语显然不妥帖。何况许多成语都带着中国文化自身的特有语境，用在莎剧人物身上会显得怪异。

另外，高贵文雅的漂亮中文会在国内读者理解莎士比亚作品的定位时产生某种误导。其实，莎翁平均不到半年写一部戏，他主要是为了演出而写戏，绝非为了自己的作品在文学史上不朽。他写戏的初衷很简单，作为剧团的"签约作家"，他必须每半年写一部新戏，并由剧团尽快上演。说穿了，在写戏这方面，莎士比亚只是一名受雇的编剧。只有写得又快又好，演出才能卖座，剧团才能挣钱，他作为剧团五大股东之一，才能分到红利。他想挣大钱在乡下投资房产。实际上，没写几年戏，他就在乡下买了带两个谷仓、两个花园、十个壁炉的豪宅"新地"，当我在这豪宅里逡巡之时，越发由衷地感到，莎翁是被后人尊奉到文学经典的庙堂之上的。遥想当年，在他生活的伊丽莎白时代，他不过是一个浑身烟火气、十分接地气的剧作家。他的戏是平民戏，是通俗戏，尤其1599年"环球剧场"在泰晤士河南岸落成之前，他的戏大都是给社会底层民众看的。因此，无论阅读还是研究莎翁，要想领略"原味儿莎",便应努力以今天的现代语言呈现伊丽莎白时代的语境。

当然,就以福斯塔夫来说,他不仅仅是一个滑稽的小丑,也不仅仅是一个士兵,他是一个"堕落且没落"的贵族武士(骑士)。他是一位Knight(骑士),而不单单只是一个Soldier(士兵),所以,他身上也还有贵族应有的教养与谈吐,他的幽默机智不仅仅是插科打诨,还时有文采,能信手拈来并文采并茂,像他与大法官辩论时也是伶牙俐齿,在《温莎的快乐夫人们》中调情也是风情万种。同时,他很善于挑战传统思想进行逆向思考:"世人都这么认为,但我偏不这么做。"例如他在《亨利四世》(上篇)第五幕第二场的"论荣誉"独白,就挑战了世俗尊崇、赞赏荣誉的普世价值。在莎翁生活的时代,尽管不同身份阶级使用的语言的规定十分严格——这在莎剧中贵族的诗体语言与中下阶级者的散文体语言中即清晰可见,但底层的人民并非"听"不懂上流社会人士所使用的语言,他们只是无法口说、书写这样华美的文句,但他们十分享受聆听这样的华丽辞藻。所以莎士比亚并非全然地"通俗",而是雅俗共赏。

卞若懿:在您的译本之前,莎剧已有多个译本,您觉得应当怎样看待这些不同的译本在中国莎士比亚研究中所起的作用?

傅光明:这首先涉及一种翻译上的观点,比如,有学者提出莎剧是400多年前的戏,须用古雅、华贵的中文才能更好体现莎剧原貌。那我想问,是否该用与莎士比亚同年去世的明代戏曲家汤显祖《牡丹亭》式的语言,才更能体现"原味儿莎"?这让我想起鲁迅早在1935年对"复译"——也就是新译——的提倡,而且,他坚决主张,哪怕一部作品已有好几种译本,也必须容纳新译本。

这眼界、胸襟多么阔达！他在《且介亭杂文二集·非有复译不可》里说："复译还不只是击退乱译而已，即使已有好译本，复译也还是必要的。曾有文言译本的，现在当改译白话，不必说了。即使先出的白话译本已很可观，但倘使后来的译者自己觉得可以译得更好，就不妨再来译一遍，无须客气，更不必管那些无聊的唠叨。取旧译的长处，再加上自己的新心得，这才会成功一种近于完全的定本。但因言语跟着时代的变化，将来还可以有新的复译本，七八次何足为奇，何况中国其实也并没有译过七八次的作品。"鲁大师，乃知音也。

在此，我想举一个来自《哈姆雷特》的例子作简要说明。第三幕第一场，"To be, or not to be: that is the question"，这该是《哈姆雷特》中最广为人知的一句台词，它早已成为一句超越了文本语境并广为流传的名人名言。这句台词，最深入人心的中译来自朱生豪："生存，还是毁灭，这是一个值得考虑的问题。"但在英文里，显然没有"值得考虑的"之意。再看梁实秋，此句译为："死后是存在，还是不存在，——这是问题。"并注释："因哈姆雷特此时意欲自杀，而他相信人在死后或仍有生活，故有此顾虑不决的独白。"梁实秋的"这是问题"简单而精准。孙大雨的译文为："是存在还是消亡，问题的所在。"对原文的理解和表达，同样精准。照英文字面意思，还可以译出多种表达，比如，"活下去还是不活，这是问题。"或者"生，还是死，这是个问题。""活着，还是死掉，这是个问题。"若按死理儿，"that"还应是"那"而不是"这"。

有趣的是，在1603年印行的"第一四开本"《哈姆雷特》中，此句原文为"To be, or not to be, I there's the point."照此译成中文，应为："求生，还是求死，我的问题在这儿。"或是："对我来说，活着还是死去,这点最要命。"或是:"我的症结在于,不知该活,还是去死。"或是:"最要命的是,我不知该继续苟活于世,还是干脆自行了断。"其实,无论哪种表达,均符合剧情中的哈姆雷特在自杀与复仇之间纠结、犹疑、矛盾的复杂心绪。而"值得考虑的"五个字,给人的感觉似乎是哈姆雷特在严肃认真、细致入微地思考着人类在形而上的哲学层面"生存"还是"毁灭"的终极叩问,而不是自己的生与死了。

从"第一四开本"的印行时间看,"I there's the point"应是最早演出时的台词,并极有可能出自莎士比亚之手。诚然,出自演员之口也并非没可能,而"that is the question"显然是修改之后作为定本留存下来。不过,无论the point(关键)还是the question（问题）,意思都是"关键问题"。

在这个地方,我把它译成:"活着,还是死去,我的问题在这儿。"同时在此加注释,把这句台词背后丰富的意蕴呈现出来。我认为,这句早已被经典化了的台词,其实无须一个唯一的中译作标准,对这句台词的解读应开放、多元,即它反映的是哈姆雷特的多重纠结,包括生与死、人死后灵魂之存在还是不存在、炼狱之有无、生存还是毁灭、旧教（天主教）还是新教（英格兰国教）……

也由此,我更感到,在莎剧翻译和研究上,我们也应秉持一种多元、开放的学术心态,学习、理解各个译本间的异同,并探究不同译本中所透露出的不同时代环境与译者自身对莎士比亚作品的解读。当然,最重要的是,不能偏离莎剧的英文文本。如果只以某个中译本作为研究莎剧的底本,那就成了无根之木。也只有这样,才能真正推进中国的莎士比亚翻译、研究。

卞若懿：莎士比亚戏剧在国内是作为青少年必读的经典作品被广泛宣传，在大家普遍的认知中，有没有什么可能出现的误解是您比较在意的？

傅光明：我们很多时候都惊叹莎士比亚戏剧情节之精巧、人物形象之丰满，但很少有人知道莎士比亚戏剧作品的原型何在。换言之，我们似乎从没有人关心他如何写戏，好像他就是一个天才，生下来就会写戏。因此，我们很少有人知道，莎士比亚从不原创剧本，而全从别处取材。而且，莎剧很少改编自某个单一故事，在他的剧本中，我们常能同时发现多个"原型故事"。莎剧中的人物形象和剧情也还往往受到世代相传的民间故事的启发。这其实是莎剧的一个特点。这种情况在著作权和版权保护意识日益强化的今天是很难想象的。但这种非原创的创作模式，并不应引起我们对于莎士比亚创作天才的怀疑。通过研究和比对，我认为正是莎士比亚精彩的改编与整合，同时，他也对这些作品去芜存菁、兼容并蓄，才赋予了那些滋养他的"原型故事"以新的生命力，使原本平平无奇的故事，凭借情节紧凑、人物性格丰满多样的莎剧留存下来，成为人类文学遗产的一部分。

这里，我依然以《哈姆雷特》为例，简单介绍一下原型故事与莎剧之间的关联。我们熟悉《哈姆雷特》，但一般很少有人知道，它至少有三个素材来源：第一个是中世纪丹麦作家、历史学家萨科索·格拉玛蒂克斯（Saxo Grammaticus）在1200年前后用拉丁文写的《丹麦人的业绩》（*Historiae Danicae*，英文为 *Danish History*《丹麦人的历史》）。这部史书是丹麦中世纪以前最主要的历史文献，包含了丹麦古代的英雄史诗和一部分民间传说与歌谣，其中的卷三、卷四就是《哈姆雷特的故事》（*The Hystorie of Hamlet*）。虽然这个故事的英文本直到1608年才出版，此时距莎士比亚写完《哈姆雷特》（1601年）已过去七年，但我相信莎士比亚很可能事先读过此书的法文版，因为《哈姆雷特》和《哈姆雷特的故事》中有许多细节几乎一模一样。这个源于丹麦民间的传说，讲的是一个名叫阿姆雷特（Amleth）的王子为父报仇的故事，他的母亲叫格鲁德（Gerutha），与莎士比亚笔下的"哈姆雷特（Hamlet）"王子和他的母亲"格特鲁德（Gertrude）"，连名字的拼写都十分相近。

第二个来源，更有可能的是，莎士比亚编剧时直接取材自威廉·佩因特（William Painter，1540—1595）和杰弗里·芬顿（Geoffrey Fenton）先后分别于1566年和1567年以《悲剧的故事》（Certaine Tragicall Discourse）和《快乐宫》（The Palace of Pleasure）为书名出版的意大利小说家马里奥·班戴洛（Matteo Bandello）的小说《哈姆雷特》的英译本。这个英译本是根据法国人弗朗索瓦·德·贝尔福莱（Francois de Belleforest）在其1570年与皮埃尔·鲍埃斯杜（Pierre Boaistuau）合译的小说集《悲剧故事集》（Histories Tragiques）第五卷中转述的该小说《哈姆雷特之历史》（The Historie of Hamblet）再转译的。这篇取材萨克索的故事的小说，增加了哈姆雷特的父王在遭谋杀以前，母亲先与叔叔通奸的情节。这个情节设计，自然毫无保留地移植进了莎士比亚的《哈姆雷特》。不过，在莎士比亚的《哈姆雷特》中，关于王后与克劳迪斯的奸情到底是否在"杀兄娶嫂"之前，似乎只是幽灵的暗示。

第三个来源，莎士比亚的《哈姆雷特》是从"内务大臣剧团"于1594年6月11日在纽纹顿靶场剧院（The Newington Butts Theatre）演出的以哈姆雷特为题材的旧剧嫁接而来。这一所谓"原型《哈姆雷特》"的剧本已经失传，作者不详。但也许是因为英国剧作家托马斯·基德（Thomas Kyd）曾于1589年出版过一部著名的复仇悲剧《西班牙的悲剧》（The Spanish Tragedy），并且《哈姆雷特》在设计被谋杀者的幽灵出现和主人公复仇迟疑这两点上与《西班牙的悲剧》完全一样，因此，有人认定失传的"原型《哈姆雷特》"的作者就是基德，而那部剧的名字叫作《乌尔·哈姆雷特》（Ur-Hamlet）。基德于1589年创作此剧，之后该剧一直为"内务大臣剧团"所有。

莎士比亚借鉴并整合了这些故事，并在此基础上增加了一些独创的情节，体现了他的深刻思考与在戏剧创作方面的不凡天赋。比如，在第五幕第一场增加了"原型《哈姆雷特》"里没有的发生在墓地的戏，堪称神来之笔，也是诠释哈姆雷特作为一个生命孤独者思考生与死的点睛之笔。当他看到掘墓人手里的一个骷髅，说"现在这蠢驴手里摆弄的也许是个政客的脑袋；这家伙生前可能真是一个欺世盗名的政客。""从这命运的无常变幻，我们该能看透生命的本质了。难道生命的成长只为变成这些枯骨，让人像木块游戏一样地抛着玩儿？"

通过研究和挖掘，我在每一篇导读开始，就对这些"原型故事"和直接或间接的灵感来源作了梳理。我把九篇导读中梳理"原型故事"的专章结集为《原型故事与莎士比亚》一书，将很快由上海东方出版中心出版。虽说莎剧无一例外都源于既有的故事框架，但这些"原型故事"又无一不经过他的改编、加工、提炼获得艺术升华。说句玩笑话，莎士比亚写戏从许多"债主"那儿借了"原型故事"，但随着时间的推移，我们只记住了莎士比亚，若不做专门研究，既没人知道那些"债主"是谁，更没人关心他当初怎么"借"的"债"。另外，若非借助莎剧，这些"原型故事"或早遗失在历史的暗处。这也再次证明了莎士比亚是个天才！

卡若懿：您之前的老舍研究在国内外学界都产生了较大影响，这些研究和莎士比亚的译介之间是否存在关联或重合？之前莎士比亚戏剧的译者似乎都出身于英文专业，您关于老舍和中国现代文学研究的经历和背景为您的译本提供了什么样的独特视角和特征？

傅光明：若说关联，全赖恩师萧乾先生的引领，若没有他手把手地文学指导，我肯定会走很长弯路。先生所译兰姆姐弟改写的《莎士比亚戏剧故事集》也是我喜欢莎士比亚的入门读物。许多年后，我抱着好玩儿的心态，把这本故事集进行了新译，2013年由台湾商务印书馆出版。另外，先生在翻译上的这样一个认知，或许是我胆敢翻译的勇气来源，即先生所说的：若把翻译划出十成，理解占四成，表达占六成。开句玩笑，这让我这个中文系出身的人一下自信了许多。我当然懂先生的深意，拿莎剧中文翻译来说，它是翻译给母语是中文的读者看的，若读起来别扭、拗口，语言跟不上时代，势必影响莎剧的广泛接受。也是在这个角度，当新译的天缘降临，我才敢斗胆一试。说到老舍，记得他说过这样两句话，大致意思：第一句，没指望自己哪天能写成莎士比亚；第二句，莎士比亚若写得慢一点儿会更好。这其实是老舍对莎士比亚的评价：第一，莎士比亚写了那么多，从作品数量上自己难以企及；第二，莎士比亚写得太快，有的戏没写好。现在看来，研究萧乾和老舍这两位现代少数民族作家对我的影响，主要在文学的滋养和文学认知上，这实际上是对我整个人生的全方位影响。

卡若懿：在莎剧中，"男扮女装"和"女扮男装"的情节多次出现，在舞台上的呈现受演员和化装技术所限，观众可能一望即知是同一个人。现在国内有很多电视剧里也有类似情节，但演员扮相不到位经常被观众吐槽，被当成是剧组不走心和忽悠观众的罪证大加抨击。为什么莎剧中类似情况可以以"戏剧"为由被轻轻放过，甚至可以理解为观众与演员间的一种默契，而现在的电视剧里这样的情况就会被严厉指责？这体现了观众和表演者之间关系怎样的变化和不同？莎剧在英国反复上演，每一个演员和剧组都会在舞台表演中注入自己的理解，这些不同版本的表演对于读者和观众理解莎士比亚而言是重要的资料。但是在国内这一部分是很少的。您觉得未来莎士比亚作品的舞台表演和观众之间的互动在国内的发展前景是什么样的？

傅光明：简言之，这在今天似乎是个无解的难题，而对于生活在伊丽莎白时代的戏剧家们来说，"易装"是他们惯用的喜剧手段。这是由时代决定的。理由很简单，当时女王治下的英格兰，尽管戏剧开始勃兴，伦敦的剧院越开越多，却明令禁止女性登台表演。舞台上的女性角色均由男性扮演。

这为舞台上女扮男的"易装"喜剧提供了天然便利，因为舞台上的"她们"原本就不是女儿身，当"她们"一旦通过"易装"自然天成地"回归"男性，便等于"她们"在以面庞、体型、骨骼、肌肉、身高、嗓音等与生俱来的所有男性特征本色出演，扮演"她们"的演员连束胸都不用，对如何消除女性特征绝无后顾之忧。"她们"真身就是男人！假如"她们"愿意，连假胡须都不用戴，胡子会从"她们"脸上滋长出来。在舞台上，"她们"跟"他们"属于雌雄同体，毫无区别。

"易装"喜剧是莎士比亚的拿手好戏，他最精彩的两部"易装"喜剧，当数"四大喜剧"中的《第十二夜》和《皆大欢喜》。在这个层面可以说，莎士比亚只属于他那个时代到剧场看舞台演出的观众。那个时代，在剧场里看戏的观众的心里始终清楚，舞台上的"她们"不仅是由年龄或大或小、相貌或美或丑、身材或高或矮、体型或胖或瘦的男人饰演的女性角色，还经常出演一号主人公。在莎士比亚的喜剧里，最典型莫过于《第十二夜》中的贵族少女薇奥拉，"易装"之后，变身为奥西诺公爵的侍童——"男仆"切萨里奥；《皆大欢喜》中遭放逐的西尼尔老公爵的女儿罗莎琳德，经过"易装"打扮，化身成高大英俊的（或许不会使用高大的演员扮此女角）"美少年"加尼米德。

这本身已是绝佳的喜剧佐料，加之剧中穿插大量由"易装"带来的阴差阳错的误会，以及按剧情所需制造和配置的令人捧腹的闹剧、笑料，浓烈、欢快、热闹的喜剧效果自不待言。比如《第十二夜》，奥西诺公爵爱上伯爵小姐奥利维亚，奥利维亚却爱上替他前来求爱的切萨里奥（薇奥拉），而薇奥拉（切萨里奥）深爱着自己服侍的主人奥西诺；再如《皆大欢喜》，奥兰多与罗莎琳德一见倾心，彼此相爱，等他俩各自逃难避祸，来到阿登森林以后再相逢，相思痴情的奥兰多认不出"易装"成加尼米德的罗莎琳德，而这位女扮男相的英俊少年，为考验奥兰多对"她"的爱是否真心，一定要他向"他"求爱。从中亦可见出两位少女的另一点不同，薇奥拉始终在被动中等待或寻求主动，罗莎琳德则将爱情命运牢牢握在自己手中。若以现代视角观之，会觉得这样的情节十分滑稽，简直幼稚得可笑。所以，这样的喜剧只能发生在剧场里。

英国文艺复兴鼎盛期的莎士比亚，塑造了许多鲜活的、散发着浓郁人文主义气息的女性形象，像《罗密欧与朱丽叶》中的朱丽叶，《威尼斯商人》的波西娅，《哈姆雷特》中的奥菲莉亚，《奥赛罗》中的苔丝狄蒙娜、艾米莉亚，《李尔王》中考狄利娅，等等。但仅就"易装"喜剧而言，最典型、亮丽的女性形象当数薇奥拉

232

和罗莎琳德。诚然，虽不能因莎士比亚写了"易装"喜剧，便把他视为一个女性主义者，但他已把女性当成像男性一样的人来看待。难能可贵的是，莎士比亚以"易装"喜剧的方式，让舞台上装扮成男性的"她们"以男性的身份替女性发声，尤其发出那些女性在日常生活中难以言说，甚至羞于启齿的内心感受和爱意情愫，其中包括对于男性（男权）的态度和批评。比如，《第十二夜》第二幕第四场，"易装"成切萨里奥的薇奥拉，以男性身份对奥西诺公爵说："女人对男人会有怎样的爱，我再清楚不过：说实话，和我们一样，她们的爱也出自真心。""我们男人可能说得更多，誓言更多；但的确，我们对爱的炫耀比爱意更多，因为我们总是证明自己，誓言太多，真爱太少。"在《皆大欢喜》第四幕第一场，身着男装的美少年加尼米德嘴里说着男人的话，言下之意却是女性的真情告白，"她"不信什么爱心恒久不变的鬼话，认为"男人求爱时像四月天，一结婚转眼变成十二月天；少女在少女的时候是五月天，一朝为人妻，天就变了"。

显然，"易装"不仅使舞台表演变得热闹、好看，喜剧效果跃然提升，更使扮演"她们"的男演员，在那么天然地换掉凸显性别特征的女装，挣脱了由女装带来的性别束缚之后，可以自由施展作为男人的智慧、才华和能力。在舞台上表演的那一刻，"她们"是男人，不是女人。撇开舞台表演不谈，仅就人物形象而论，无论薇奥拉还是罗莎琳德，都是独具风采神韵、卓尔不凡的时代女性，《第十二夜》和《皆大欢喜》也因她俩活色生香、魅力永生。

卞若懿： 复仇和报复是在几乎所有莎士比亚作品中都有所体现的一个情节。这种价值观是基于什么样的文化来源？是宗教还是《汉谟拉比法典》中体现的同态复仇？这和中国的道德观、价值观有怎样的异同点？这种心态在中国的文化背景下如何被接受？

傅光明：无疑，这种价值观源于宗教，一部分源于滋养莎士比亚的古希腊、罗马戏剧家们的影响。拿宗教影响来说，正好可以回应我前面讲到的，若不熟悉《圣经》便难以读懂莎剧。举两个例子，"四大喜剧"之一的《威尼斯商人》第三幕第一场，当萨拉里奥听说安东尼奥有商船在海上遇难，担心他不能如期还钱，找到夏洛克试图替安东尼奥说情："即便他到期没还你钱，你也不会要他的肉。拿他一块肉能干什么？"夏洛克断然拒绝："可以做鱼饵。即使什么饵都做不了，我也能拿它解恨。他曾羞辱我，害得我少赚了几十万块钱；他讥笑我的亏损，嘲讽我的盈利，贬损我的民族，阻挠我的生意，离间我的朋友，激怒我的仇人；他的理由是什么？我是一个犹太人！犹太人就不长眼睛吗？犹太人就没有双手，没有五脏六腑，没有身体各部位，没有知觉感官，没有兴趣爱好，没有七情六欲吗？犹太人不是跟基督徒一样，吃着同样的食物，同样的武器会伤害他；身患同样的疾病，同样的医药能救治他；不是一样要经受严冬的寒冷和盛夏的酷热吗？你若刺破了我们，我们不一样流血吗？你若挠了我们的痒痒肉，我们不也一样发笑吗？你若给我们下毒，我们能不死吗？而你若欺侮了我们，我们能不报复吗？既然别的地方跟你们没有不同，这一点跟你们也是一样的。假如一个犹太人欺侮了一个基督徒，他会以怎样的仁慈来回应呢？复仇！假如一个基督徒欺侮了一个犹太人，那犹太人又该怎样以基督徒为榜样去忍耐呢？没说的，复仇！你们教了我邪恶，我就得用，假如我不能用得比基督徒更为出色，那将是我的巨大不幸。"夏洛克在此表明，他除了是一个犹太人，更是一个人，一个跟基督徒一样的人！而且，基督徒也有邪恶，也要复仇！

再看"四大悲剧"之一的《奥赛罗》第二幕第一场，伊阿古对奥赛罗的复仇动机来自他怀疑奥赛罗跟他老婆艾米丽亚有奸情，他说"这个念头像毒药一样噬咬着我的五脏六腑"；他甚至怀疑卡西奥也跟艾米丽亚有染。因此，他要让奥赛罗陷入可怕的猜忌："除非我跟他以妻还妻，出了这口恶气，否则，没有任何东西能、也没有任何东西会令我心满意足；即便不能如此，我至少也要让那摩尔人由此产生出一种理智所无法治愈的强烈嫉妒。""逼得他发疯"。

"以妻还妻"？！没错，这是莎士比亚为鞭辟入里地描绘伊阿古阴毒的邪恶人性，特意为其量体裁衣，专门打造的"伊阿古式"的复仇方式。显然，谙熟《圣经》的莎士比亚是刻意让伊阿古化"摩西律法"为己用，一为凸显他洞悉人间世情的高智商，二为揭示他不惜代价复仇的邪恶手段。

在此，先特别说明一下英文原剧中伊阿古"wife for wife"这句台词，朱生豪译为："他夺去我的人，我也叫他有了妻子享受不成。"梁实秋译为："除非是和他拼一个公平交易，以妻对妻。"孙大雨译为："只等到我同他交一个平手，妻子对妻子。"事实上，只要考虑到伊阿古是故意要盗取《圣经》的弦外之音、意外之味，那么译作"以妻还妻"最为妥帖、精准。它折射的是圣经意象。多妙！

然后，再看《旧约·出埃及记》21：23—25载："如果孕妇本人受伤害，那人就得以命偿命（life for life），以眼还眼（eye for eye），以牙还牙（tooth for tooth），以手还手（hand for hand），以脚还脚（foot for foot），以烙还烙（burn for burn），以伤还伤（wound for wound），以打还打（stripe for stripe）。"《利未记》24：

20载："人若伤害了别人，要照他怎样待别人来对待他：以骨还骨（fracture for fracture），以眼还眼，以牙还牙。"《申命记》19：21载："对于这种人，你们不必怜悯，以命偿命，以眼还眼，以牙还牙，以手还手，以脚还脚。"伊阿古向奥赛罗"复仇"的基督教《旧约》里的价值观，跟夏洛克所信奉向安东尼奥复仇的犹太《圣经》里的价值观，一模一样！

阅读、欣赏莎剧，要注意到这个层面。只有这样，才能真正理解莎剧中的人物，读懂莎剧。这一点特别特别重要。我最后想说，新译中的丰富注释和翔实导读，是读懂莎剧的一个路径。

采访、整理：卞若懿（美国杜克大学亚洲与中东研究系）
原载《苏州教育学院学报》2019年第3期